구선모 新무협 판타지 소설

초열지도
熱熱之道

호열지도 1

구선모 新무협 판타지 소설

초판 1쇄 찍은 날 § 2002년 8월 30일
초판 1쇄 펴낸 날 § 2002년 9월 10일

지은이 § 구선모
펴낸이 § 서경석

편집장 § 문혜영
편집책임 § 장상수
편집 § 박영주 · 김희정 · 권민정 · 이종민
마케팅 § 정필 · 강양원 · 김규진 · 안진원

펴낸곳 § 도서출판 청어람
등록번호 § 제1081-1-89호
등록일자 § 1999. 5. 31
어람번호 § 제2-0125호

주소 § 경기도 부천시 원미구 심곡1동 350-1 남성B/D 3F (우) 420-011
전화 § 032-656-4452 팩스 § 032-656-4453
E-mail § eoram99@chollian.net

값 7,500원

ISBN 89-5505-427-0 (SET)
ISBN 89-5505-428-9 04810

구선모 新무협 판타지 소설

호열지도

號熱之道

1 괴로운 만남

도서출판

청어람

목

차

서(序) / 7

서(序)

사방이 빛이라곤 한 점 없는, 아니, 빛조차 들어오지 못해 너무 어두워 어디가 어디인지 구분이 안 가는 곳.

태곳적부터 사람의 손길이 전혀 묻어 있지 않은, 천연의 아름다움을 맘껏 자랑이라도 하려는 듯 천장과 지면을 잇는 석순이 사방을 가득 채우고 있었다. 석순은 그 많고 많은 세월을 묵묵히 견디어온 것을 자랑이라도 하듯, 모두 지름과 두께를 가늠할 수 없을 정도로 거대했다.

지하로 몇백 장이나 깊이 들어와 생겼는지도 모르는 천연 동굴은 세상에 너무 많은 대죄(大罪)를 지은 마신(魔神)을 세상과 격리시키기 위해, 하늘의 천신(天神)이 보다 못해 일부러 만들어놓은 것 같은 철벽의 요새를 연상시켰다. 하지만 동굴엔 언제부터인지 허공을 떠다니며 어두운 동굴 안을 밝혀주는 세 개의 빛무리가 자리하기 시작했다. 그것들은 수많은 세월 동안 뭉쳤다가 흩어짐을 수없이 반복하며 어지러이 움직이고 있었다.

"음… 벌써 이렇게 대치하고 있는 것도 얼마나 오래됐는지 기억나지 않을 정도구먼. 자네는 기억나나, 화황(火皇)?"

"허허, 글쎄. 나도 잘, 음… 이런, 정말로 기억이 나지 않을 정도로 기나긴 시간이 흘러갔구먼. 제길, 도저히 모르겠군."

화황이라 불리는 사람은 무엇인가 한참을 고민하더니, 순간 한쪽으로 고개를 돌리며 가만히 서 있던 사람을 쳐다보았다.

"이봐, 얼음덩어리. 넌 얼마나 시간이 흘렀는지 알고 있냐?"

"허허, 알고 있으면 어떻고 또 모르면 어떠한가? 어차피 시간이란 개념은 우리들에겐 무의미해진 지 오래인 것을."

"음… 생각해 보니 빙황(氷皇)의 말이 맞는 것 같구먼. 허허, 서로 우위를 차지하기 위해 그렇게도 힘들게 싸웠는데, 끝내 이렇게 허무함만이 가슴속에 가득하니… 다 부질없는 짓이었던 것 같네. 허허허."

"나도 그렇게 생각하고 있지만 저 얼음덩어리가 계속 내 속을 뒤집으니 견딜 수가 있어야지."

"허허, 화황, 내가 이런 무의미한 싸움은 처음부터 하지 말자고 그렇게 말하지 않았는가? 자네가 이곳에 들어오자고 그럴 때부터였던 걸로 기억하는데… 안 그런가? 허허허."

"빌어먹을, 제발 내 앞에서 그런 웃음은 짓지 말라고! 육신이 내 눈앞에서 썩어 없어진 것이 언제였는지 생각이 나지 않을 정도로 오래됐지만, 그 웃음소리를 들으면 아직까지 속이 뒤집힌다니까! 빌어먹을, 그나저나 뇌황(雷皇), 정말로 우리들의 육신이 이렇게 완전히 소멸돼도 우화등선(羽化登仙)할 수 있는 것인가?"

"아마도… 지금 상황이 어떠한가? 비록 육신은 소멸되었지만 이렇게 우리들은 정령(精靈)으로 화하여 있지 않은가? 육체라는 정해진 시간의 틀에서 벗어났으니, 아무리 세월이 많이 흘러도 길은 있다네."

"젠장, 빌어먹을! 그래, 그건 그렇다고 해! 하지만 정작 육신이 소멸됐으니 여길 빠져나가고 싶어도 빠져나가지 못하고 있지 않은가. 또 빌어먹을 결계가 그렇게 변할 줄 누가 알았고."

"허허, 아니지. 아무리 빠져나갈 방법이 있어도 저것을 해결하지 않고는 그렇게 하지 못한다는 것이 옳네."

허공을 배회하며 신경질적인 반응을 보이던 화황은 씁쓸한 웃음을 보이며 말하는 빙황의 얼굴을 바라본 후, 슬며시 눈길을 동굴 한쪽으로 고정시켰다.

"휴~ 그래, 네 말이 맞다. 알았다고!!"

"허허, 이 사람아, 그러게 처음부터 우리들 주위에 결계를 펼치지 말자고 내가 그렇게나 주장하지 않았는가? 하물며, 지금에 와서 후회한들 무엇 하겠나!"

"허허, 또 왜들 그러나. 처음부터 우린 너무 무의미한 싸움을 시작했는지도 모르겠구면. 내 살아생전 후회라는 말은 생각도 해보지 않을 줄 알았는데 지금에 와서 이렇게 후회를 하니. 허허허, 그저 웃음만 나오는군. 음……."

"그래, 뇌황 말이 맞네. 지금까지 끝없이 서로를 경계하고 경쟁하면서 지냈지. 이제 지금에 와서 신(神)의 반열에 올랐건만, 변이를 일으킨 결계 때문에 육신이 없어 오도가도 못하는 신세가 되었으니… 허허, 기가 막혀 말도 제대로 안 나오는군."

"모두 우리들의 자만심이 불러들인 화가 아니겠는가? 각자 우주(宇宙)의 기(氣)들 중에서 가장 강하다고 생각되는 것을 가지고 논쟁을 벌인 결과가 여기까지 이르게 된 것이지, 음… 허허, 일이 이렇게까지 될 줄이야……."

"자자, 그건 그렇고, 이제 싸움은 그만두고 어떻게 하면 여기를 빠져나갈 수 있는지나 생각해 보자고. 이봐, 빙황. 어떻게 결계 좀 풀 수 있는 방법은 없는가?"

"음… 나도 그 방법에 대해 여러모로 생각해 보았지만 달리 생각나는 게 없었네. 그래서 마지막으로 내린 결론은 우리들의 우화등선뿐 다른 방법이 없는 것 같네."

"나도 같은 생각이야. 화황은 어떻게 생각하는가?"

"음, 나야 뭐… 그쪽으론 아는 것이 없으니 별수없지 뭐."

"그럼 결론났고, 이제 빙황과 내가 이 지긋지긋한 결계를 최대한 약하게 하는 수밖에. 이제 모든 것은 하늘의 운을 따르도록 하세나."

"그렇군. 더 이상 우리들이 할 수 있는 일은 없지. 허허허, 어떻게 우리들이 이런 처지가 되었을꼬……."

…그 후로 일 년… 오 년… 십 년… 백 년…….

"음… 내가 생각해도 너무나 완벽하게 결계를 펼친 것 같구나. 너무 완벽해. 그렇지 않다면 그 많은 세월이 흐르는 동안 이렇게 아무도 오지 않을 수 없지 않은가? 빨리 와야 우리들의 짐을 덜고 우화등선할 수 있을 텐데, 아~ 너무 완벽한 것도 죄로구나."

"으… 미치겠군. 도대체 왜 아무도 오지 않는 거야? 결계도 최대한 줄였는데."

"그러게나 말이네."

"어? 이봐, 빙황! 지금 무슨 진동 같은 것이 일어났지? 그렇지?"

"나도 느꼈네. 오래도록 이런 경우는 없었는데… 참 별일이군. 하늘이 이제야 나의 완벽을 시기라도 하는가? 이렇게 낙뢰(落雷)로 결계를 부수고 있으니. 허허."

"응? 뭐라고?"

"아, 아닐세, 아니야. 흠."

"그래? 가만, 어? 저건 뭐지?"

"뭐가 말인가?"

"저기! 지금 저기 떨어지고 있는 것이 보이지 않는가?"

"어디? 앗! 인간이다! 사람이야! 사람이라고!! 뭐 하나, 빙황. 빨리 안전하게 받질 않고? 어서 가세!"

"아, 알았네. 어디, 음… 좋아, 어서 이리로… 조심조심하게."

뇌황과 화황은 떨어지던 사람을 안전하게 받은 후, 조심스럽게 내려오고 있는 빙황의 곁으로 다가갔다.

제 1 장

괴로움과 만남

 햇볕을 오랫동안 받지 않은 곳인지, 어둡고 습한 기운이 느껴지는 깊이를 알 수 없는 동굴 속. 마치 시체마냥 한 사내가 누워 있다. 만약 사내가 죽은 것이라면 조금의 미동도 없어야 정상이건만, 그 사내는 미약하게나마 숨을 쉬고 있었다. 그렇게 억겁의 세월을 움직이지 않을 것 같던 사내가 어느 순간부터 조금씩, 아주 조금씩 움직이고 있었다. 미세하게.

 그런 사내의 움직임은, 아니, 차라리 몸부림이라고 해야 옳을 듯했다. 그렇게 정신을 못 차리는 사내도 어두운 동굴의 습하고 칙칙한 기운이 자신의 몸 안쪽으로 파고드는 것이 영 기분이 좋지 않는지, 움직이기 힘겨운 상황임에도 불구하고 무의식적으로 움직이려고 필사적으로 몸에 힘을 주는 것 같았다.

 사내는 왠지 기분이 찜찜하고 서늘한 기운이 느껴지자, 오래 있으면 몸에 좋지 않겠다는 생각을 하면서 안 떠지는 눈을 힘겹게 뜨고 어두운 동굴 속 사방을 천천히 둘러보았다. 자신이 죽은 것이라면 분명 지옥(地獄)에 떨어져 있을 것이라고 생각하였다. 그러나 고통으로 인한 통증에 몸은 움직이기 힘들지만, 그 고통으로 자신이 살아 있음을 실감할 수 있었다. 자신의 명줄이 아직 다하지 않았음을 느낀 것이다.

"음, 여기가 어디냐? 아이고, 삭신이 안 쑤시는 데 없이 모두 다 쑤시는구만. 도대체 누가 이런 동굴에다 함정을 설치한 거야? 빌어먹을. 아이고, 허리야. 내 이곳에 함정을 판 놈이 누군지 모르지만 만나기만 하면… 그나저나 이건 무슨 소리냐? 왱왱거리는 게… 이런 곳에도 모기가 있나? 음, 어디… 뭐야? 여기 동굴 맞아? 무슨 동굴 안이 이렇게 눈이 부셔?"

사내는 힘겹게 눈을 떠 주변을 살피기 시작했다. 왼쪽에서 오른쪽으로 천천히… 아주 천천히 둘러보았다.

'도대체 여기는 어디지? 어떻게 내가 여기에 있는 것인가? 몸은 움직이지 못하지만 생각은 할 수 있으니 죽은 것인가? 아니면 산 것인가? 음… 어디 천천히 생각해 보자. 내가 도대체 어떻게 여기에 있게 된 일인지 하나하나 정리해 보자.'

사내는 몽롱한 정신을 간신히 차린 다음 차근차근 기억을 되짚어가기 시작했다. 그렇게 생각하는 동안 시간이 얼마나 흘렀는지 사내는 점점 배가 고파지기 시작했다. 하지만 우선적으로 해결해야만 할 일이 있기에, 온 신경을 집중하는 데 노력했다.

동굴 밖은 지금 가을 초입답지 않게 한창 비가 내리고 있었다. 또한 이곳은 가을이라고 해도 날씨가 추운 지방이었다. 그래서 그런지 지하 동굴 속으로 빗물이 스며들어 오는 것 같아 기분이 찜찜하고 불안했다.

또한 가끔씩 서늘한 기운이 등골을 싸악 하고 지나가는 것을 느꼈다. 사내는 불안했지만 최대한 이곳에 있게 된 경위를 생각하려고 노력하였다.

'장백산(長白山)에 머문 지 거의 십 일 가까이 됐는데? 그래, 맞아. 산을 넘던 중 날씨도 쌀쌀하고 비가 갑자기 와서 무작정 길을 재촉했었지. 근처 인가도 없고… 또 이곳 장백산엔 호랑이가 많고 산중이 험해 주변을 살필 수도 없었는데. 음… 그래, 그러던 중 우연히 동굴을 하나 찾을 수 있었지. 그래, 맞았어. 그래서 무작정 비라도 피해볼 심산으로 눈에 보이는 동굴로 들어갔지. 그 다음엔……'

사내는 이런저런 생각을 하면서 찬찬히 주위를 둘러보았다. 아무리 둘러보아도 자신이 처음 들어갔던 그 동굴이 아니었다.

'음… 분명 동굴로 비를 피해 들어갔는데? 분명히 들어갔는데? 그리고? 음… 장백산에 들어와 처음 노숙할 때의 일이 생각나. 주위에 보이는 작은 돌을 하나 주워서 앞에 보이는 동굴 속으로 힘껏 던졌었지. 맞아, 동굴에 들어가기 전 가까운 나무 뒤에 숨어서 조심히 동굴 속을 관찰했었어. 다행히 한참이 지나도 동굴에선 아무것도 나오지 않았지. 그래서 처음엔 평범한 동굴이라는 생각으로 비도 피하고 겸사겸사 하루 노숙이나 할까 하는 생각으로 들어왔는데… 나참, 이게 뭐야? 그렇지. 지금 그게 중요한 게 아니지. 참나, 도대체 내가 왜 이곳에 있는 거야? 음, 그 다음이 생각이 안 나니… 아, 맞다. 이게 모두 다 그 늑대새끼들 때문이야. 그랬어. 휴~ 그래도 뭐 이렇게 살았으니 다행이지. 그래, 이것도 다행이지 뭐.'

사내가 처음 비를 피하려고 동굴 속으로 들어가서 보니 처음 생각했던 것처럼 작은 것이 아니었다. 들어가는 입구만 작을 뿐 안쪽으로 길게 어둡고 칙칙한 동굴이 이어져 있었는데, 가만히 들여다보니 그 끝이 보이지 않을 정도로 깊어 보였다. 사내는 며칠 전에도 이런 일이 있었는데 그때는 안쪽에서 호랑이가 나오는 바람에 기겁을 하고 도망쳤었다.

사내는 혹시나 있을지 모를 그런 일을 생각하면서 더 이상 동굴 안으로 들어가지 않았다. 그냥 들어가지 않은 것이 아니라, 겁이 나서 더 이상은 들어가지 못하고 바짝 긴장한 채 안에서 무슨 소리든 나면 밖으로 도망칠 요량으로 최대한 밖으로 붙어서 비를 피하고 있었다. 혹시나 모를 불상사를 피하기 위해 동굴 앞과 뒤쪽에 간단한 불을 피우면서.

"빌어먹을, 하필이면 이런 험한 산을 넘을 때 비가 내리다니⋯ 이 임호열(任號熱)이 살아생전 처음으로 거룩한 꿈을 갖고서 중원으로 향하는 것이 그렇게도 하늘이 마음에 들지 않나? 청승맞게 하늘도 청명한 가을에 웬 비바람인지⋯⋯."

원래 호열은 중원 동쪽 끝에 있는 고려상인(高麗商人)의 집안에서 태어났다. 호열이 세상의 빛을 보기 오래전, 온 나라가 조정 신하들의 권력 투쟁으로 어지러웠을 때 조부(祖父)께서 '본래 상인은 나라가 어지러울 때 장사를 해야 큰돈을 벌 수 있다'고 하시며 조정의 권력과 손을 잡으셨었다. 그러나 그만 힘들게 손을 잡은 조정의 관리(官吏)가 어떻게 된 일인지 역모(逆謀) 죄로 참수(斬首)되고, 그 바람에 조부께선 아무 말도 못하고 그동안 조정에 대주었던 돈만 모두 날리게 되었다. 한마디로 조정에 줄을 잘못 서는 바람에 가세(家世)가 기울었다는 말이다.

또한 설상가상(雪上加霜)으로 세상이 어지럽다 보니, 그나마 있던 재산도 선친(先親)께서 억울하게 돌아가신 조부님의 못다 이루신 원대한 꿈을 이어받아 사방팔방으로 노력하였으나, 하늘이 노했는지 그나마 남아 있던 재산을 모두 다 탕진하였다. 그 일로 선친과 모친(母親)께서는 어린 호열을 남겨두고 홧병으로 그만 죽음을 맞이했다. 그때가 호열의 나이 열다섯 살 때의 일이었다.

그 후 어린 나이에 빈털터리가 된 호열은, 일가친척(一家親戚)도 하나 없어 떠돌이 신세가 되어야만 했다. 하지만 오랜 방랑 후 나이 스무 살에 큰 뜻을 두게 되었는데, 그 뜻으로 말미암아 지금의 처지가 되었다 할 수 있을 것이다.

'이렇게 하루하루 힘들게 떠도느니, 내가 스스로 돈을 벌어 반드시 할아버지와 아버지께서 못다 이루신 꿈을 이루어 당당하게 일가(一家)를 일으켜 보겠다. 그동안 내가 전국을 떠돌면서 보고 배운 것도 많지 않은가? 어릴 적 아버님에게서 배운 상술(商術)과 전(全) 노인에게서 배운 풍수지리(風水地理)와 건축술(建築術)이 있으니, 한 번 내 꿈을 펼칠 수 있는 큰 대륙으로 건너가서 시작해 보자. 사나이대장부로 태어나서 한 번 사는 인생… 보다 넓은 곳으로 가서 살아봐야 하지 않겠는가?'

당당히, 너무도 당당하게 꿈과 같은 포부를 가지고 호열은 발길을 대륙으로 돌리게 되었다. 한마디로 정처없이 떠도는 유랑자(流浪者)라는 이야기다. 스스로는 나그네라고 생각하지만.

이런 거룩한 생각을 가지고 대륙의 명나라로 가려고 하였으나 시작부터 호열의 생각처럼 일이 잘 풀리지 않았다.

우선 명나라와 바로 국경을 맞대고 있는 의주(宜州)에 가면 쉽게 명나라로 갈 수 있을 것이라고 생각했으나 그 일이 그렇게 쉽지만은 않았다.

고려에서 명나라 땅으로 가려면 제일 먼저 의주를 거쳐 명나라의 단동(丹東)으로 가는 방법이 있었다. 합법적인 절차를 거쳐서 간다면 모르겠지만, 만약 그렇지 않고 압록강(鴨綠江)을 건너려면 많은 난관을 거쳐야만 하는 곳이기도 했다. 그 난관이란 것이 다름아니라, 압록강을 지키고 있는 관군(官軍)이었다. 그렇지만 더 큰 문제는 압록강이란 것이었다. 압록강은 북쪽이 있는 두만강(豆滿江)과는 다르게 유량(流量)이 많고 겨울에도 얼지 않아서, 여간해서는 건너기가 하늘의 별 따기보다 더 어렵기 때문이었다.

호열은 관군이 명나라와 고려를 연결하는 포구(浦口)를 철통같이 경비하고 있는지라, 압록강을 무사히 건넌다는 것이 여간 어려운 일이 아니라는 생각이 들었다. 그래서 어둠이 찾아오는 밤을 틈타 강을 건너기로 마음먹고 조용히 밤이 오기를 기다렸었다.

밤이 오고 어두워지자, 호열은 미리 구해두었던 큰 나무를 강에 넣은 후 조용히 입수해 조심조심 앞으로 나아갔다. 하지만 아직 어린 나이에 의욕만 앞서서 한 가지 생각하지 못한 것이 있었다.

북쪽 지방은 아무리 가을 초입에 이르렀다고는 하지만 낮이면 모를까 밤엔 날씨가 여간 매서운 것이 아니었다. 더욱 밤에 부는 바람은 한낮의 따스한 바람과는 천지 차이의 쌀쌀한, 마치 겨울바람을 연상시키듯 매섭게 불고 있었다.

그렇게 밤공기가 쌀쌀하고 물도 차가워 아무리 천하장사라도 몸이 견딜 수가 없을 정도였는데, 그에 반하여 호열은 그리 건강한 몸이 아니었다. 겨우 한 끼를 간신히 연명하면서 지낸 호열에게 이 추위는 도저히 견딜 수 없는 그런 위기 상황을 맞이하게 만들었다. 자꾸만 밀려드는 위기감에 호열은 자신도 모르는 사이 허둥대며 서두른 탓에 관군들의 시야에서 벗어나지 못한 것이다.

웬만하면 밤에는 죽어도 움직이지 않는 호열이 야간 작업(夜間作業)까지 감행하면서 행동에 옮긴 일이었지만, 끝내 관군들에게 걸려 몰매를 맞고 내쳐진 후 사흘을 거리에서 낑낑대며 누워 있어야만 했다. 다행히 행실이 초라하고 몰골이 딱하여 옥살이는 면하였지만, 누워 있는 사흘 동안 호열은 뼈저린 굶주림과 추위를 겪어야만 했다. 그때 이후 호열에게 어떤 불확실한 일을 할 땐 반드시 배를 채우고 해야겠다는 철칙이 생겼을 정도였다.

호열은 어느 정도 몸을 가눌 수 있게 된 후로도 미련을 버리지 못하였는지, 틈이 나는 대로 압록강 저편에 있는 단동을 바라보면서 며칠을 뜬눈으로 지냈다. 그렇게 며칠이 지나는 동안 틈틈이 강을 순시하는 관군들을 주시하며 기회를 노렸지만, 끝내 내린 결론은 도저히 강으로는 건너기가 수월하지 않을 것 같다는 것이다. 그래서 강이 안 되면 산이라도 넘어보자는 오기가 들었고, 끝내 호열은 북쪽 국경 지역인 장백산으로 길을 떠나게 되었다.

"그래, 너희들 잘났다. 지금 조정은 썩어 거리에 굶주린 사람들이 넘쳐 나는데, 너흰 그 잘난 군복을 입고 자리만 지키고 있으면 다냐? 에라~이, 퉤, 흥! 내가 그런다고 못 넘어갈 것 같으냐? 너희들 보란 듯이 내 기필코 명나라로 건너가고야 말겠다. 두고 봐라, 이놈들아!"

호열은 철저한 신조와 철칙을 지니고 살아가는 사람이었다. 그것은 유랑 생활과 아버지의 조언을 바탕으로 이루어진 것이었지만, 호열은 나름대로 대단한 자부심을 지니고 있었다. 자신이 세상을 아무런 생각

없이 살고 있지 않다는 것을 다른 사람들에게 보여줄 수 있는 유일한 것이었기에, 더욱 애착을 가지고 있었는지 모르는 일이었지만……

또한 호열은 자신이 만든 철칙을 지키려고 무진장 애쓰는 사람이었다. 때론 이치에 맞지 않을 때도 있었지만, 자신이 손해를 보는 한이 있더라고 반드시 자신의 철칙은 깨어지지 않는다는 것을 자랑으로 삼으며 살아가고 있었다. 그런 호열의 깨지지 않은 철칙 중 한 가지는 바로 '무엇이든 안 되면 되게 하라' 가 아니라, '안 되면 돌아가라' 라는 것이다. 호열은 이런 철칙을 굳게 믿는 사람이었다. 그동안 살아가면서 철칙이 없었다면, 힘겨웠던 유랑 생활 오 년 동안에 벌써 차가운 길거리에 쓰러져 죽었을지 모르는 일이었다. 이런 생각을 하니 호열은 엽전 한 푼 물려주시지 않은 선친이지만, 올바르게 자식을 가르치셨다고 생각했다.

그 후 한 달 동안 모진 고생을 겪은 후 간신히 장백산에 도착한 호열은 산을 넘다가 정말 생각하지 못한 일을 겪었다. 산을 넘으면서 많은 고난을 겪었지만, 지금처럼 산에서 갑자기 쏟아지는 비를 만나기는 처음 있는 일이었다. 호랑이를 만나기도, 뱀에게 물리기도 하였지만 지금에 비하면 그건 예삿일이었다. 하늘에 구멍이라도 뚫렸는지 엄청나게 쏟아지는 빗줄기에 호열은 긴장하지 않을 수 없었다. 산에서 자칫 잘못하다가 갑자기 불어난 물에 쓸려갈 수도 있었으므로 호열은 얼른 산골짜기에서 벗어나 구릉 지대로 자리를 옮겼다.

힘들게 구릉에 오른 후 안도의 한숨을 쉬며 산 밑을 내려다보다가 깜짝 놀랐다. 언제 불어났는지 산에 흐르던 물줄기가 거대한 해일(海溢)을 연상시키듯 나무들을 거침없이 쓸어 넘기고 있었다. 호열은 순간 입이 다물어지지 않을 정도로 엄청난 광경을 보자, 자연의 위험함을 예감하고는 얼른 그 자리를 떠나 주변에 있는 동굴을 찾아 들어가게 되었다.

그 후로도 동굴 밖에는 태풍이라도 오는지 빗줄기가 점점 굵어지고 있었다. 장백산 자체가 워낙 험한 산인 관계로 사람들의 근접이 어려울 뿐만 아니라 호랑이나 곰 같은 맹수들이 많기로 유명했다. 하지만 그중 제일이 역시 장백산 호랑이라는 것을 산에 오르기 전 주막에서 들을 수 있었다. 다른 사람이 먹다 남은 차가운 주먹밥을 먹으면서.

처음 산에 오른 삼 일째 되던 날, 열심히 걷고 또 걸은 호열은 밤이 찾아오고 바람이 불자 어렵게 동굴을 찾아 노숙을 하게 되었는데, 지금도 그때만 생각하면 호열은 가슴 언저리가 쓰려왔다. 도대체 호랑이란 놈이 어떻게 생겼는지도 모르는 호열이었지만, 틀림없이 그놈을 두고 그렇게 부르겠구나 하고 생각했을 정도였다.

처음 아무것도 모르고 동굴 안으로 들어갔는데 갑자기 동굴 속에서 이상한 빛을 발하는 것이 나타나면서 등골이 싸악 하는 낌새를 느낀 후, 호열은 뒤도 안 돌아보고 근처 제일 큰 나무에 올라가서 동굴을 바라보았다. 아니나 다를까, 동굴 속에서 황소보다 더 큰 호랑이가 어슬렁거리며 나오고 있었던 것이다.

하마터면 원대한 꿈도 제대로 펼쳐 보지 못한 채 호랑이의 간식거리가 될 뻔한 것을 생각하니 자신도 모르게 식은땀이 흘렀었다.

그 일이 있은 후부터 호열은 신중해졌다. 낮에는 되도록 주변을 살피고 조용히 움직이며 호랑이와 같은 산짐승들을 피하기 위해 걸음을 옮겼고, 밤에는 큰 나무에 올라가 잠을 자면서 조심스럽게 산행을 하였다.

하지만 오늘은 갑자기 비가 많이 내리는 바람에 어쩔 수 없이 동굴에서 지내게 되었다. 그러나 차마 그 끝이 보이지 않는 이 동굴 안으로는 들어가지 못하고 동굴 입구에 자리를 마련했다. 도저히 심장이 벌렁거리고 간이 주먹만해지는 것 같아 동굴 안으로 깊이 들어갈 엄두가 나지 않았던 것이다. 그래서 최대한 밖에 자리를 마련하였고, 더불어 몸을 녹일 요량으로 주변의 잔가지들을 주워 불도 지피게 되었다.

동굴 밖의 날씨가 싸늘하고 지면에서는 축축한 습기가 올라왔다. 추위에 몸이 어느 정도 녹을 만했을 때, 처음 모았던 나무들이 메케한 연기를 내며 다 타버렸다. 호열은 불씨가 꺼지기 전에 얼른 동굴 주변의 나뭇가지들을 더 주워 모아 꺼져 가던 불씨를 활활 지피게 되었는데, 그만 그것이 화근일 줄이야.

호열은 불을 꺼지지 않게 하려고 죽어가던 불씨에 어렵게 구한 마른 장작을 넣어 살려냈다. 하지만 한꺼번에 많이 넣어 너무 밝게 빛을 발하였다. 처음에는 추위가 완전히 가시며 주변이 따뜻해지자 기분이 좋았지만, 멀리서 불빛을 보고 늑대들이 동굴 주변을 서성이기 시작한 것이다. 비가 줄기차게 내리는 싸늘하고 우중충한 날씨에도 불구하고, 얼추 잡아도 서른 마리는 넘어 보이는 녀석들이 잡아먹을 듯이 쳐다보고 있었다. 눈에서는 귀기(鬼氣)스럽게 시퍼런 불빛을 내면서.

그래도 불이 있는 한 늑대들이 함부로 동굴 안으로 들어오는 최악의 사태는 면하겠지만 호열은 여간해서 불안감이 가시지 않았다. 늑대들이 떡하니 동굴 입구를 지키고 있었으니… 또한 모아두었던 나뭇가지들로 불을 지피는 것도 한계가 있다는 것을 잘 알기에 그런 불안감은 더해만 갔다.

"이런 제기랄. 마른하늘에 날벼락도 아니고 이렇게 비가 오는 청승

맞은 날씨에 이게 뭐야! 이놈의 산엔 어떻게 야생 동물들이 불을 무서워하지 않고 찾아오냐? 도대체 내 인생은 왜 이렇게 엉망진창이냐? 응?'

호열의 가슴이 새까맣게 타 들어가든 말든 늑대들은 밖에서 불이 꺼지기만을 기다리고 있었다. 동굴 입구가 작아서 불을 뚫고 들어오지 못하고, 끝까지 불이 꺼지기만을 기다리며 기회만 노리고 있었던 것이다.

"이거 정말 큰일이네. 이럴 줄 알았으면 저 녀석들이 몰려오기 전에 마른 장작이나 더 구해둘 것을."

호열이 보기에 동굴에 모아놓은 나뭇가지는 한 시각도 버티지 못할 것 같았다.

"휴~ 어떻게 한다? 야, 이 잡종새끼들아! 너희들은 이런 날씨에 집안에 있지 않고, 뭐 볼 게 있다고 여기까지 나를 찾아온 것이냐! 이 된장에 바를 녀석들아!"

호열은 되도록 큰 소리를 내서 늑대들에게 고함을 질렀다. 자신의 큰 소리에 늑대들이 놀라서 도망이라도 갔으면 하는 바람이었지만, 빗소리와 바람 소리에 막혀 들리지 않았는지, 자리를 움직이는 늑대는 한 마리도 없었다. 마치 호열을 지키는 석상(石像)처럼 호열이 도망치지 못하도록 자신의 위치를 고수한 채 일체의 움직임도 보이지 않고 있었다.

이렇게 호열이 진퇴양난(進退兩難)에 빠져 어떻게 할까 고민하고 있었는데, 마침 하늘에서 천둥 소리를 동반한 벼락이 치기 시작했다.

번쩍! 쾅! 콰르르쾅! 쾅! 쾅!

하늘에는 가끔가다 벼락이 내리치며 천둥 소리가 요란하게 울렸다.

"하하하. 그래, 아직 하늘이 나를 버리지 않았어. 더 크게! 제발! 더 크게 쳐라!"

호열은 속으로 늑대들이 벼락과 천둥 소리에 놀라 어서 이곳을 떠나기를 바랐다. 제발 산속 자신들의 집으로 달아나 주었으면 하고 하늘에 먼저 올라가신 아버님께 간절히, 정말 간절히 기도를 올렸다. 그러나 얼마나 굶주렸는지 늑대들은 벼락이 칠 때만 몸을 약간 움직일 뿐, 시퍼런 불꽃이 일렁이는 늑대들의 눈은 호열의 행동 하나하나에 고정되어 있었다.

"빌어먹을 자식들! 너희가 정말 이럴 수 있어? 그러고도 너희 놈들이 짐승이냐? 짐승이면 짐승답게 굴어야지, 어떻게 불이나 벼락도 무서워하지를 않냐? 정말… 그래, 내가 그냥 이렇게 순순히 너희들에게 잡혀 먹힐 것 같으냐? 때려죽일 놈들. 한 놈도 아니고, 어떻게 나 하나 잡아먹자고 저렇게 단체로 오다니, 으… 차라리 잡견(雜犬)들이었으면 내가 얼른 달려가서 때려잡았을 텐데… 그러면 얼마나 좋았을까?"

호열은 개들이 싫었다. 정말 싫었다. 아주 처음부터 싫었던 것은 아니지만, 유랑 생활을 하면서 개들과의 관계는 불과 물의 관계라는 것을 깨우친 후로는, 차라리 개들을 보면 자신이 먼저 얼른 자리를 피해주었다. 그건 유랑 생활, 아니, 어린 나이에 세상의 어려운 면을 살피기 위한 생활을 하면서 터득하게 된 재치였다.

호열은 길을 걸어가다 개가 한 마리만 있는 것을 볼 때가 가장 기분이 좋았다. 그때는 누가 볼까 얼른 잡아먹었다. 하지만 개들이 두 마리나 세 마리 정도만 함께 있어도 눈길조차 주지 않았다.

개들도 사람을 알아보는지 호열과 다른 사람들을 보는 눈이 달랐다. 호열이 그런 것을 처음 느낀 것은 뼈저린 아픔을 경험하고 나서부터였다. 하물며 지금은 마을에 사는 잡견들도 아니고, 험하디험한 장백산 자락의 깊은 산속에서, '언제나 먹을 수 있을까?' 하면서 호열을 노리는 늑대들이 아닌가.

호열은 자신을 노리는 늑대들을 보면서 이렇게 가만히 있을 수만은 없다는 생각을 하게 되었다. 상황이 점점 늑대들에게 유리하게 되어가고 있기 때문이었다. 지금 늑대들은 '언제나 불이 꺼질까?' 하는 마음으로 동굴 안에 있는 불꽃이 꺼지기만을 기다리고 있었다. 지금은 그 불꽃이 조금씩 꺼져 가는 상황이었고, 늑대들이 끝까지 포기하고 돌아가지 않을 것이 분명하였다.

돌아가는 상황을 보면서 호열은 더 이상 가만히 있을 수만은 없다는 생각이 들었다. 그에 호열은 동굴 안으로 늑대들이 들어오지 못하도록 입구에 남아 있던 나뭇가지들을 모두 일렬로 늘여놓은 다음, 꺼져 가던 불씨를 살려 불꽃을 크게 일으켜 놓은 후 동굴 안으로 들어가기로 했다. 이것 또한 호열의 철저한 생활 신조로써 '쪽수로 안 되면 물러나라' 라는 것을 기본 바탕으로 한, 철저히 계산된 행동이었다.

"그래, 어디 들어와 봐라. 지금은 조용히 물러가지만, 어디 비가 그친 후 내가 이곳을 무사히 나가게 되면 그때 보자. 내가 이곳을 무사히 나가기만 하면 당장에 너희들이 있는 산에다 불을 놓겠다. 그래도 어디 불이 안 무서운가 보자, 이놈들아!"

호열은 복수를 굳게 다짐하면서 동굴 속으로 깊이 들어갔다. 그렇게 얼마를 들어가자 가지고 왔던 불씨가 꺼지며 앞이 하나도 보이지 않게 되어 무엇이 있는지조차 모르게 되었다. 몸은 계속 앞으로 전진을 하였지만, 점점 죄어오는 두려운 마음에 조심조심 손으로 앞을 살피면서 걸어가게 되었다. 언제 어디서 저번처럼 무엇이 튀어나올지 모르는 상황이기에 속으로는 제발 아무것도 나오지 않았으면 하는 기도를 하면서 안으로 들어갔다. 호열의 기도가 효력을 발휘하였는지 그렇게 얼마정도 들어가다 보니 안쪽으로 희미한 불빛이 아른거렸다.

"그럼 그렇지. 이제 살았다. 휴~ 그런데 누가 이렇게 깊은 데까지 들어와서 살림을 차리고 사는 거지? 아니지, 저 늑대 새끼들을 봐. 이렇게 깊숙이 들어와서 살 만하지. 암……."

호열은 자신의 생각이 정확하다고 생각했다. 아니, 확실하다는 생각을 하면서 반가운 마음으로 좀 더 안으로 들어가게 되었다. 하지만 어둡고 불안하기만 한 동굴 속, 그 반가운 불빛에 '이제는 살았구나' 라는 생각에 그만 그동안의 긴장이 풀리며 동굴 바닥의 갈라진 틈이 있는 것을 발견하지 못하고 땅을 잘못 밟아 갈라진 곳으로 추락하게 되었다.

호열의 생각이 여기에까지 이르자 눈앞의 현실을 쉽게 이해할 수 있게 되었다. 현실 파악이 된 후 호열은 자신의 어처구니없는 실수를 탓하며 어떻게 대처할지 생각하게 되었다.

"아~ 내가 왜 그때 서둘렀는지, 정말 난 왜 이렇게 조심성이 없지? 그때 조금만 조심했어도 이곳에 떨어지지는 않았을 건데, 정말 막막하군. 빌어먹을……."

호열은 모르겠지만 이곳은 아무나 들어올 수 없는 곳이었다. 오래전, 아주 오래전에 삼황이 동굴로 들어오면서 펼쳐 놓았던 결계 때문에 지금까지 이곳에 발을 들여놓았던 많은 동물들이 한순간에 먼지로 화했던 것이다. 지금 밖에서 들어오지 못하고 있는 늑대들도 그것을 잘 알고 있었다. 예전에 수많은 동료들을 그렇게 잃었던 경험이 있기 때문이었다.

　호열은 크다고 생각했지만, 늑대들이 보기엔 조그마한 불씨 하나 못 뚫고 들어왔겠는가? 그건 비록 자신들은 들어가지 못하지만, 언젠가 기다리면 호열이 스스로 나올 것이란 것을 잘 알기에, 늑대들은 무리해서 동굴로 들어오지 않고 비를 맞으며 기다린 것이었다. 지금은 모두 아까운 마음을 뒤로하고 돌아갔지만.

　하지만 가장 중요한 건 결계를 만든 빙황이 결계를 약하게, 최대한 약하게 했어도 호열은 이곳에 들어오지 못했다는 것이다. 그러나 하늘의 도움이 있었는지, 가뜩이나 약해져 있던 빙황의 결계에 비와 함께 벼락이 치면서 강한 기운이 땅속으로 스며들어 결계를 치며 흔들어놓았다. 그 결과 결계에 틈이 생기게 되었고, 그 틈으로 빛이 스며 나와 동굴 안이 밝게 보여 호열이 동굴로 추락(墜落)하게 된 원인이 되었다.

　이렇게 해서 생각지도 않게 신(神)이 되지 못한 사람들과 원대한 포부를 가지고 대륙으로 향하는 호열과의 만남이 이루어진 것이다. 참으로 만날 수 없었던, 만나서는 안 될, 하지만 운명(運命)이 허락한 자칭 신들과 호열의 괴로운 만남이 이루어진 것이다.

제 2 장

아~ 제발 우화등선(羽化登仙) 좀 시켜줘

　호열이 정신을 차리고 눈을 뜨자, 처음으로 보이는 것은 동굴답지 않게 눈부시도록 밝은 빛이었다. 처음엔 동굴 속이라는 선입관 때문에 어두울 것이라고 생각했었다. 그러나 눈을 떠보니 생각과는 다르게 햇빛이 있는 밖보다 오히려 눈이 부시도록 환한 전경이 펼쳐져 있었다. 오색 빛이 석순들을 비추면서 발생하는 그 찬란함이란, 마치 선경에 온 것만 같은 착각을 불러일으킬 정도였다. 호열이 얼마 살지는 않았지만, 한 번도 세상에 이런 곳이 있다는 것은 들어보지 못했다. 분명히 살아 있는데 이곳은 천상의 선계를 보는 것만 같으니 호열은 어리둥절했다.

　주위의 전경이 아무리 환상적이라고는 하지만 호열은 지금 그런 것에 신경 쓸 만한 여유가 없었다. 머리와 온몸이 부서지는 통증을 느끼면서 호열은 다시 한 번 자신이 살아 있다는 현실을 자각하고 안도의 한숨을 내쉬었다. 비록 몸은 아프지만 우선 자신이 살아 있고, 살아 있으면 어떤 어려운 경우를 당하더라도 희망은 있었기 때문이다.

호열은 항상 '호랑이에게 물려가도 정신만 차리면 된다'라는 선친의 가르침을 가슴속 깊이 간직하고 있었다. 그런 가르침이 항상 어려울 때 호열에게 힘이 되어주곤 했다. 차츰 주변 상황이 하나하나 정리가 되어가자, 호열은 최대한 몸을 일으키려고 노력했다. 지금은 괜찮지만 어떻게 될지 모르는 상황이기 때문이다.

"조금 특이한 곳이군. 이런 환상적인 세계가 있다니… 마치 이곳은 세상과 차단된 느낌이구나. 정말, 음… 혹시, 이곳이 말로만 듣던 선계인가?"

"허허. 아이야, 이제 깨어났느냐?"

"헉! 누, 누구?"

호열은 동굴에 자신 이외엔 아무도 없는 줄 알았다. 그런데 호열의 생각을 비웃기라도 하듯, 고요한 적막을 깨며 들려온 소리에 깜짝 놀라 얼른 소리가 들린 곳으로 고개를 돌려 바라보았다.

"윽, 아이고, 목이야!"

놀란 가슴에 머리를 갑자기 돌린 탓에 아픈 목을 손으로 감싸며 주위를 둘러보았다.

"어라, 이상한데? 혹 내가 잘못 들었나? 음… 그럴지도. 이런 외진 동굴에 사람이 있을 턱이 없지."

생각은 그렇게 하면서도 다시 한 번 주변을 둘러보았다. 그러나 아무리 둘러보아도 소리의 진원지를 찾을 수가 없었다.

"그럼 그렇지, 이곳에 사람이 살고 있을 턱이 없지."

호열은 두려운 마음에 아무도 없었으면 하는 마음이었다. 하지만 다른 한편으론 사람이 살고 있었으면 하는 생각도 있었다. 그러면서 한 번 더 주변을 둘러보다 이상한 생각에 고개를 갸웃거리며 생각해 보니, 이상한 소리는 귀에 들린 것이 아니라 머리 속에서 울렸다는 것을 알 수 있었다. 그러나 호열은 자신이 너무 예민해 있어서 잘못 들었을지 모른다는 생각에 다시 한 번 천천히 주위를 돌아보았다.

"허억! 너, 너희들, 너희들은 뭐냐? 귀, 귀신이면 물러가고 사, 사람 이면… 그, 그래도 꺼져라!!"

어느새 나타났는지 세 개의 하얀 불빛 같은 것이 동굴 한쪽 공간에 자리하고 호열을 바라보고 있었다. 마치 무슨 이상한 동물을 관찰하는 듯이…….

세 개의 신비한 빛덩어리는 모두 어른 크기만했으며, 마치 동그란 불덩어리가 활활 타는 듯 이글거리는 모양으로 성스러운 빛을 뿌리고 있었다. 다만 모두 색깔이 하얗거나 투명하다는 말로 표현할 수 없는, 아무리 세상을 많이 산 사람이라도 어찌 설명할 수 없는 그런 빛을 띠고 있었다. 그 세 개의 빛덩어리 좌측에서는 계속 '화르르' 하는 소리를 내고 있었고, 중간엔 '찌찌직' 하는 소리를, 그리고 마지막으로 우측에서는 '쩌쩌정' 이란 알아들을 수 없는 소리들을 내고 있었다.

"허, 이거 말을 이상하게 하는 아이로군. 여하튼 저 아이 덕분에 우리들이 선계에 들 수 있어서 다행이구먼. 안 그런가?"

"그렇군. 하지만 뇌황, 아무래도 약간 이상하지 않나? 이봐, 빙황. 어떻게 생각하나?"

"음… 확실히 화황의 말대로 이상하군. 나도 그렇지만 자네들도 저 아이의 말을 알아들을 수가 없지 않나? 어떻게 된 거지?"

"자, 이렇게 여기에만 있지 말고 모두 같이 가서 저 아이를 살펴보기로 하세. 혹시 머리가 많이 다쳐서 잘못된 것은 아닌지."

"음… 그렇게 해보세."

호열은 이상하게 생긴 세 개의 불빛이 자기가 있는 곳으로 오자 조금씩 뒤로 몸을 움직여 보호하듯 자세를 낮게 취했다.

"허허, 아이야. 너의 이름이 무엇이냐?"

"너는 어디서 왔냐?"

"어떻게 여기에 왔느냐?"

호열은 갑자기 자신에게 다가와서 뭐라고 하는 것 같은데 처음 들어보는 이상한 말에 정신을 차릴 수가 없었다.

"당신들은 누구십니까?"

호열은 자신이 할 수 있는 최선의 대답을 했다. 빛덩어리가 뭐라고 하는 것 같았지만, 도저히 알아들을 수 없는 상황이었기에 두려움이 가득한 눈으로 쳐다볼 뿐이었다.

"응? 뭐야? 저 아이가 지금 말을 했지? 그런데… 세상에 저런 말도 있었나? 자네들은 저 아이의 말을 알아들을 수 있겠나?"

"아니, 나도 모르겠네. 아마 변방(邊方)의 나라에서 온 아이 같구먼. 음……."

"뭐? 변방? 아니, 그러면 어떻게 하지? 저 아이는 우리들의 정령을 몸에 흡수해야 하는데? 그러자면 우리가 가르치는 것을 정확하게 이해하고 몸에 익혀야 할 것이 아닌가? 그런데 말도 통하지 않는 아이에게 어떻게 하라고? 이럴 수가, 음… 아이고, 머리야! 도대체……."

세 개의 불덩어리 중 갑자기 '화르르' 하고 소리를 내는 빛덩어리가 동굴을 이리저리 분주하게 움직이기 시작했다. 가뜩이나 놀란 가슴에 몸이 얼어서 꼼짝할 수 없는 호열은, 그 모습을 보고 더욱 몸을 낮출 수밖에 없었다. 하지만 이때 호열은 불빛덩어리들이 희미하게 사람의 형상을 하고 있다는 걸 알게 되었다. 처음엔 눈이 부셔서 제대로 구분이 안 됐지만 점차 적응이 되니 확실히 구분할 수 있었다.

성스러운 빛으로 온몸을 감싸며 떠다니는 사람들. 어쩌면 귀신이나 도깨비일지 모르지만, 어찌 되었든 한마디로 세 개의 괴물이라는 생각을 하면서 호열은 그들이 하는 모습을 숨죽여 지켜보았다.

"자, 잠깐! 이봐! 모두 이리들 와서 상의 좀 하자. 앞으로 어떻게 해야 하는가에 대해서 허심탄회하게 이야기를 하자고. 뇌황, 빙황, 빨리 이리로 와봐라."

"허, 웬일인지 모르겠군. 화황이 저렇게 서두르다니……."

"웬일은? 저 성격이 어디 가겠나? 허허, 아마 조바심이 난 것이거나 이 일의 선두에 서려는 것이겠지."

"음… 그럴지도. 자, 어서 가세나. 저렇게 오라는데 가봐야지. 허허."

"그렇게 하세. 허허."

괴물들이 무슨 일인지 자기들끼리 뭐라고 하는 것 같더니 갑자기 어디론가 사라져 버리자 호열은 처음 들어올 때처럼 그렇게 혼자가 되었다. 동굴 안은 다시 적막감이 흘렀다.

"응? 뭐야? 갑자기 모두 어디로 간 거야? 음… 혹시 나가는 출구가 있나?"

호열은 괴물들이 순식간에 시야에서 사라지자 적지 않게 당황하였다. 뻔히 쳐다보고 있었는데 어디로 사라졌는지 도통 감을 잡을 수가 없었다.

'이거 정말 정신을 바짝 차려야겠구나. 심상치가 않아. 조짐이… 혹

시 세 괴물이 나 몰래 내 문제를 가지고 숙의(熟議)라도 하고 있나? 정말 그럴지도…….'

호열은 마음 한구석에 자리 잡고 있던 불안감이 조금은 사라지는 것을 느꼈다. 호열은 괴물들이 자기에게 약간이나마 호의(好意)를 가지고 있다는 것을 머리보다 몸이 먼저 느낀 것이다.

사람들은 세상을 살아가면서 몸보다는 머리를 많이 사용하지만, 급박한 위기 상황이 닥치면 오히려 머리보다는 몸이 먼저 반응을 하게 된다. 호열도 그 범주에서 벗어나지 못해 생각이 머리 속에, 아니, 본능으로 알게 된 것이다.

괴물들이 호열에 대한 의견을 나누러 사라진 후, 호열은 자신과 괴물들에 대해 생각해 보았다. 우선 정확한 판단을 해야만 할 것 같다는 생각이 든 것이다. 그럭저럭 좋은 쪽으로 생각이 일자 마음속에 여유를 갖게 된 호열은, 괴물들이 처음에 자기에게 했었던 말이 지금의 명나라에서 사용하는 언어라는 것을 떠올릴 수 있었다.

"그래, 맞았어. 한어(漢語), 한어였어. 하하, 그렇다면 저들은 대륙(大陸) 사람들인가? 음… 하지만 이건 너무 이상하잖아."

호열은 주위를 두리번거리면서 아까 괴물들이 나온 곳을 어렵게 찾을 수 있었다. 괴물들은 동굴 한쪽 멀리서 무슨 상의를 그렇게 열심히 하는지는 모르겠지만, 호열은 천천히 다가가 주의 깊게 괴물들을 관찰할 생각으로 대담하게 몸을 일으켰다.

삼황의 심층있고 허심탄회한 이야기가 오고 간 지 약 두 시진(時辰) 정도 되었을까? 어느새 삼황은 모두 호열이 있는 곳으로 다가와 있었다.

'헉! 뭐야? 어, 언제?'

호열은 눈만 멀뚱멀뚱 뜬 상태에서 저기에 있어야 될 괴물들이 갑자기 자기 앞에 다가와 있자, 괴물들을 관찰하며 손가락으로 코를 파던 상태 그대로 굳어버렸다. 사실 호열은 습관적으로 무슨 일을 깊게 생각하게 될 때 왼손으로 코를 만지는 정말 좋지 못한 버릇이 있었다.

"뇌황, 정말로 성과가 있는지 자네가 한번 해보게."

뇌황은 빙황의 말에 고개를 끄덕이며 호열의 앞으로 가서 섰다.

"음… 그렇게 하지. 아이야, 내 말을 알아들을 수 있겠느냐? 알아들을 수 있으면 한 번 고개를 끄덕여 보아라."

호열은 멍하니 삼황을 보고 있다가 갑자기 머리 속 깊은 곳에서 울리는 알 수 없는 음성에 깜짝 놀랐다. 세 괴물 중 '찌찌직' 이 하는 말을 알아들을 수 있었던 것이다. 이에 호열은 신기해하면서도 고개를 끄덕여 주었다.

"알아들을 수 있다는 말이지? 허허, 그러면 됐군. 자, 이보게들, 문제가 해결된 듯하이."

"잘됐어, 잘됐어. 이제 이 지겨운 곳을 빠져나가 선계에 들 수 있게 되었구먼. 정말 꿈만 같으이. 허허."

"허허, 나는 말보다 눈물이 나오는구먼. 내가 늙긴 늙었나 보군. 허허."

갑자기 괴물들이 웃어대자 호열은 정신이 하나도 없었다. 그와 더불어 호열은 이제 괴물들이 자기에게 피해를 주지 않을 것이라는 것을 직감적으로 느낄 수 있었다. 그와 같은 생각이 들자 어느덧 호열은 좀 더 대담하고 적극적인 자세로 괴물들을 상대하기로 마음먹었다.

대담하게도 호열이 그런 생각을 갖게 된 배경은 처절한 삶의 경험에서 나온 것이었다. 오랜 유랑 생활을 하면서 자신도 모르게 몸에 밴 삶의 철칙이 있는데, 그것은 '상대에게서 호의가 없으면 쥐 죽은 듯 있던가 모른 척하고, 호의가 있으면 적극적으로 매달려라' 라는 것이었다. 이것은 고향을 떠나 오랜 유랑 생활을 하면서 굶주림에 피치 못할 사정으로 구걸을 하게 되었을 때 깨달은 것으로, 위태위태하던 호열의 삶을 지금까지 유지할 수 있게 하는 데 지대한 영향을 끼쳐 왔다고 할 수 있는 철칙이었다. 호열이 지금까지 살아오면서 깨달은 뜨거운 삶의 역작(力作)이라고나 할까? 어차피 호열은 자신의 생사(生死)가 지금은 괴물들에게 달려 있다는 것을 잘 알고 있었다. 그건 어쩌면 당연한 생각인지도……

호열은 지금 어디인지도 모르는 곳에 혼자 외로이 서 있었고, 괴물들은 오랫동안 이곳에 자리를 잡고 살면서 혼자도 아닌 셋이서, 더구나 이상한 빛을 뿌려대며 하늘을 날아다니니……

호열이 이런저런 생각을 하고 있을 때 또다시 괴물들 중 '찌찌직' 이 앞으로 나서며 말을 걸어왔다.

"아이야, 저번과 같이 내 말을 알아들을 수 있다면 고개를 끄덕여 봐라."

호열은 조심스럽게 '찌찌직' 을 한번 쳐다본 후 고개를 끄덕였다.

"음… 그래, 너도 내가 보기에 지금 많이 혼란스럽고 겁도 날 것이다. 일반 사람들이 우리들을 보았다면 당연하겠지. 하지만 우리들은 너에게 해(害)를 끼치지는 않을 것이다. 그러니 안심하거라."

호열은 지금 자신에게 말하고 있는 일명 '찌찌직' 이 하는 말을 다 알아듣지 못하고 있지만, 자신에게 '자신들은 자기를 해치지 않을 것이니 안심하라' 는 말을 하고 있다는 것을 어렵지 않게 알 수 있었다.

살아오면서 눈치만 는 결과이지만.

"그래, 아이야, 우리들은 삼황이라고 한다. 지금 네 앞에서 말하고 있는 본인은 뇌황이고, 저쪽엔 빙황과 화황이라고 한다."

스스로를 빙황이라고 칭한 '찌찌직' 괴물은 뒤쪽을 가리키며 말을 꺼냈다. 그러나 호열의 정확한 이해를 돕기 위해 뇌황은 손과 발을 어지럽게 움직여야만 했다.

"음… 우린 네가 누구인지 모른다. 하지만 너와 우리들이 이렇게 만나게 된 것도 인연이라면 정말 큰 인연이라 할 수 있으니, 넌 지금부터 내가 하는 말을 잘 들어보도록 하거라."

"크, 큭."

호열은 빙황을 보며 나오려는 웃음을 간신히 참고 있었다. 신비한 작태를 보이며 호열의 앞에서 손과 발을 이리저리 움직이며 알아듣지도 못하는 말로 긴 얘기를 하고 있으니…….

"알아들었다고? 그래, 휴~ 이거 정말 힘들구먼. 자, 그럼 지금부터 우리 삼황의 이야기를 하기로 하겠다. 초면(初面)에 이렇게 우리들의 이야기를 하려니까 좀 그렇긴 하다만, 우리들은 아무런 기약 없이 오랜 세월 너처럼 이곳으로 떨어지는 사람을 기다림으로 보낸지라, 지금 이성보다는 마음이 앞서는구나. 그럼 지루하더라도 들어주겠느냐?"

"예, 무슨 말씀인지 잘 모르지만 들어보지요."

호열은 지금 머리 속에 '웅웅' 거리며 울리는 말들을 하나도 알아들을 수가 없었다. 하지만 그냥 느낌으로 이들이 단순한 괴물들이 아니라 실로 범상한 사람들임을 어렴풋이 알 수 있었는지라, 지금 처한 상황에서 자기가 살려면 지금 말하는 괴물의 말을 하나라도 놓칠 수 없다는 생각에 주의 깊게 들었다. 느낌 그대로…….

"그래, 들어준다니 고맙구나. 그럼 한번 들어보아라. 우리는 일찍이 각자의 도(道)를 추구하여 선계의 신선경(神仙境)에 이르게 된 사람들 이란다. 너도 보아서 알겠지만 지금 말하고 있는 난 하늘과 대기 중에, 더 나아가 우주에 있는 뇌기(雷氣)를 다스릴 수 있는 경지에 다다라 있다. 또한, 내 우측으로 보이는 화황은 불의 기운(氣運)을, 좌측의 빙황은 수(水)의 기운을 다스릴 수 있는 경지에 이르렀다. 이런 우리들인지라 어느 날 서로 만나 의기투합(意氣投合)을 하게 되었고, 또한 서로의 경지를 격찬하게 되었다. 하지만 서로의 깨달음을 격찬만 한 것이 아니라 서로의 경지를 시험하게 되었는데, 음… 그렇게 해서 이렇게 너의 앞에 노부가 서 있게 된 것이다. 자, 이해하겠느냐? 험, 험."

호열은 이 '찌찌직', 자칭 '뇌황'의 이야기를 들으면서 고개를 끄덕였다. '찌찌직'의 얘기를 전부 알아듣지 못했지만, 열심히 듣는 척이라도 하고 있었다. 지금은 그래야만 할 것 같았다. 그래도 신경을 쓰면서 들었는지라, 아니, 눈으로 보았다는 표현이 오히려 정확하지만 대강의 내용은 파악할 수 있었다.

'하~ 그러니까 서로 누가 우위에 있는지 겨루었다는 거구만. 왜 이렇게 이해하기 힘들게 말을 빙빙 돌리는 거야? 정말 미치겠군.'

"그래서 저보고 지금 어떻게 하라구요?"

호열은 '찌찌직'을 향해 고개를 뻣뻣이 들고서 쳐다보았다. 만약 호열의 모습을 다른 사람이 보았다면 손가락질을 하겠지만, 이런 호열의 모습은 지금 최대한 상대방을 공경하고 있는 모습이었다. 공손히, 최대한 공경하는 자세를 취하고 있었다.

'응? 지금 저 아이가 나한테 말한 것 같은데? 이거야 원, 내가 말할 수는 있어도 저 아이의 말을 이해할 수 없으니… 허참, 이거 정말 답답

하구먼. 음…….'

"왜 말이 없어요? 그래서 어떻게, 제가 어떻게 해야 되는데요?"

호열은 말하면서 뇌황을 빤히 쳐다보고 있었다. 난 지금 바쁘니 빨리빨리 말하라는 태도였다.

"음… 아이야, 미안하지만 우리들은 지금 너의 말을 알아들을 수 없구나. 너에겐 미안한 일이지만 지금 우리들은 우리들의 생각을 너에게 심어줄 수는 있어도, 너의 생각을 읽지는 못하니 너의 말을 이해 못하겠구나. 이 말, 넌 알겠느냐?"

지금 뇌황의 얘기를 들은 호열은 천천히 고개를 움직였다. 움직였다는 표현보다는 그냥 고개를 끄덕였다는 것이 옳을 정도로 성의가 없었지만……. 그러나 뇌황의 이야기를 듣고는 고심하지 않을 수 없는 호열이었다.

"음… 그래, 영리한 아이구나. 허허."

'한마디로 양방향 노선(路線)이 아니라 일방 노선이구나. 이렇게 되면 여간 귀찮은 일이 아닐 수 없는데…….'

하지만 삼황은 이런 호열의 생각은 아무것도 아니라는 듯 치부해 버리고, 빨리 자신들이 흡수하고 길들여 정령화(精靈化)시켰던 기(氣)를 편안하게 옮겨줄 수 있는 방법을 생각했다. 아니, 되도록 빨리 옮길 수 있는 방법만을 생각하였다.

삼황의 생각으로 그동안 추구하고 익혔던 방법들로 인하여 힘들게 얻었던 그 힘은 신(神)들의 것이지만, 선계에 들려고 하니 오히려 그 힘이 부담으로 다가오게 되어 선계에 못 들게 하는 부작용이 일어났던 것이다. 말인즉, 용(龍)이 승천(昇天)하려고 하는데 여의주(如意珠)가 하나도 아닌 두 개라고 한다면 무거워서 승천을 할 수 없는 이치와 부합(符合)되는 이야기다.

지금의 삼황은 모두 선계의 신선경에 이른 사람들이었지만 결계에 들어오기 전 자신들의 순수한 신기와 결계에 들어온 후 호승심으로 인하여 억지로 우주 공간에서 흡수한 신기를 같이 가지게 되었던 것이다. 그때는 아무도 이런 상황에 처하게 될 줄 몰랐지만…….

언제인지는 모르지만 아주 옛날, 아~주 옛날에 사람과 사람들 사이에 떠돌던 소문들 중에 영정(嬴政) 뭐라는 사람이 진(秦) 뭐라는 나라의 이름으로 세상을 통일하고 만리(萬里) 뭐라는 것을 축조(築造)한다고 사람들을 동원하면서 난리를 피울 때였다. 하지만 아무런 제약 없이 세상을 떠돌던 삼황은 서로의 기(氣)를 느끼게 되었고, 그렇게 서로 느끼고 있던 그 기를 찾아가게 되었다.

그렇게 힘들게 만난 삼황은 서로의 우의(友誼)를 다지는 한편, 그동안 서로 추구하던 무학의 세계를 의논하고 펼쳐 보이고 싶어서 아무도 모르는 곳에서 대결을 벌이게 되었다. 하지만 이 대결의 여파가 일반 사람들에게 피해가 갈 것을 염려하여 생각다 못해 빙황이 결계를 만들기로 한 것이었다. 그렇게 해서 이 결계는 빙황에 의해 만들어진 것으로 만상(萬象)의 모든 것을 뜻대로 가둘 수 있는 것이며, 한 번 펼쳐지면 그 뜻을 다 펼치기 전에는 뚫고 나오기가 힘든 결계였다. 하지만 문제는 여기에 국한되지 않고 화황이 자기도 알고 있는 것이 있다며 들어오기 전에 펼친 흡기도영(吸氣道營)이었다. 자칭 '우주에 떠도는 모든 기(氣)를 흡수해 다스린다'는 말대로 외부의 기를 안으로 끌어들이는 결계였다.

빙황의 만류에도 불구하고 이미 펼쳐져 있는 결계에 또 다른 결계를 펼친 것이다. 그렇게 화황이 펼친 결계와 빙황이 처음 펼친 결계가 처음에는 서로 상쟁을 하더니, 시간이 흐른 후 이상하게 처음의 결계의 성질이 아닌 변종(變種)으로 결합이 되어 이것을 펼쳤던 그들조차 모르게 달라지기 시작했다. 그러나 삼황은 이러한 변화에는 신경을 쓰지 못하고 대결에만 열중하고 있었는데, 그러는 중에도 결계는 끊임없이 변이(變異)를 하여 나중에 삼황이 나가려고 할 때쯤 오히려 그들 앞을 막아서게 된 것이었다. 서로 간의 대결이 끝나갈 때 이 문제를 알게 된 빙황이 화황과 논쟁(論爭)을 벌였지만, 이미 어찌할 수 없는 일인지라 상황이 여기에까지 이른 것이었다. 정말 기가 막힌 일이 아닐 수 없었다. 자신들이 펼친 결계가 자신들을 가둘 줄이야. 그 후로 삼황은 최대한 결계를 파괴하는 데 총력을 기울이면서 외부에서 사람이 오기를 학수고대(鶴首苦待)하고 있었던 것이다.

상황이 이렇다 보니 지금 삼황에게 호열은 자신들이 지니고 있는 짐을 덜어줄 정도로만 여기고 있었다. 삼황은 지금의 그들을 있게 한 순수한 신기는 그대로 두고, 어떻게 하면 자신들이 원치 않았음에도 갖게 된 또 다른 신기를 옮길까 궁리하였다. 그러나 한편으로는 걱정이 앞서는 것을 느꼈다. 이 신기는 순수하지는 않지만 파괴력에 있어서는 어떠한 신기보다 파괴적(破壞的)이었다. 하지만 그들은 지금 눈앞에 닥친 현실에 빠져 있어 이 파천(破天)의 힘이 어떻게 되든 거기에는 신경 쓰지 않았다. 아니, 되도록 그쪽으로는 신경 쓰고 싶지 않았다.

"아이야, 지금 우리들이 너에게 막대한 힘을 주려고 하는데 너는 어떻게 생각하느냐? 괜찮으면… 아니, 좋다면 어디 한번 고개를 끄덕여 보아라."

"음… 너는 왜 가만히 있느냐? 우리들의 힘을 갖기 싫은 것이냐?"

"허허, 도대체……. 가만, 혹시 내게 무슨 할 말이라도 있느냐?"

호열이 기다렸다는 듯이 바로 고개를 끄덕였다.

"음… 그렇단 말이지? 그래, 내게 하고 싶은 말이 무엇이냐? 이런, 허허. 이렇게 답답할 수가."

호열도 지금 말은 못하고 있었지만 가슴이 답답함은 앞에 서 있는 뇌황 못지않다. 오죽하면 자신의 가슴을 주먹으로 치고 싶을까.

"음… 그래. 아이야, 너는 혹시 글자를 쓸 줄 아느냐?"

"아! 예, 쓸 줄 압니다."

"그래? 허허, 정말 잘되었다, 잘되었어."

호열은 얼른 고개를 끄덕이며 뇌황의 물음에 대답했다. 어릴 때 그렇게 글공부에 매달리지는 않았어도, 머리는 좋아서 다른 아이들보다 빠르게 배웠던 호열이다. 하지만 그렇게 많이 배운 건 아니었다. 집도 어려웠을 뿐더러 더구나 혼자가 된 이후에는 공부라는 것은 생각도 못하게 되었다. 그러다 보니 당연히 자기 이름 석 자 정도 겨우 쓸 수 있었고, 잘 해야 천자문(千字文) 정도를 간신히 익혔을 정도였다.

'어떻게 한다? 음… 에라, 모르겠다. 지금은 창피하지만 솔직히 말하자. 하지만… 이런, 미치겠군. 내가 뭘 쓸 줄 알아야지. 이럴 줄 알았으면 그때 어깨너머로 좀 더 배워둘 것을. 미치겠군.'

"저… 죄송한데 제가 아는 글자는 이것이 전부입니다. 죄송합니다."

호열은 자신이 왜 뇌황의 말에 바로 고개를 끄덕였는지 스스로도 이해를 하지 못하였다. 어차피 금방 알게 될 일인데 왜 스스로의 얼굴에 먹칠을 하였는지……. 그래도 자신의 실수를 얼른 깨닫고 자신이 알고 있던 글자를 몇 가지 적었다. 그 옆에 조그맣게 천자문도 조금 안다고 땅바닥에 적으면서 이것이 자신이 알고 있는 글자의 전부라고 속 시원히 털어놓았다.

"응? 이런, 음……."

"이보게, 뇌황. 지금 저 아이가 뭐라고 하는 것인가?"

"음… 허, 어쩔 수 없지."

호열과의 힘겨운 대화를 마친 뇌황이 옆에서 지켜만 보고 있던 빙황과 화황에게 다가갔다.

"이보게, 지금 저 아이가 뭐라고 하면서 땅바닥에 낙서를 하는 거냐고?"

"허허, 그건 저 아이가 자신이 알고 있는 글자는 저것밖에 없다고 쓴 것이네."

"잉? 뭐라고? 이런."

"휴, 저 아이가 우리 말도 모르고 더군다나 글자도 많이 모르는 것 같으니 이제 우리는 어떻게 하면 좋겠나? 어디 좋은 의견이 있으면 말해 보게."

"……."

"……."

뇌황의 물음에 아무도 이렇다 할 대답이 없었다.

"정말 없는가?"

"글쎄, 허……."

"음… 이거 참, 나도 모르겠다."

"허, 어쩔 수 없지. 어차피 저 아이가 글을 몰라서 다소 불편할 뿐이지 우리들이 하는 일에는 지장을 주지 않을 것 같은데, 어떻게들 생각하는가?"

"음, 뇌황의 말이 옳은 것 같네. 다만 우리들이 저 아이에게 더 자세히 알려줘서 올바르게 기(氣)를 인도할 수 있게만 하면 되는 거니까. 안 그런가?"

"그래, 맞는 말이야. 그러니 어서 뇌황은 우리들의 뜻을 저 아이에게 말해 보게. 그래도 자네가 우리들 중 중립을 지켜왔으니까 자네가 하는 것이 좋겠네."

"음, 그럼 그렇게 하기로 하세."

삼황의 중지가 모이게 되자 뇌황이 대표로 나서게 되었다. 뇌황은 다시 호열의 앞으로 다가와 가만히 멀뚱멀뚱 자신을 바라보고 있는 호열의 눈을 바라보았다.

'음, 아무리 그래도 이것도 인연인데 아이의 이름이라도 알아두는 것이 도리겠구나.'

"아이야, 너는 너의 이름은 쓸 줄 아느냐?"

"예, 그 정도는 쓸 줄 압니다."

"그래? 그럼 한번 바닥에 써보아라."

"예."

호열은 뇌황의 말을 듣고는 바닥에 자신의 이름을 썼다.

"응? 뭐야, 이거? 이것도 글자가 맞나? 글자가 좀 이상한 것 같군. 음⋯⋯."

호열은 최선을 다해 자신의 이름을 열심히 썼다. 그러다가 가만히 다시 생각해 보니 이름보다는 천자문이 나을 것 같다는 생각에 막 다시 쓰려고 하는데, 생각과는 다르게 어떻게 된 것이 글자가 하나도 생각나지 않았다. 그래도 평소 보고 읽을 수준은 된다 생각하고 있었지만, 어찌 된 것이 막상 쓰려고 하니까 아무것도 생각나는 것이 없었던 것이다.

"허허, 아무래도 저 아이가 말은 저렇게 하지만 글자도 제대로 배운 것이 없고 그나마도 엉터리로 배운 듯하구나. 어허, 정말 불쌍한 아이로구나. 음… 그나저나 이 일을 어이 할꼬?"

뇌황은 정말 한심하다는 표정과 함께 어이없다는 듯이 뒤에 서서 자신을 지켜보던 빙황과 화황을 쳐다보았다. 하지만 아무것도 모르는 그들은 열심히 하라는 듯이 천진난만(天眞爛漫)하게 뇌황에게 손을 흔들어 보이며 재촉하고 있었다.

"허, 음… 그러면 내 이야기를 다시 시작하마. 우리들의 의견은 이러하단다. 간단히 말해서 우린 우리들이 힘들게 수련한 신기를 너에게 전해주고 이제 그만 우화등선하였으면 한단다. 너는 지금 내가 한 말을 이해하겠느냐?"

뇌황은 약간은 곤혹스러운 표정을 하면서 자신을 주시하고 있는 호열을 바라보았다.

'우화등선? 지금 저 '찌찌직' 이 나한테 우화등선이라고 말한 건가? 에이, 설마 아니겠지. 지금이 어느 때인데……. 내가 아무리 배운 것이 없다고 해도 정말 너무하는군.'

호열은 뇌황의 말을 대강은 알아들을 수 있었지만 왠지 자신을 놀리는 것 같아 두 손을 살짝 올려 좌우로 벌리며 모르는 척 알아들을 수 없다는 시늉을 하였다.

"아니요. 잘 모르겠어요."

"음… 그래, 너무 무리는 하지 말거라. 지금 우리들은 서로 의사소통(意思疏通)에 신경을 쓰며 노력하여야 할 것 같구나."

"예, 그런 것 같네요."

호열은 지금 뇌황의 말로써 자신의 처지를 알게 되었다. 말로는 못 알아듣겠다는 표현을 했지만, 뇌황이 너무나 완벽하게 몸과 손발 등을 사용하여 표현을 했는지라 어렵지 않게 알 수 있었다. 뇌황의 말을 한 마디로 말하자면, 지금 이들은 자기에게 귀찮은 것을 주고 빨리 우화등선인지 뭔지를 하려고 하는 것이었다.

호열은 이에 고심하지 않을 수 없어 가만히 눈앞의 뇌황을 쳐다보았다. 호열의 생각으론 자신은 지금 무지하게 바쁜데 남의 사정도 모르면서 자기들의 일을 도와달라고 하는 것이기 때문이었다. 그렇다고 호열 스스로는 지금의 난관(難關)을 타파할 방법도 없고, 가만히 보니 그냥 나가게 해달라는, 아니, 그냥 자기가 나가는 데 도움은 못 주어도 방해만은 말아달라는 자신의 생각을 저쪽에선 아예 받아들이지 않을 것만 같았다.

호열은 자신의 이런 간곡한 마음을 한쪽에 서서 지켜보는 삼황의 표정을 보고는 차마 표현조차 하지 못했다. 왠지 그랬다간 자신에게 큰 불상사가 일어날 것만 같은 예감이 들었던 것이다.

'그래, 이왕 이렇게 된 거 내가 저들을 돕게 되면 저들도 나를 도와야 되는 거 아닌가? 그래, 그래야 정상이지. 암~ 요즘 세상에 공짜가 어디 있겠어.'

호열은 우선 그렇게 생각을 함으로써 삼황에게 무작정 당하지만은 않겠다는 의사를 전달하기로 마음먹었다. 이런 생각을 하게 된 것은 호열의 대담한 성격도 있었지만 투철한 계약 근성으로 이루어진 것이었다. 한마디로 '주는 것이 있으면 받는 것도 있다'라는 말로 호열이 자주 쓰는 말은 아니었으나 이왕에 이렇게 된 거 자신이 삼황에게 꼭 필요한 존재이고, 또한 자신이 삼황에게 도움을 줄 처지에 있으니 삼황에게 약간의 도움을 바라는 마음이 저절로 생기게 된 것이었다.

이런 생각으로 호열은 뇌황에게 세계의 공통어인 손짓과 발짓, 몸짓 등 모든 수단을 동원하여 자신의 뜻을 전달하려고 무지무지한 노력을 하였다. 처음에는 힘이 들고 짜증이 났지만, 간신히 두 시진 만에 대충 뜻 정도는 전달할 수 있었다.

"삼황께서는 저에게 뭔가를 주시고 우화등선인지 뭔지를 하려고 그러시는 것이군요?"

"오오~ 그래, 이제야 알아들었구나. 그렇다. 그렇단다, 아이야. 우리를 이해해 줘서 고맙구나."

"아, 뭘요~ 세상을 살다 보면 이런 일도 있고 저런 일도 있는데요. 어.려.운. 처지에 서로 도와가며 살아야지요."

"그래? 그렇게 말을 해주니 정말 고맙구나."

'음… 지금 저 아이가 하는 말이 무슨 말인지 모르겠구나. 무슨 뜻으로 하는 말이지?'

뇌황은 호열이 자신에게 왠지 말을 빙빙 돌려서 하는 것 같아 조금 이상한 느낌이 들었다.

"저, 초면에 이런 말씀을 드려도 될지 모르겠지만……."

"응? 그래, 무슨 말인지 한번 해보거라."

"저기, 실은 제가 중원으로 가는 길이거든요."

"응? 중원? 그래, 그런데?"

"예, 제가 중원에 가야 하는데 앞으로 중원에 가서 살아야 하는데……."

이렇게 시작된 호열의 이야기는 뇌황의 정신을 흩뜨려 놓기에 충분했다. 호열의 생각은 이러했다. 어차피 대륙으로 가는 길, 그동안 간직하고 있던 원대한 포부(抱負)를 안고 중원으로 가는 길이었으니 가는 도중에 중원의 언어를 배워 이곳을 나가게 되면 중원에 가서 요긴하게 써먹을 수 있을 것이다.

그래서 뇌황에게 손짓, 발짓하며 자신이 생각한 것을 한 시진가량 설명하게 되었다. 물론 뇌황은 뛰어난 머리로 이해하고는 어이없어하였지만.

이렇게 호열의 엉뚱한 생각으로 삼황은 어쩔 수 없이 생각지도 못한 골치 아픈 어학 수업(語學授業)을 하게 되었다. 다들 속으로는 '뭐 이런 녀석이 다 있냐?' 하는 생각을 지녔지만, 그러나 지금은 그들이 아쉬운 처지라 달리 방도가 없어 하늘만 보며 한탄할 수밖에 없었다.

후담이지만 빙황이 뇌황의 말을 듣고는 결계가 갈라진 동굴 한 귀퉁이에 서서 하늘을 보며 장탄식을 터뜨리는 것을 화황이 몰래 지켜봤다는 이야기가 전해진다.

"어허, 우화등선을 하려면 아직도 인세의 인연이 다하지 않았다는 말인가?"

"빌어먹을, 우화등선하기 되게 어렵네. 음… 아~ 제발 우화등선 좀 시켜줘……."

제 3 장

오학 연수(語學研修)를 받다

어학 연수(語學硏修)를 받다

　　호열이 삼황으로부터 어학 연수(語學硏修)를 받기 시작한 것은 뇌황에게 말을 전하고서 약 십 일이 지난 후였다. 말이 십 일이지 그동안 호열은 삼황의 철저한 무관심(無關心)에 의해 혹독한 배앓이를 해야만 했다. 호열과 삼황과의 신경전이 벌어진 것이다.

　　하지만 호열이 혹독한 고난과 시련 속에서 쓰러지면서도 끝내 자신의 뜻을 굽히지 않자, 오히려 속이 끓는 건 삼황이었다. 호열이 죽고 나면 언제 다시 이런 기회가 올지 모르기 때문이었다. 결국 삼황은 호열의 뜻을 굽히지 못한 채 쓰린 마음을 고이 접고서 호열의 청을 들어주기로 했다. 하지만 삼황이 모르는 것이 있었으니, 호열은 유랑 생활을 하면서 십 일 정도 밥을 굶는 건 다반사였기 때문에 정신만 몽롱할 뿐 대체로 몸은 양호한 편이었다.

　　"음……."

"어? 그래, 이제 일어났느냐? 네가 했던 말에 대하여 너무 깊이 숙의를 하는 바람에 너의 처지를 망각(忘却)하고 있었구나. 허허, 미안하구나. 그래, 몸은 좀 괜찮느냐?"

"예, 그럭저럭 괜찮은 것 같습니다."

'음… 이러면 내가 이긴 것인가? 그래, 이들이 지금 내 앞에 있다는 것은 내가 이겼다는 증거야. 하하하. 내가 이겼구나, 이겼어. 아버지, 소자가 이겼습니다.'

호열은 삼황과의 신경전에서 자신의 승리를 십에 오 정도도 장담하지 못하고 있었다. 자신의 한계(限界)가 십오 일 정도였는데, 저들은 십일 만에 백기를 든 것이다. 하지만 호열은 이런 생각을 차마 속으로는 모르지만 겉으로 내색하지는 못하고 몰려오는 승리의 기쁨을 참아내느라 오히려 얼굴을 찡그려야만 했다.

"어? 아이야, 어디가 많이 아픈 것이냐? 왜 그렇게 얼굴을 찡그리느냐? 어서 말해 보거라."

"아, 아닙니다. 걱정하지 마십시오."

"그래? 음, 하지만 지금 너는 속이 매우 허할 것이다. 그러나 너무 걱정하지 말거라. 우리가 대지(大地)와 바람의 기운으로 너의 공복(空腹)을 채워주었으니 조금은 기운을 차릴 수 있을 것이다."

"예? 뭘로 채웠다고요?"

"허, 그렇구나. 너는 아직 잘 이해가 안 되겠지. 음……."

"예, 무슨 말씀이신지 전혀 모르겠습니다."

"그래, 어떻게 설명한다? 음… 그래, 이렇게 얘기하면 네가 이해하기가 편하겠구나. 허허."

"……."

"아이야, 잘 들어보거라. 넌 앞으로 따로 음식을 먹을 필요가 없을 것이다. 단, 이곳에 있을 때뿐이지만. 알겠지?"

"예? 지금 그게 무슨 말씀이시지요?"

"그게… 그래, 넌 음식 대신 저 연못의 기운으로 허기를 채우면 된다는 말이다. 허허, 그 다음은 차차 알게 될 것이다. 그러니 오늘은 그 정도만 알거라."

"음… 예."

호열은 지금 자신 앞에 있는 '찌찌직', 아니, 뇌황이 하는 말에 대하여 도무지 이해가 가지 않았다.

'잉? 어떻게 사람이 음식을 먹지 않고 살 수 있다는 말이지? 정말 저 사람의 말이 사실이라면 앞으로 난… 후후. 그래, 그렇다면 더 이상 배고픔을 겪지 않아도 된다는 말이 아닌가? 하루하루 너무나 힘들게 했던 그 굶주림을……'

호열은 뇌황의 말을 들으면서 어려웠던 시절을 생각하니 한순간 감격이 물밀듯이 밀려왔다. 하지만 이런 감정을 얼른 감추지 않으면 안 되었다. 자신을 주시하고 있는 삼황에게 자신의 이런 약한 모습을 보일 수는 없는 일이니까.

"음… 뭐라고 말씀드려야 할지, 정말 감사합니다."

"아니다. 너도 이제 어느 정도 정신을 차린 것 같으니 다행이다. 어서 몸을 추스르거라."

"예."

'음… 역시 내 생각대로 이 괴물들은 나를 어쩌지 못해. 음… 이렇게 되면 내가 이긴 것인가? 그래, 역시 내가 이겼구나. 제기랄! 하지만 이 짓도 할 짓은 못 되는군. 빌어먹을 괴물들. 하지만 그래도 나름대로

큰 소득은 있었어. 정말 큰 소득이. 히히히.'

호열이 속으로 이런 생각을 하며 가만히 등을 벽에 기대고 천천히 기운을 차려갔다. 속으로 삼황에 대해서 없는 욕 있는 욕 다 하면서…….

"아이야, 음… 그래. 너도 이제 어떻게 하면 네가 말한 그 일을 빨리 끝낼 수 있을지 생각해 보기로 하자꾸나."

"예? 아… 예, 그렇게 하도록 하겠습니다."

"그래, 그렇게 하려면 먼저 네가 기력(氣力)을 회복해야지?"

"예……."

가만히 벽에 등을 기대고 앉아 있는 호열의 병세(病勢)를 조심스럽게 살핀 삼황은 호열의 몸에 별다른 이상이 없는 것 같아 보이자 다시 한쪽으로 물러나 앞으로의 일을 토론(討論)하기 시작했다.

"음… 화황, 아니, 빙황은 어떻게 했으면 좋겠나?"

"잉? 난……."

"글쎄, 허.

"응? 뭐가 허야? 자자, 생각하고 자시고 할 것 없이, 이미 일이 이렇게 되었으니 달리 방법이 없지 않은가? 되도록 빨리 저 녀석이 원하는 수준까지만, 그래, 원하는 수준까지만 끌어올려 주면 되는 거지. 그 다음 우리는 우리 일을 하면 되잖아. 그렇지 않나?"

화황은 별것 아니라는 식으로 간단하게, 너무나 간단하게 나름대로의 생각을 설명하였다. 화황이 생각하기엔 정말 간단한 일 같았으므로…….

"화황, 자네의 말도 옳은 생각이지만 일은 그렇게 간단하지 않다네. 당장 저 아이가 도대체 어느 정도까지를 원하는지 우리들은 모르지 않은가?"

"음, 그렇지. 가장 중요한 것을 우리는 모르고 있지."

"아아, 그건 차차 저 아이에게 글과 말을 가르치고 서로 대화가 어느 정도 가능할 때 결정을 해야 하겠지. 지금의 우리들로선 아무것도 결정할 수 없으니……."

"음… 참나, 내가 이제껏 존재하면서 이런 말 같지도 않은 황당한 경우를 다 겪게 될 줄이야. 이거 참."

"휴~ 그러게나 말일세."

"음……."

화황은 얘기가 점점 자신이 처음 생각했던 방향이 아니라, 자꾸만 어처구니없는 방향으로 흘러가자 어이가 없었다. 이런 경우를 처음 당해보니, 하지만 그건 뇌황과 빙황도 마찬가지였다.

"음… 그럼 우선 급한 건 저 아이에게 간단하지만, 우리들과 서로 대화할 수 있을 정도로 대화에 필요한 것부터 가르쳐야 한단 말이군."

"그렇지. 그러자면 우리들 중 누구부터 저 아이를 가르치는 것이 좋겠는가?"

"음……."

"아아, 제발 나는 그 일에 빼줘."

화황은 가뜩이나 자신이 생각하고 있던 것하고 다르게 일이 진행되다 보니 신경이 날카로워졌는데, 거기다 호열을 가르쳐야 된다고 생각하니 앞날이 깜깜하게 느껴졌다. 그래서 얼른 두 손을 흔들어 보이며 그 일에서 빠져나가려고 했다.

"허, 화황, 그게 무슨 말인가? 아니 될 말이지, 암. 어찌 그런 말도 안 되는 생각을 한단 말인가?"

"왜 말이 안 된다는 거지?"

"허~ 그럼 우리들 중 한 사람에게만 부담을 주겠다는 말인가?"

"음… 휴, 할 수 없지. 그럼 난 나중에 하게 해줘, 자네들도 알겠지만 내가 성격이 급해서… 혹 나도 모르게 저 녀석을 죽일지도 몰라. 그러면 안 되잖은가? 안 그런가, 빙황?"

"허~ 자넨 이럴 때만 나를 찾는군. 뇌황, 나도 화황의 말에 공감을 표하네."

"음… 그렇게 될 수도 있겠군."

"그렇네. 음… 뇌황, 이렇게 된 거 그럼 내가 먼저 시작하기로 하지. 그래도 되겠나?"

"응? 빙황, 자네가 말인가?"

뇌황은 자신이 먼저 하게 될 것이라는 생각을 하고 있었다. 호열이 자의든 아니든 처음 동굴로 들어와서 얘기를 나눈 것이 자신이었으므로. 그런데 빙황이 먼저 하겠다니 뇌황으로선 마다할 이유가 없었다.

"그렇네. 내가 먼저 하도록 하지. 나도 그동안 별로 할 일도 없었으니……."

"음… 그래, 그럼 그렇게 하도록 하게. 나도 저 아이를 가르치는 데 달리 생각하는 바가 없으니까."

뇌황은 오히려 잘되었다고 생각하였다. 처음부터 호열에게 무엇을 가르치겠다는 계획이 서 있지 않았기 때문이다. 그리고 학문적으로는 빙황이 자신보다 높은 지식 수준을 자랑하고 있다는 것을 잘 알고 있었으므로, 거리낌없이 호열의 일을 빙황에게 양보하기로 한 것이다.

"그러한가?"

"허허, 그럼 난 차차 경과를 지켜보도록 하지. 먼저 수고하게."

"수고는 무슨……."

그 끝이 없을 것 같은 삼황의 토론을 조용히 옆에서 지켜보면서 호열은 앞으로의 일을 생각하고 있었다. 하지만 아무리 생각해도 이 위기를 타파할 뚜렷한 방법이 없었다. 한참을 기다리니 삼황은 뭔가를 쑥덕거리며 나름대로 합의를 본 것 같았다.

'음, 저들이 지금 내 문제를 가지고 무슨 모의 같은 것을 하는지 모르지만 내게 해는 없을 것 같다. 그래도 방심하면 안 되지. 암.'

호열은 지금 자신이 마치 호랑이 소굴에 들어와 있는 것 같다는 생각을 하면서 다시 한 번 자신을 채찍질하고 있었다.

호열은 앞으로 자신이 어떠한 일들을 겪게 될지 모르지만 차분하게 하나하나 앞으로 다가올 난관들을 극복해 나가기로 다짐했다. 어차피 얼마 동안은 좋든 싫든 저들과 함께 살아가야 할 것이기에…….

삼황은 합의가 모두 끝났는지 지금 호열의 앞에는 빙황이 서게 되었고, 나머지 뇌황과 화황은 한쪽에 서서 빙황이 과연 어떻게 호열을 가르칠 것인지 호기심 가득한 눈과 흥미진진한 모습으로 주의 깊게 보고 있었다.

삼황은 지금까지 많은 생을 살아오면서 단 한 번도 남을 가르쳐 본 적이 없었다. 동굴에 들어오기 전, 젊었던 시절엔 나름대로 자신들의 이상을 실현하기 위해서 열심히 수련하였고, 또한 한창 제자를 받아들일 시절엔 호승심으로 이곳에서 감금 아닌 감금 생활을 하게 되었다. 상황이 이렇다 보니 지금까지 그 흔한 제자도 없었기에, 과연 빙황이 호열을 어떻게 가르칠지 궁금해했다.

'음… 무엇부터 가르쳐야 하나? 허~ 그래, 그래도 가장 기초(基礎)

부터 가르쳐야겠지. 기초가 튼튼해야지, 암. 그럼? 그래, 천자문부터 가르치기로 하자.'

'음, 저게 지금 뭐 하는 거야? 아까부터 가만히 서 있기만 하고?'

호열은 언제 왔는지 아까부터 계속 빙황이 아무런 말도 없이 자신의 앞에 서 있기만 하자 짜증나는 눈으로 멀뚱멀뚱 쳐다만 보고 있었다. 하지만 얼굴은 되도록 주눅이 들어 있는 표정을 지으려고 많은 노력을 아끼지 않았다.

"음… 자, 아이야, 나와 대면하는 것은 이번이 처음이지?"

"예, 그런 것 같네요."

"그래, 다름이 아니라 지금 너의 앞에 내가 서 있는 건 우리들 중 먼저 내가 널 가르치게 되어서다."

"예? 아~ 예."

호열은 빙황의 말을 듣고는 자신에게 하는 말투가 조금은 딱딱하다는 느낌이 들었기 때문에 기대 반 걱정 반 심정으로 고개를 끄덕였다. 그럭저럭 한쪽에 서 있는 '화르르' 보다는 낫겠다는 생각이 들었기 때문이다.

"그래, 이렇게 우리가 만나게 된 것도 어쩌면 인연이랄 수 있으니 지금부터 우리 한번 열심히 해보기로 하자꾸나."

"예, 잘 알겠습니다. 저도 최선을 다해 열심히 배우겠습니다."

'어라? 그래도 처음보단 많이 부드러워졌네? 뭐, 내겐 좋은 일이지만.'

호열은 처음과 달리 약간 부드러워진 빙황의 말투에 긴장감이 조금 가시는 것을 느꼈다. 어쩌면 좋은 괴물일지도 모른다는 생각을 가지게 되었던 것이다.

"옳지. 좋은 마음가짐이구나. 음… 내가 먼저 너에게 가르칠 것은, 음… 너도 생각해 보면 알겠지만 세상일이란 것이, 허."

'이거 정말 말하기가 힘들구나. 그래도 저 아인 열심히 배우느라고 고생했을 텐데. 허, 지금 그것이 엉터리였다고 말한다면 저 아인 어떤 기분일까? 음……'

빙황은 자신이 이런 말을 하면 호열이 혹시나 어린 나이에 마음이 상하지는 않을까 하는 생각에 말을 조심하지 않을 수 없었다.

"저기, 무슨 말씀을 하려고 그러시는지요? 저는 괜찮습니다."

"음… 그래, 기초다."

"예? 기초라니요?"

"음, 내가 지금 너에게 말하려고 하는 것은 기초를 제대로 알아야만 나중에 좀 더 어려운 것을 배울 때 수월하다는 말을 하려는 것이다."

"아~ 무슨 말씀인지 알겠습니다. 저도 그 정도는 알고 있습니다."

"그래? 그럼 잘되었다. 그래서 내가 생각한 것이… 너도 알지 모르겠지만 천자문부터 시작했으면 하는데… 어떠냐? 괜찮다면 어디 한 번 고개를 끄덕여 보거라."

"예? 천자문이요?"

"그래, 천자문."

천자문을 자신에게 가르치겠다는 이 말을 처음 들은 호열은 자신의 귀가 잘못 되지 않았나 손으로 귀를 후벼보았다. 하지만 아무런 이상이 없었다. 호열은 순간 빙황이 자기를 너무 무시한다고 생각했다. 아무리 그래도 그렇지, 어떻게 자신에게 천자문부터 가르치겠다는 것인지 이해가 가지 않았다.

호열의 나이 지금 스물, 어릴 때 신동(神童) 소리는 듣지 못하였으나 천자문은 일곱 살 때 이미 배운 것이었다. 그 후로는 더 배우고 싶어도 집안 형편이 안 되어서 못 배웠지만 여하튼 지금 자신은 천자문을 배울 필요가 없다고 생각하였던 것이다. 하지만 이왕 명나라의 말을 처음부터 배우는 처지이고, 어느 정도의 글자 외에는 천자문도 다 모르고 있었다. 게다가 그 글자가 명나라에서는 어떻게 발음(發音)하는지 모르기 때문에 호열은 아예 처음부터 다시 배우는 마음으로 시작하기로 했다.

"왜 그러냐? 내게 다른 할 말이라도 있느냐?"

"……."

"음… 그렇게 있지 말고 어서 말해 보거라."

"음… 예. 빙황님의 말씀대로 따르겠습니다."

"그래? 허, 너도 그렇게 생각한다니 나도 기꺼운 마음으로 너에게 글자와 말을 가르치기로 하겠다."

"감사합니다, 빙황님. 그럼."

호열은 빙황의 말대로 처음부터 배우겠다는 생각을 굳히고 얼른 자리에서 일어나 사제(師弟)의 예(禮)를 갖추려고 했다.

"아, 그냥 가만히 있거라."

"예? 전……."

"흠… 아이야, 아니, 호열이라고 했지?"

"예, 임호열이라고 합니다."

"그래, 이름이 좋구나. 음… 내가 지금부터 너에게 가르치기는 하겠지만, 나뿐만 아니라 우리와 너의 관계는 사제의 관계가 아니라 서로가 필요에 의한 거래이니 그냥 편하게 우리를 존장의 예로만 대해주기 바란다. 지금 내 말 무슨 뜻인지 알겠느냐?"

"예? 그게 무슨 말씀……."

"그래, 당연히 이해가 안 될 것이다."

"예, 제가 듣기론 배움을 주는 사람은 모두 스승이라 알고 있는데……."

"그래, 그렇단 말이지? 허."

"예, 저는 그렇게 알고 있습니다."

호열은 지금 자신에게 말하고 있는 빙황에게 이해하지 못하겠다는 표정을 지어 보였다. 자신이 알기로 하찮은 것을 배운다 하더라도 다른 사람들 같았으면 어서 사제의 예를 갖추라고 했을 텐데 빙황은 이런 상례를 모르는지 오히려 하지 말라고 하고 있다.

"허, 너의 마음은 잘 알겠다. 하지만 애석하게도 우린 이미 오래전에 이 세상에서 또 다른 인연을 만들지 않기로 했단다. 그러니 이 문제는 나도 어쩔 수가 없구나."

"아~ 예. 빙황님의 말씀이 무슨 뜻인지 잘 알겠습니다. 그럼 그렇게 하겠습니다."

'휴~ 정말 다행이네. 만약 저들이 자신을 스승으로 모시라고 하였다면 내 고생문이 훤했을 것이 아닌가? 정말 다행이다.'

빙황의 말이 끝나자 호열은 풀이 죽은 모습을 하면서 힘없이 고개를 숙여 보였다. 하지만 빙황의 말에 오히려 안도의 마음을 가지는 것은 호열이었다. 차마 이런 자신의 심정을 내보이지는 못하고, 다만 겉으로 최대한 아쉬운 마음을 내비치며 빙황의 말에 힘없이 고개를 끄덕이는 호열이었다.

"허~ 그래, 우리 이런 무거운 얘기는 그만 하고 자, 그럼 우리 지금부터 시작하기로 하자."

'음, 이 아이가 많이 아쉬워하는구나. 하지만 이미 정해진 운명이니 어쩔 수 없는 일이지.'

빙황은 호열의 고개가 숙여지면서 힘없는 모습을 하자 안쓰러운 마음이 들었다. 세상에 있었다면 벌써 제자를 두었을 텐데 하는 마음이 들어 빙황도 자신의 처지가 사뭇 아쉬웠던 것이다.

"예, 그럼 열심히 경청하겠습니다."

"그래, 그래야지. 그럼 잘 듣도록 하거라. 천(天). 지(地). 현(玄). 황(黃)……."

이렇게 호열은 원대한 포부를 지니고 명나라로 향하던 중, 뜻하지 않은 사건으로 천 길 낭떠러지로 떨어지면서 출구가 없는 동굴로 들어와 만나게 된 삼황 중 빙황으로부터 글자와 말을 배우기 시작하게 되었다. 나름대로 탈도 많고 어려움도 많았던 일이었기에 정말로 어렵게 시작한 일이었다.

빙황의 가르침대로 처음 기초부터 배우기 시작한 호열은 점점 시간이 자나감에 따라 한 가지 고민을 하게 되었다. 그것은 여기에 머물게 된 이후로 아무리 동굴 속 사방 구석구석을 살펴봐도 도무지 먹을 것을 찾을 수 없다는 것이었다. 이미 육신이 없는 반신이나 다름없는 삼황은 먹을 음식이 필요하지 않을지 모르지만, 호열은 아니기 때문이었다. 하지만 아무리 고민을 하여도 이렇다 할 답을 찾을 수 없어 생각하는 것 자체를 포기하고 마음속으로도 이런 근심을 애써 떨쳐 버리고 글공부에 전념하기로 하였다. 어떻게든 되겠지 하는 마음으로.

'그래, 어차피 내가 고민한다고 해결될 일도 아니니 난 내가 할 수 있는 일만 하자. 그것이 이곳을 빨리 나갈 수 있는 방법일 테니…….'

호열이 이와 같은 무책임한 발상을 하게 된 것은 삼황이 자신을 필요로 한다는 것을 잘 알고 있고 그 문제는 그들이 알아서 해결해 줄 것이라는 믿음이 있기에 가능한 것이었다.

빙황에게 글공부를 배우게 된 지 약 삼 일이 지났을 때 이 문제는 호열의 생각대로 간단하게 해결되었다. 이곳에 있는 연한 우윳빛 연못이 식량원이었다.

삼황, 정확히 빙황의 말로는 이 연못은 대지의 기(氣)와 바람의 기가 함축된 결정체로서 배가 고프면 밤에 이곳에 들어가 잠을 자라고 하였던 것이다. 호열은 빙황의 말을 처음엔 믿지 않았지만 그래도 다른 대안이 없었기에 글공부를 마친 후 피로도 풀 겸 해서 빙황의 말대로 하얀 빛을 발하는 연못으로 들어가 잠에 들었다. 다음날 아침에는 정말로 배가 고팠던 것이 사라지고 새로운 기운이 넘치는 것 같았다.

"정말 직접 겪어보지 못했다면 이런 연못이 세상에 있다는 것을 믿지 않았을 것이다. 어떻게 사람이 아무것도 먹지 않고 살 수 있단 말인가? 단지 연못에 들어가 잠자는 것만으로, 허."

사실 이곳에 연못이, 그것도 기(氣)의 결정체가 모이게 된 것은 모두 결계의 부작용에 의해서 생겨나게 된 것이다. 참으로 어이없는 결과였지만 이렇게 해서 빙황의 냉정한 가르침과 호열의 불타는 열의로 시작된 배움은 점점 그 서막이 일기 시작했다. 호열의 끝없는 학습이 시작된 것이다.

호열의 학습 열기가 기대 이상이었는지 빙황에게 배우기 시작한 지 일주일 만에 천자문을 다 깨우쳤다. 그래서 이번엔 가벼운 회화를 배우게 되었다. 처음엔 발음이 잘 안 되고 억양이 안 맞아 그 본래의 뜻과 다르게 전달되곤 했지만 차츰 시간이 지나고 어느 정도 기초가 잡히자 간단한 의사 소통이 가능하게 되었다. 말이 간단한 의사 소통이지 그렇게 되기까지 거의 일 년가량의 지루한 시간이 흐른 뒤였고, 그것도 호열의 피나는 노력과 연못의 신기가 많은 도움을 주어 이루어낸 기적 같은 일이었다.

하지만 이런 장족의 발전에 가장 기뻐한 것은 정작 힘들게 배운 호열과 최선을 다해 가르쳤던 빙황이 아니라, 삼황 중 한쪽에서 계속 이들의 모습을 지켜만 봐왔던 화황이었다. 그동안 말은 안 했지만 옆에서 지켜보는 것만으로도 너무 답답해서 동굴 안을 이리저리, 한시도 가만히 있지 못하고 움직여 자신의 갑갑함을 달래곤 하였던 것이다.

"호열아, 너도 이젠 어느 정도 우리와 의사 소통이 가능하게 되었으니 오늘은 그동안 말하지 못한 이야기나 해보자꾸나."

"예."

"그래, 나뿐만 아니라 저기 있는 뇌황과 화황도 궁금해하고 있던 것이 있단다."

"……."

"음… 그건, 그래. 너는 우리들에게 어느 정도의 가르침을 원하느냐?"

"아… 예, 그것이, 음……."

호열은 이제 올 것이 왔구나 하는 심정이었다. 빙황의 물음에 가슴이 덜컹 하고 내려앉는 소리가 귀에 들리는 것 같았다. 아무리 마음을 다잡아도 삼황에게 미안한 감정이 드는 것은 어쩔 수 없는 일이었다. 호열의 억지로 이루어진 결과이기에…….

하지만 약해지는 마음을 다잡은 호열은 언젠가는 삼황이 자기에게 이런 물음을 하게 되리란 걸 알고 있었기에 그동안 생각해 왔던 것을 이야기하기로 했다. 호열이 지금에 와서 미안한 감정을 표현해도 때는 많이 늦은 것이고, 어차피 호열이 지금 글자와 말을 배우지 못한다면 중원에 가서도 고려에서와 같이 걸식(乞食)을 하며 떠돌이 생활을 하게 될 것이 뻔했기 때문이다. 아니, 말도 안 통하니 어쩌면 더 심각한 상황에 처하게 될지도 모르는 일이었다.

호열이 이러한 생각을 하게 된 배경에는 처음 빙황에게서 천자문을 배울 때의 상황이 많은 부분을 차지했다. 빙황에게 처음 천자문을 배울 때 예전에 알고 있었던 것하고는 많은 차이가 있었기에, 호열은 그동안 잘못 알고 있었다는 생각이 들었던 것이다. 그래서 생각해 낸 호열의 결론은 '어차피 저들도 자기가 필요하고 자신도 삼황의 도움이 필요하므로 서로 상부상조(相扶相助)하면 괜찮겠다' 는 것이었다. 호열은 마음 한구석에 자리 잡는 미안한 마음을 애써 외면하면서 마음을 다잡았다.

"예, 저는 최대한 많은 글을 배웠으면 합니다."

'죄송합니다, 빙황님. 하지만 저도 살아야 하거든요. 정말 미안합니다.'

호열은 혹시나 빙황에게 자신의 이런 마음을 들킬까 봐 무심한, 아니, 애원하는 듯한 얼굴로 대답하였다.

"응? 그게 무슨 말이냐?"

"그것이, 음… 그러니까 여기서 빙황님께 제가 글자와 말을 더욱 완벽하게 배우고 싶다는 것입니다."

"응? 음… 호열아, 네가 꼭 그래야만 하는 이유가 있는 것이냐?"

"허……"

"뭐, 뭐라고?"

빙황은 호열의 말에 적지 않게 당황하였다. 그건 옆에서 호열의 이와 같은 말을 들은 뇌황과 화황도 마찬가지였다.

"예."

"있다고? 그래, 그 이유가 무엇이냐? 어디 들어보자. 대체 그 이유가 뭔지."

"어허, 화황. 자넨 가만히 있게."

호열의 대답에 빙황이 뭐라고 하기 전 옆에 있던 화황이 먼저 끼어들었다.

"알았어, 알았다고. 가만히 있으면 되잖아."

"음… 그래, 이제 말해 보거라."

"예, 제가 그런 생각을 하게 된 것은 다름이 아니라… 빙황님, 빙황님도 아시겠지만 나중에 제가 여기서 나가게 되면 중원에 가서 생활하게 될 것인데… 앞으로의 일이지만, 제가 중원의 글과 말을 모른다면 어떻게 살아가겠습니까?"

"허, 그래, 그건 너의 말이 맞다만……."

"맞지요? 그러니……."

"허, 하지만 호열아, 너도 근 일 년 동안 겪어보았지만 나도 이렇게 다른 사람에게 무공이 아닌 글자와 말을 가르치기가 쉽지 않구나. 내가 무슨 서당의 선생도 아니니 배우는 너도 힘들고 또 시간도 많이 걸리지 않느냐? 그래도 너는 계속하겠느냐? 우리 한번 이 문제를 신중하게 생각해 보자꾸나."

빙황은 호열의 간절한 눈을 애써 외면하면서 얘기를 하고 있었다. 빙황도 일 년 동안 호열을 가르치면서 차츰 정이 들어가고 있던 중이었다. 아니, 어쩌면 호열을 은근히 자신의 제자로 여기고 있는지도 몰랐다. 그래서 빙황은 차마 직접 호열의 얼굴을 보고는 거절하지 못할 것 같았기 때문에 자신을 바라보며 간절히 애원하는 호열의 눈을 애써 피했다.

"아닙니다, 빙황님. 이미 제 결심은 정해졌습니다. 전 꼭 빠른 시일 안에 해보겠습니다. 그러니 제발 가르쳐 주십시오."

'음, 이걸 어쩐다? 차마 이 아이의 얼굴을 보고는 거절할 수 없으니, 허.'

호열은 애써 거절하려는 빙황의 대답에 한 치의 양보도 없이 자신의 주장을 바로 답변(答辯)하였다.

"으… 내 도저히 못 참겠다. 너는 도대체 왜 그렇게 어려운 길을 가려고 하느냐? 옆에서 계속 지켜보았지만 넌… 그래, 넌 글자나 말을 익히는 속도는 너무 느리지 않으냐? 그렇지? 그건 너도 인정하겠지?"

"예, 그건 저도 인정하고 있습니다. 하지만……."

"하지만? 하지만 뭐? 너는 그렇게 해서 도대체 어느 세월에 다 배우겠다는 것이냐? 응? 그러니 너도 다시 한 번 생각해 봐라."

호열과 빙황의 대화를 옆에서 듣고 있던 화황이 얼굴에 주름이 생기면서 호열에게 다시 한 번 생각해 보기를 권했다.

"아닙니다, 화황님. 그래도 전 꼭 하겠습니다. 아니, 해 보이겠습니다."

"허, 정말 기가 막혀서 말도 나오지 않는구먼. 아이고, 답답해. 이봐, 빙황. 어서 저 녀석을 저쪽으로 데리고 가서 다시 한 번 잘 좀 알아듣기 쉽게 설명 좀 해줘라. 응?"

화황이 호열의 대답에 가슴을 손으로 두드리면서 빙황을 재촉했다.

말은 그렇게 하였지만 화황도 이미 이 일에 대한 결과가 뻔하다는 것을 어렴풋이 느끼고 있었다. 그래도 지푸라기라도 잡아보려는 심정은 어쩔 수 없었던 것인지 미련을 버리지 못하고 있었다.

"호열아, 네가 정 그렇게 생각한다니 나 혼자선 뭐라고 말을 해줄 수 없구나."

"아… 예, 무슨 말씀이신지 잘 알겠습니다."

"그래, 네가 내 마음을 알아주니 고맙구나."

"아닙니다. 제가 이렇게 고집을 부리기만 해서 죄송할 따름입니다."

"음……."

호열과 빙황은 자신들은 애써 서로를 외면하고 있지만 일 년 동안 같이 지내면서 가슴속에 서로에 대한 깊은 애정이 싹트고 있었다. 지금은 서로 어색해 내색은 하고 있지 않지만…….

빙황은 호열에게 잠시 기다리라고 한 후 뇌황과 화황을 불러 모은 다음 자신의 생각을 얘기하기 시작했다. 그 얘기라는 것이 뻔한 것이었지만, 하지 않을 수 없는 것이기에 삼황들은 다시 모였다.

이렇게 또다시 호열과 삼황은 서로가 원하는 바를 두고 심사숙고하게 되었다. 그러나 예전과 다른 점이 있다면 칼자루는 이미 호열이 쥐고 있는 상태였고, 또한 빙황이 은근히 호열의 편을 들어주고 있다는 것이다. 뇌황과 화황도 이러한 것을 알고는 있었지만 뭐라 내색은 하지 않았다. 뇌황과 화황은 옆에서 호열을 지켜보면서 은근히 호열이 계속 함께 있었으면 하는 생각이 들었던 것이다. 아니, 뇌황은 이런 생각을 가지고 있었지만 화황은…….

삼황이 의견 조합에 들어간 후 얼마 지나지 않아 결과는 나왔다. 호열이 보기에 불쌍한 삼황은 한숨을 쉬며 '앞으로 어떻게 하면 자신이 만들어놓은 이 상황을 빨리 종결 짓고 우화등선할 수 있을까? 하는 생각을 하는 것 같았다. 아니, 실제로 삼황은 그렇게 생각하고 있었다.

'정말 우리 우화등선할 수 있는 거 맞아?'

삼황은 이런 생각을 하면서도 어찌 된 일인지 세월의 허탈함과 호열에 대한 애틋함을 함께 가지고 있었다.

"음… 그럼 이번에도 자네가 수고를 해줘야 할 것 같네."

"뭐, 할 수 없는 일이지. 그럼 이번에도 내가 먼저 해보겠네. 왠지 그래야 할 것만 같으니……."

"그래, 빙황. 네가 먼저 해라. 최대한 빨리 가르쳐 저 지겨운 얼굴 좀 보이지 않게 해줘. 알았지?"

"허허, 이 사람 하고는. 말이라도 곱게 하게. 만약 호열이 자네 말을 들으면 자네를 뭐라고 생각하겠는가?"

"아아, 알았어. 그러니 어서 가기나 하라고."

"알았네. 음… 그러고 보니 자네도 속으로는 저 아이에게 정을 느끼고 있었는가?"

"뭐? 정? 정은 무슨 정. 그런 무서운 말을 함부로 하면 안 되지. 암."

"허허, 알았네, 알았어."

빙황이 넌지시 물어보는 말에 당황한 화황은 자신의 속내가 훤히 들여다보이는 것 같아 영 찜찜하였다. 가뜩이나 빙황에게 경쟁 의식을 느끼고 있었는데 그런 말까지 듣게 되었으니 더욱 그러했다.

"자, 그럼 자네들은 여기에 있게. 내가 먼저 가도록 하지."

"그래, 그럼 수고하시게."

"어서 가기나 해. 아까운 시간 낭비하지 말고."

"허허, 알았네."

'음… 그래, 어쩌면 우리들도 서로 말은 안 하고 있었지만 사람을 그리워하고 있었는지도 모르겠군.'

빙황은 화황의 과장된 몸짓을 보면서 자신들이 얼마나 오랫동안 세상과 격리되어 살아왔는지 새삼 깨닫게 되었다. 그러나 마냥 허무한 세월을 한탄만 할 수 없었기에 훌훌 털어버렸다.

또다시 호열의 앞에 서게 된 빙황. 이번엔 다른 문제로 고심하게 되었다.

뇌황과 화황에게는 큰소리를 치고 왔지만 무엇을 가르칠 것인지 빙황 자신도 생각하지 못했던 것이다. 빙황도 그렇지만 뇌황과 화황, 삼황 모두 천자문과 다른 생활에 필요한 한자(漢字)는 알고 있었지만 어려운 글은 잘 모르기 때문이었다. 그나마 빙황은 어린 시절에 학문을 접한 적이 있었지만, 뇌황과 화황은 어려운 환경에 자라서 그런지 빙황처럼 학문을 접해보지 못했던 것이다. 한참을 고심하던 끝에 빙황은 지금까지 익혀왔던 하나의 심공(心功)을 가지고 글자를 가르쳐 보기로 하였다. 어차피 이것을 기본으로 익혀야 나중에 삼황의 정령들을 받아들일 수 있기 때문에 호열은 나중에라도 꼭 배워야만 하는 것이었다.

'그래, 어차피 배워야 할 것이라면 이 참에 배우는 것도 좋겠지.'

호열은 빙황이 자기에게로 서서히 다가오자 긴장하지 않을 수 없었다. 아무리 자신이 주도권을 쥐고 있다고는 하지만 심장이 두근거리는 것은 어쩔 수 없었던 것이다.

"음… 호열아, 또다시 너의 앞에 이렇게 서게 되는구나. 허허, 참, 감회가 새롭구나. 너는 어떻게 생각하느냐?"

"뭘요?"

"뭐긴, 내 생각하기에 참으로 우리의 인연이 긴 것 같구나. 너는 그렇게 생각하지 않느냐?"

"아… 예, 저도 그렇게 생각합니다. 그런데…….."

"험, 아니다. 우리 그런 얘기는 다음에 하기로 하자."

"아… 예. 그렇게 하겠습니다."

"그럼 우선 지금부터 너는 내가 말하는 것을 깊이 새겨듣고 암기하도록 하여라, 되도록 빨리. 네가 다 암기한 후에 하나하나 글자를 가르쳐 주도록 하겠다. 알겠느냐?"

"예, 열심히 배우겠습니다."

"그래. 그래야지, 암."

빙황은 꼭 자신의 사랑스러운 제자를 바라보듯이 얼굴에 은근한 웃음을 지으면서 호열을 대견하게 바라보았다. 이렇게 호열과 빙황과의, 아니, 삼황과의 이차전이 시작되었다.

세월을 누군가 잡을 수 없는 바람이라고 했던가. 흐르는 물마냥 정말 정처없이 흐르는 것이 세월이었다. 시간의 흐름에 달관하던 삼황들도, 또한 순간이라도 놓치기 싫은 호열에게도 시간은 공평했다. 모두 같은 장소에 똑같은 시간을 보내고 있었으니, 그렇게 세월은 흘러 또다시 삼 년이라는 시간이 바람처럼 흘렀다.

호열은 처음 빙황의 가르침대로 가르쳐 주는 것을 아무런 생각 없이 마냥 암기해야 하는 것이 힘들었다. 그러나 시간이 지나가자 차츰 그것도 익숙해져 가고 또한 그것을 다 암기한 후에 빙황이 친절하게 하나하나 글자를 가르쳐 주면서 뜻까지 풀이해 주는지라, 나중에는 앞으로는 물론 뒤로도 암기를 할 수 있게 되었다. 이에 빙황은 쾌재를 부르면서 자신이 알고 있던 다른 글자도 알려주게 되었다. 어차피 나중에는 누군가가 가르치게 될 것이기에, 그나마 다른 사람보다는 자신이 가르치는 것이 나을 것 같다고 빙황은 생각했다. 차마 다른 사람에게 호열을 넘기기 싫다고 말하지 못한 채……. 하지만 그 시간도 오래가지 못했다. 그것이 세월의 힘이었다. 세월의 거대한 힘, 신(神)의 힘을 가지고 있다는 삼황도 어쩌지 못하는 것이 세월이었다.

"음… 호열아, 이리로 와서 앉아보거라."

"예, 빙황님. 무슨 일이세요?"

한창 동굴 한쪽에서 빙황이 가르쳐 준 글자를 암기하고, 쓰고, 말하는 것에 열중하고 있던 호열은 사부 같은 빙황의 부름에 얼른 달려갔다.

"호열아, 음… 그래, 이제 시간이 된 것 같구나."

"옛? 그것이 무슨 말씀이신지……?"

"허, 내 이제 너에게는 더 이상 가르칠 것이 없는 것 같구나."

"옛? 빙황님, 도대체 그게 무슨 말씀이세요? 가르칠 것이 없다니요? 아직 못 배운 것이 많은데?"

"못 배운 것이 많긴, 허허허."

"아닙니다. 전……."

"허허. 그래, 하지만 정말 내가 이제 너에게 더 이상 가르칠 것이 없단다. 이런 내 말은 정말이란다."

"아……."

"휴, 정말 아쉬운 일이지만 이제는 저기 있는 두 사람 중 한 명이 너를 가르치게 될 것이다. 그러니 너는 나에게 배우던 때보다 더욱 열심히 공부하거라. 예습과 복습을 철저히 하란 말이다. 무슨 일이든 노력하면 빛이 보이는 것이니까. 내 말 잘 알겠느냐?"

"음… 빙황님, 지금 하신 말씀 정말인가요?"

"그래, 아쉽지만 그렇게 되었단다."

"아, 그렇군요."

호열은 빙황의 대답에 아쉬운 마음이 들었다. 세월이 많이 흘러서인지 예전과는 다르게 이런 호열의 마음이 얼굴에 묻어나는 것을 어쩌지 못했다. 정말 아쉬웠던 것이다.

호열이 언제 이렇게 따뜻하게 지냈던 적이 있었던가? 어릴 적 부모님이 돌아가신 후로 얼마나 모진 고생을 하며 지내왔던가? 하지만 이런 마음을 접을 수밖에 없었다. 지금의 호열에겐 아쉬운 마음보다는 학습이 우선이었기에 빙황의 말에 고개를 끄덕였다.

"예, 빙황님께서 그렇게 말씀하신다면 따르도록 하겠습니다."

"그래, 나도 무척이나 아쉽구나. 하지만 너무 애석해하지 말고 보다 더 열심히 하도록 하거라, 네가 처음 배움을 청했던 그 급박한 처지를 생각하면서. 알겠지?"

"예, 그 말씀 명심하겠습니다."

"그래, 그렇게 해야지."

화황은 빙황과 호열의 대화를 들으면서 이제 자신의 차례가 왔다는 것을 알았다. 오래전 결정했던 대로라면 빙황이 가르친 다음엔 뇌황이 가르치기로 되어 있었지만, 나중에 가르치게 될 것이 가장 중요한 것인지라 뇌황이 아닌 화황이 두 번째로 호열을 가르치게 되었던 것이다.

"이보게, 화황. 되도록 화내지 말고 그 급박한 성질을 좀 죽이면서 가르치게. 어린아이가 어떻게 살아왔는지 누르면 눌리는 것이 아니라 오히려 튀어 오르는 성격이야. 꼭 자네 같은……."

화황의 급한 성격이 걱정되었는지, 아니면 호열의 안위가 걱정되었는지 빙황은 화황에게 다가가 한마디 하는 것을 놓치지 않았다.

"뭐야? 내가 어디가 어때서 저런 녀석과 비교를 하는가?"

"허허, 아니네. 그럼 수고하게."

"나참, 여하튼 어서 가기나 해라. 그동안 고생했다."

"어쩐 일인가? 자네가 내게 그런 말도 다 하고?"

"어쩐 일이긴, 어서 가기나 하게."

"허허, 음… 그럼 수고하시게."

"음……."

빙황을 보내고 호열의 앞에 선 화황은 자신을 빤히 바라보고 있는 호열의 모습을 보자, 생각과는 다르게 자신도 모르는 사이에 화가 치미는 것을 느꼈다. 어떻게 된 일인지는 모르겠지만, 화만 치미는 것이 아니라 왠지 모를 허전함도 함께 느꼈다. 그동안 멀리서 빙황과 호열이 생활하는 것을 지켜보면서 화황은 자신도 모르게 호열에게 서운한 감정이 들었던 것이다. 하지만 이런 감정을 꾹 눌러 참은 화황은 호열을 가르쳐 보기로 했다. 아니, 자신에게 다짐을 하였다. 자신의 이런 심정을 호열에게 내색하기가 어려웠던 것이다. 오히려 화황은 자신의 이런 감정을 호열에게 화를 냄으로써 가려보려고 하였다.

'응? 왜 화황님이 저렇게 화난 얼굴을 하고 계시지? 난 화황님을 화나게 할 잘못을 아무것도 한 적이 없는데?'

빙황이 빠진 후 자신의 차례가 왔지만 아무런 생각 없이 무계획으로 호열의 앞에 선 화황이었다. 그런 화황을 지켜보고 있던 호열은 찌그러진 얼굴을 하고 있는 화황을 보면서 잔뜩 주눅이 들 수밖에 없었다.

'음… 뭘 가르치나? 이거 참, 빙황이 가르칠 땐 몰랐는데 막상 내가 가르치려고 하니까 마땅히 가르칠 만한 것이 없지 않은가? 음…….'

화황의 심경도 모르고 호열은 자신의 무엇이 화황을 화나게 만들었는지 고심하고 있었다. 정작 화황은 호열에게 무엇을 가르칠 것인가에 대해 고심하고 있었지만, 그것을 모르는 호열은 조마조마한 심정이었다. 그것은 무엇보다 처음부터 화황이 잔뜩 얼굴을 찡그린 상태로 있었기 때문이다.

'음… 그래, 그러면 되겠군.'

장시간을 호열 앞에서 고민한 화황은 빙황이 호열을 가르치던 방식대로 가르쳐 보기로 했다. 화황도 뇌황과 함께 빙황이 호열을 가르치는 것을 처음부터 옆에서 지켜보았는지라 어렵지 않게 빙황이 가르치던 방식대로 호열을 가르칠 수 있겠다는 생각을 하게 되었던 것이다. 어차피 화황은 빙황과 뇌황보다 알고 있는 글자가 거의 없는지라 자신의 심공만 전해주고 뇌황에게 호열을 넘겨 버리기로 결심했다.

"그래, 너는 내가 누군지 알겠지?"

"예……."

호열은 다음에 나올 화황의 물음이 무엇일까 하는 조마조마한 생각을 함께하면서 기어가는 목소리로 대답하였다.

"그래? 그럼 내 성격이 어떻다는 것도 알겠네?"

"예……."

"음… 그럼 네가 어떻게 처신해야 한다는 것도?"

"예……."

호열은 점점 화황이 이상한 분위기를 조성하자 더욱 고개를 숙이며 기어가는 목소리로 답할 수밖에 없었다. 화황의 성질을 잘 알고 있기에 여기서 실수라도 한다면 어떻게 될지 장담할 수 없었기 때문이다.

"이 녀석아, 너는 예… 밖에 할 줄 모르냐?"

"예, 옛?"

"뭐? 예? 그래, 그렇단 말이지?"

"아, 아니요. 다른 말도 배웠습니다."

"그래? 네가 빙황한테 많이 배웠단 말이지?"

"예."

"또 예냐?"

"……."

호열은 자꾸만 화황이 트집을 잡으려고 한다는 생각에 대답할 수가 없었다.

"어라? 너 지금 내게 반항이냐?"

"아, 아닙니다. 제가 어찌……."

"그래? 그런데 왜 대답이 없어?"

"그, 그것은, 저……."

호열은 지금 정신이 하나도 없었다. 화황이 이렇게 호열의 말꼬리를 붙들고 시비를 걸 줄이야. 이런 상황을 그 누가 생각이나 했겠는가? 호열은 지금 조용히 화황의 눈치를 보면서 있을 뿐 달리 방법이 없었다. 그렇기에 꿀 먹은 벙어리마냥 가만히 있는 것을 택했다.

"허, 이보게, 화황. 그렇게 겁주지 말고 어서 제대로 가르치기나 하게."

"뭐야? 자네는 이제 끝났으니 가만히 있게, 이렇게 가르치는 것이 나만의 방식이니. 알겠나?"

"허, 알았네. 다만 너무 심하게는 하지 말게나."

"음……."

호열에게 일부러 시비를 거는 것 같은 모습을 보이자 가만히 옆에서 지켜보던 빙황이 더 이상은 안 되겠던지 호열의 편을 들어주다가 화황에게 한 방 먹은 꼴이 되었다.

"빙황, 우린 어서 저기로 가세나. 우리도 할 일이 따로 있지 않은가? 이제는 도저히 둘이서도 쉽게 감당할 수 없을 정도네."

"뭐야? 뇌황, 자네 지금 한 말이 정말인가?"

"그렇다네. 휴, 이젠 힘이 들 정도라네. 앞으로 무슨 방법을 강구하지 않으면 안 될 정도로 상황이 악화되었다네."

"허, 진정 이 일을 어떻게 한단 말인가? 음……."

호열에게 가 있는 화황을 내버려 두고 뇌황과 빙황은 동굴 한쪽으로 사라져 가고 있었다. 자신의 편을 들어주던 빙황이 뇌황과 함께 사라지는 모습을 본 호열은 고개를 숙인 상태 그대로 있을 수밖에 없었다.

'음… 어떻게든 지금은 화황에게 잘 보일 수밖에 달리 뾰족한 방법이 없구나.'

"화황님, 저한테 혹시 무슨 화나시는 일이라도?"

"화? 화는 무슨. 이게 다 내 교육 방법이야. 그런데 넌 무슨 문제라도 있냐?"

"옛? 예……."

"예? 그래, 뭐가 문제냐?"

화황은 자신의 물음에 호열이 대답하자 정말 무슨 문제라도 있나 하는 표정으로 쳐다보았다.

"아니, 그게 아니라……."

"뭐야? 그럼 아무 문제 없는 거지?"

"예……."

"좋다. 그럼 우리 좀 더 시간을 가지며 지내기로 하자."

"예."

화황이 호열에게 겉으로 무뚝뚝하게 말하는 것은 따로 이유가 있었다. 겉으로는 아무런 내색을 하지 않았지만 지금 화황의 속마음은 호열과 좀 더 많은 시간을 같이 가졌으면 하는 심정이었다.

하지만 화황은 빙황이 했던 것처럼 하지는 않을 생각이었다. 빙황처럼 호열에게 너무 정을 주게 되면 나중에 정말로 헤어지게 될 때 힘들 것 같았기 때문이다. 하지만 빙황이 호열과 함께 있었으니 이번엔 자신이 같이 있고 싶다는 생각이 드는 것은 어쩔 수 없었다.

"내가 너에게 가르칠 것은 먼저 빙황이 했던 것처럼 나의 심공이다. 너도 이제 어느 정도 글자를 아는 것 같으니 이것을 빨리 암기하도록 해라."

"예, 그렇게 하도록 하겠습니다."

"그래……."

화황은 처음부터 호열을 호되게 가르쳤다. 그도 그러한 것이 화황은 빙황처럼 호열에게 되도록 정 같은 것은 주지 않기로 마음먹었기 때문이었다. 자칫 호열에게 정을 주었다가 나중에 헤어지게 될 때가 되면 자신이 과연 호열에게서 정을 끊을 수 있을까 하는 의문이 들었기 때문이다. 그렇기에 되도록 호열과의 대화를 자제하였고, 그렇게 되다 보니 막상 말을 하더라도 호열을 독촉하는 꾸중밖에 나오지 않았던 것이다. 속내는 이러면 안 되는데 하는 마음을 가지면서도 잘 되지 않았다.

그러나 이런 화황의 엄한 꾸중이 호열에겐 큰 도움이 되었다. 호열이 생각해도 빙황이 가르쳤을 때보다 더욱 열심히 한 것 같았고 그 결과가 너무 좋았다.

"뭐야, 정말 모두 암기했단 말이냐? 정말로?"

"예, 화황님."

"거짓말!! 어떻게 일 년도 안 되어 그 많은 것을 다 암기했단 말이냐? 너… 저번에 빙황하고 있을 때에는 무려 삼 년이나 걸리지 않았냐?"

화황은 호열이 한창 쉬고 있던 곳으로 찾아와서 자신이 가르쳐 준 모든 것들을 암기했다고 하자 당황스러운 감정을 감출 수가 없었다. 화황이 생각하기에 아무리 호열이 빨리 암기하고 가르치는 것을 짧게 잡아도 이 년 정도는 걸릴 줄 알았던 것이다. 호열이 빙황하고 있으면서 배우는 데 삼 년이 걸렸으니 그것이 당연하다 생각하고 있었다.

하지만 이런 화황의 예상과는 달리 호열은 채 일 년도 안 되어 화황이 가르쳤던 모든 것을 끝낸 것이다. 너무나 어이없는 결과였기에 화황은 호열이 자신에게 거짓말을 하고 있다는 생각에 화가 나 있는 상태였다.

"예, 저, 그것이……."

"뭐냐? 빨리 말해 봐!!"

"예……."

호열이 화황의 예상을 깨고 이렇게 빨리 끝마치게 된 상황은 이러했다. 빙황과 있을 때에는 마음의 여유랄까, 여하튼 빙황은 화황처럼 그렇게 재촉하지 않았었고 마음을 편하게 해주었기 때문에 고도의 집중을 하지 않고 배웠던 것이다. 하지만 그와는 반대로 화황을 보자마자 겁이 난 호열은 최대한 성의를 다하여 화황이 가르치는 것에 전념을 다하였다. 정말 무서운 집중력이 아닐 수 없었다. 항상 화황의 무서운 눈치를 보면서 호열도 최대한 빨리 끝마치고 싶었던 것이다. 속마음과는 달리 호열을 엄하게 호통 친 화황과 이에 죽자 살자 매달린 호열의 노력이 서로 상호 조화를 이루어 만들어낸 결과였던 것이다.

'휴, 이거 내가 너무 몰아세웠던 것인가? 그래서 저 녀석이 내 마음도 몰라주고 열심히 공부를 해서 빨리 끝낼 수 있었던 것이고. 허, 정말 되는 것이 하나도 없군. 으… 정말 엉망진창이야, 엉망진창!'

화황의 때늦은 후회도 이젠 소용이 없었다. 이미 호열은 모든 것을 알았고, 그렇기에 뇌황을 기다리고 있었다.

화황도 이런 호열의 마음을 알 수 있었다. 이미 자신과의 일을 마무리 지었다는 생각에 전에 없이 화사하게 웃고 있었으니까.

"흠… 그래, 네가 모든 것을 다 배웠다니 이제 더 이상 너의 얼굴을 볼 필요는 없겠구나. 그래, 열심히 했다."

"예? 아, 아닙니다. 모두 화황님의 가르침 덕분입니다."

"그래? 정말 너도 그렇게 생각하느냐?"

"예? 아… 예, 당연하지요."

"그래? 허허, 그렇지? 그래, 모두 내가 잘 가르쳤기 때문에 네가 이렇게 빠른 시간 안에 마칠 수 있었던 것이지. 암."

"……"

"허허허, 나의 탁월한 가르침이 있어서, 그래서 저 빙황보다 네가 빨리 배울 수 있었던 것이지. 안 그러냐?"

화황은 이왕 일이 이렇게 된 거 지금 뇌황과 함께 자신을 바라보고 있는 빙황을 보면서 일부러 빙황이 자신의 말을 들어주었으면 하는 것처럼 소리 높여 말하고 있었다.

"예? 예, 그런 것 같습니다……."

"그렇지? 그래, 허허."

호열은 최대한 화황의 비위를 맞춰줄 수밖에 없었다. 혹시 잘못해서 호된 꾸중이라도 듣는 것보다는 나으니까.

"음… 그래, 이제 너를 뇌황에게 넘겨야 할 때가 온 것 같구나. 넌 지금과 같이 열심히 최선을 다해야 할 것이다. 알겠냐?"

"예, 그렇게 하겠습니다."

"그래, 그럼 나는 이만 가겠다. 다시 한 번 말하지만 열심히, 정말 열심히 하거라. 알겠지?"

"예……."

화황은 이미 자신의 옆에 서 있는 뇌황에게 호열을 넘겨주면서 빙황이 있는 곳으로 가다가 갑자기 뒤돌아서서 호열에게 한마디 했는데 그 말을 들은 호열은 그냥 소리없이 웃고는 뒤도 돌아보지 않고 뇌황과 함께 줄곧 생활해 오던 연못이 있는 곳으로 갔다. 이러한 호열의 모습을 본 화황은 무엇이 그리 답답한지 죄없는 자신의 가슴만 치면서 동굴 안을 왔다 갔다 하며 정신없이 움직였다.

"아이야, 정말 오랜만이구나. 내가 너를 처음 보았던 것이 어제 일 같은데, 허."

"예, 저도 그런 것 같습니다, 뇌황님. 정말 오랜만에 뵙겠습니다."

뇌황. 호열이 처음 이 동굴에 떨어졌을 때 손짓, 발짓하며 우스운 모습으로 대화를 했던 사람이 바로 뇌황이었다. 그러니 이게 얼마 만이겠는가? 호열도 새삼 세월이 많이 흘렀음을 실감했다.

"그래, 빙황이나 화황에게선 많은 것을 배웠느냐?"

"예, 그럭저럭 제가 생각했던 소기의 목적은 달성한 것 같습니다."

"오~ 그래? 네가 그렇게 생각한다니 정말 다행이구나."

"아닙니다. 오히려 제가 삼황님께 감사해야지요."

"허허허. 그래, 그럼 나도 너에게 내가 알고 있는 것을 가르쳐 주마. 앞의 화황 때처럼 다시 한 번 너도 단단히 결심을 해야만 할 것이다. 알겠느냐?"

"예, 그렇게 하겠습니다."

"허허허, 그래야지. 암."

그렇게 몇 년이란 세월이 또다시 흐르고 있었다. 동굴 밖의 세상이 어떻게 변하는지, 또 호열 자신이 어떻게 변하고 있다는 것도 무심히 지나치면서 세월은 한없이 흘러만 갔다.

뇌황도 처음엔 빙황과 화황이 했던 것처럼 자신이 그동안 연마하며 갈고닦았던 심공을 가르쳤다. 그러나 호열에게 자신의 것을 다 가르친 후엔 지금까지와는 다르게 호열에게 정숙한 표정으로 지금까지 배웠던 것하고는 다른 하나를 가르친 것이 있었다. 사실 이것 때문에 호열을 마지막에 가르치기로 예정되어 있었던 화황이 빙황 다음으로 하고 뇌황이 마지막을 기다린 것이었다.

"아이야, 지금 내가 너에게 가르치려고 하는 것은 지금까지와는 다르게 가장 중요한 것이니 최선을 다해서 암기할 수 있도록 하거라."

"예? 정말이요? 정말 그렇게 중요한 것인가요?"

"허허, 글쎄, 그건……."

"왜요? 뭐 지금까지와는 다른 것이라도 있나요?"

"음, 아니다. 그건 네가 차차 배우면 알게 될 것이다. 그러니 너는 너무 성급하게 알려 하지 말고 천천히, 차분하게 생각하거라."

"예. 뇌황님의 말씀, 잘 알았습니다."

"그래, 그렇게 마음을 다스려야지. 암."

삼황이 이곳에 들어와 대결하면서 서로 깨달은 것을 토대로 많은 심사숙고를 거쳐 하나의 심공을 만들었었다. 아니, 그것은 심공이랄 수 없는 무도의 새로운 변형이었다. 그러나 그것은 단지 삼황이 자신들의 이상을 토대로 만든 이론상의 무학이었다. 자신들조차 그 끝을 모르는…….

뇌황은 자신의 심공뿐만 아니라 그 심공이랄 수 없는 심공을 마지막에 호열에게 전해준 것이었다. 그건 그 심공을 호열이 꼭 기본적으로 필히 익혀야만 삼황의 정령을 무리없이 받아들일 수 있다는 생각을 하였기 때문이다. 그것이 과연 가능할지 아직 삼황 스스로도 모르는 일이었지만 우선 하고 보자는 심정으로 일을 추진하고 있는 것이다.

"아이야, 너는 그동안 내게서 배운 것이 무엇인지 아느냐?"

"아니요. 뇌황님께서 가르쳐 주시지 않았잖아요."

"그러냐? 그래, 그랬었지. 음……."

"예, 제가 저번에 그것의 이름이 뭐냐고……."

"아, 네가 내게서 배운 기간이 벌써 이 년 가까이 되었지?"

뇌황은 얼른 호열의 말이 길어지지 않도록 중간에서 잘랐다. 호열의 입에서 더 이상 그 심공의 이름에 대한 얘기가 나오는 것을 막기 위해서였다.

"옛? 아, 벌써 그렇게 된 것 같아요. 그리고 보니 제가 이곳에 들어온 지도 벌써 칠 년 정도 되었네요."

"칠 년? 허허, 정말 세월이 참 빠르기도 하구나."

"예, 저도 요즘 그런 것 같아요. 제 나이 벌써 스물일곱이 되었으니……."

"그래, 스물일곱이라……."

"예."

"음… 참, 내가 너에게 그 심공의 이름을 가르쳐 주지 않았다고 했지?"

"예."

"그래, 네가 지금까지 내게 배운 그 심공의 이름은 어의심공(於意心功)이라고 한단다."

"어의심공이요?"

뇌황은 호열에게 그 심공을 가르쳐 주면서도 처음 호열에게 그 심공의 이름은 가르쳐 주지 않았었다. 아니, 가르쳐 주고 싶어도 가르쳐 줄 수 없었다. 그 이유는 삼황이 그 심공을 만든 후 지금까지 그 이름을 정하지 못하고 있었기 때문이다. 얼마간의 시간이 흐른 후 뇌황은 호열에게 본문을 다 가르치고 난 후 그것이 '어의심공'이라고 가르쳐 주었다. 뇌황이 호열에게 가르쳐 주는 동안, 동굴 어디에 있는지 보이지 않는 빙황과 화황이 갖은 노력 끝에 지은 이름이었다.

"그렇다. 어의심공! 한마디로 말하자면 고요한 의지를 담고 있지만 그 의지가 세상 모든 만상과 만물을 다스린다란 뜻이란다. 괜찮지 않느냐?"

"예, 정말 마음에 꼭 드는 이름이네요."

"그러냐? 그렇지? 허허허, 그래."

뇌황은 호열의 좋다는 소리에 자신까지 한결 홀가분한 기분이 되는 것을 느낄 수 있었다.

사실 뇌황, 아니, 삼황 그 자신들조차 어의심공을 창안만 하였을 뿐 익히지는 못하였던 것이다. 그것이 어의심공은 삼황처럼 어떤 한 가지의 기(氣)를 그 극(極)에 이르도록 익히는 것이 아니라, 서로 조화로운 상태를 만들어 자연의 순수한 기들을 공생, 발전시키는 것으로 삼황 자신들조차 익히고 싶은 마음이 간절했지만 익힐 수 없던 것이었다.

또한 지금 뇌황이 호열에게 어의심공을 암기시키는 것은 심공을 익히게 하려는 것이 주 목적이 아니라, 아무리 이상적인 이론 무학이라고는 하지만 자신들 인생의 역작을 세상에 남겨두지 않고 그냥 떠나야 한다는 것이 마음에 걸렸기 때문이다. 뇌황이 생각하기에 동굴은 급속도로 무너지고 있다. 아니, 무너지는 것은 빙황과 화황이 쳐놓은 결계였다. 지금까지 삼황의 우화등선을 가로막고 있던 결계가 무너지면 삼황은 어쩔 수 없이 선계로 올라가야만 한다. 그 시간이 지금 서서히 다가오고 있었다. 아직 그 시기가 십 년이 될지 백 년이 될지는 정확히 모르지만, 서서히 다가오는 것만은 사실이었다.

그렇기에 뇌황은 호열에게라도 자신들이 만들었던 어의심공을 전해 주고 싶었던 것이다. 자신들 정도의 반신들이 아닌 일반 사람들은 어의심공을 익힐 수조차 없다는 것을 잘 알지만 알려주는 것만으로도 마음이 한결 가벼워지는 것 같았다.

그리고 만약 지금이라도 어의심공을 익힌 인간이 있어 삼황이 얻은 파천(破天)의 힘을 받아들일 수만 있다면 삼황은 속세(俗世)의 모든 인연을 청산하고 그토록 바라고 바라던 우화등선의 꿈을 이룰 수 있는 것이었다.

이렇게 해서 동굴에 들어온 지 칠 년 만에 삼황에게 돌아가며 글공부 아닌 글공부를 한 호열은, 오늘도 하루 일과를 마친 후 평소처럼 느긋하게 하얀 연못 안에 몸을 담근 채 이 년 전 화황의 일을 회상하고 있었다. 화황이 호열에게 가르칠 건 다 가르쳐 주었다며 뇌황에게 가라고 할 때 했던 말이 떠올라 오랜만에 얼굴에 미소가 번지며 제대로 된 잠을 청할 수 있었다.

　'아마 이런 말이었지? 음… 그래, 음흉하고… 치사한 놈이라고 했었
지. 후, 정말 지금 생각하니 웃음이 다 나오는군. 하하하.'

제 4 장

저, 혹시 칼 쓰시는 방법을 알고 계신가요?

지금 삼황은 한쪽에 모여서 그동안의 성과에 대해서 이야기하고 있었다. 앞으로의 일은 호열이 얼마나 어의심공을 수련하느냐에 달려 있다고 할 수 있기 때문이었다. 칠 년의 기간 동안 삼황이 호열에게 일방적인 주입식 암기만을 바랬다면 지금은 그렇지 않기 때문이었다. 하지만 지금 삼황이 이렇게 한자리에 모여서 고심하는 이유는 호열의 일도 있었지만 그 일보다 더욱 큰일이 있기 때문이었다. 실로 중대하고 막중한 일이 삼황을 한자리에 모이게 한 것이다.

오랜만에 삼황이 이렇게 한자리에 모여 머리를 맞대며 열띤 토론의 자리를 마련되게 된 원인의 전말은 이러했다. 삼황이 처음 이 동굴에 들어와 결계를 만들어놓고 서로 대치하는 동안, 아무런 이상이 없을 것이라고 생각했던 결계가 스스로 변이가 되면서 결계 안으로 유입된 기는 순수한 신기만이 들어온 것이 아니라 세상을 파괴하고도 남을 마기

(魔氣)도 함께 들어왔던 것이다. 삼황은 그 마기가 처음엔 너무 미약해서 신경 쓰지 않았지만 세월이 흐르면서 그 미비했던 마기가 점차 눈덩이 커지듯 불어나는 바람에 지금은 고심하고 있는 것이다. 또한 저번에 호열이 들어올 때 결계에 금이 생긴 후로는 삼황 중 한 명이 그 마기를 옆에서 항상 다스리지 않으면 그 마기가 어디로 튈지 모르는 혹이 되어버린 것이다. 그러나 지금은 하나가 아닌 둘이서 간신히 제어하고 있어야만 할 정도가 되어버렸다.

호사다마라고 할까? 그렇게나 기다리고 기다리던 호열이 동굴로 들어온 후 이제는 됐다는 심정들을 가지고 있던 삼황이었다. 하지만 그들의 뇌리를 스치는 불길한 생각이 있었으니, 그것은 자신들이 만들어 놓은 마기 때문이었다. 세상에 후환을 남기지 않고 편안히 우화등선을 하려면 어떻게든 그 마기를 처리하지 않으면 안 되었다. 세상에 큰 우환덩어리를 남기고 우화등선했다는 신선의 고사는 없으니까……

"휴~ 이보게, 뇌황. 어떻게 하면 이 마기를 소멸시킬 수 있겠나?"

"글쎄, 자네들도 알겠지만 우리들이 아는 한 저 마기를 소멸시킬 수 있는 방법은, 음… 전무하네."

"허허, 이런. 휴~ 우리의 그릇된 호승심으로 인한 일이니 누구를 탓할까?"

"그렇다면 어쩔 수 없지. 하지만 너무 걱정들하지 말게. 호열이 빨리 어의심공을 깨우친 후 우리들의 힘을 얻게 된다면, 그 후 저 마기를 다스리게 하면 되지 않겠나?"

"음……"

"……"

화황은 빙황과 뇌황이 마기의 문제로 고심하는 모습을 보자 자신 역시 조금이라도 신경 쓰지 않을 수 없었다.

"음… 아니지. 이건 내 생각인데……."

"응? 무슨 좋은 방법이라도 있나?"

"글쎄, 이건 내 생각이지만 아예 저 연못에 모여 있는 대지와 바람의 힘도 같이 얻게 되면, 그렇게 되면 저 아이가 지긋지긋한 마기를 결계 밖으로 못 나가게 아예 소멸시킬 수 있지 않을까 하는데, 다들 어떻게 생각하는가?"

"글쎄?"

"거기까지는 나도 잘……."

"음… 자네들도 모두 알겠지만 우리가 저 아이를 위해 한 번도 해보지 않았던 고생을 하지 않았는가? 안 그런가?"

뇌황은 마치 삼황을 대변이라도 하려는 듯 빙황과 화황에게 호열의 일을 들먹이고 있었다. 뇌황도 누군가를 가르친다는 것이 썩 기분이 나쁘지만은 않았다. 하지만 호열을 가르치게 된 일의 발단은 역시 호열에게 있었고, 삼황은 어쩔 수 없이 그 일을 맡게 되었다는 것을 지금 강조하고 싶었던 것이다.

"우리가 그런 고생을 했는데 저도 양심이 있지 설마 모른 척하겠는가? 그렇지?"

"이보게, 뇌황. 자네는 아직도 저 어린 녀석을 모르겠나? 저 녀석에게 양심이란 없네. 암, 그건 내가 장담하지. 저 녀석은 죽어도 자기가 손해 보는 일은 할 녀석이 아니네."

"그건? 음… 자네 말이 맞을지도 모르겠군. 허허, 그럼 이 일을 어떻게 한다?"

삼황이 마기의 일로 고심하고 있을 때 호열은 한쪽 연못에서 오랜만에 느껴보는 휴식에서 간신히 깨어나고 있었다. 부스스한 모습으로 호열이 깨어났을 때 그는 평소와는 다르게 왠지 이상한 기분이 들었다. 항상 연못에서 일어나면 삼황 중 한 명이 깨어나기를 기다렸단 듯이 눈앞에 대기하고 있었다. 오늘은 아무도 보이지 않아서 동굴을 둘러보니 평소 잘 모이지도 않던 삼황이 무슨 이야기를 하는지 어두운 동굴 한쪽에서 수상한 모임을 갖고 있었다. 호열에게는 신경도 쓰지 않고 은밀한 회람에 온 신경이 집중된 모습이었다.

하지만 호열은 그런 삼황에게 자신의 불만을 나타내기는 싫었다. 지금의 호열은 동굴에 들어온 지 처음으로, 거의 칠 년 만에 여유를 가질 수 있었다. 그동안 태어나서 처음으로 어떤 일에 매달려 보았고, 또 그 열매를 보고 있기 때문에 가지는 여유. 이제 호열은 당장 중원에 가서도 대화가 가능했다. 살아생전 기대하지도 않았던 쾌거였기에 호열은 이런 기분을 정말 오래도록 만끽하고 싶었다.

'음… 이제 슬슬 나도 떠날 준비를 해야겠다. 이곳에 있으면서 정말 많은 것을 배웠지만 너무 많은 시간을 허비한 것 같으니. 허~ 나도 참, 처음엔 중원에만 가면 모든 일이 다 잘될 줄만 알았으니 그땐 정말 철이 없었지. 후후, 생각할수록 창피하구나.'

지금에서 느끼는 것이지만 막상 그때를 생각하니 호열은 자신의 머리를 쥐어박고 싶다는 생각까지 들 정도였다.

"그런데 저들은 무슨 말을 심각하게 하나? 뭐, 내 일은 아니니까. 그러고 보니 그동안 내가 시간이 없긴 없었나 보네? 이 좁은 동굴도 다 돌아보지 않았으니……."

호열이 이런 생각을 가지면서 천천히 동굴 여기저기를 처음으로 주의 깊게 관찰하기 시작했다. 그동안 마음의 여유가 없었기 때문에 이런 시간조차도 사치라 생각했기 때문이다.

호열이 아무리 주위 깊게 동굴 속 이곳저곳을 살펴봐도 확실히 눈에 띄는 곳은 없었다. 정말 외지 깊숙한 곳에 위치한 동굴이라고 하지만 너무 없었다.

'예전에 유랑 생활을 했을 때 동네 할아버지들의 얘기를 듣기론 이런 사람들이 사는 곳엔 먹는 음식이며 옷, 심지어 은전이나 금(金), 세상을 다 살 수는 없어도 웬만한 보석 같은 것들이 있다고 했었는데, 모두 거짓말이었구나.'

호열은 한창 토론에 열중하고 있는 삼황을 보면서 저들도 자신과 같은 처지라는 생각에 동질감을 느꼈다.

'음… 저 괴물들도 나와 같이 가난한 사람들이었구나.'

호열이 서슴없이 이런 생각을 하게 된 것도 무리가 없었다. 소문처럼 대단하지도 않았고, 또한 이곳이 다른 동굴보다 크다고는 하지만 순바위 기둥 같은 석순만 수두룩할 뿐 특이하다 할 정도로 눈이 가는 것은 없기 때문이었다. 단, 왠지 시선조차 주고 싶지 않은 곳이 딱! 정말 딱!! 한 군데 있기는 했지만……

호열이 깨어나 이런 쓸데없는 것에 시간을 보내고 있을 때 삼황은 머리가 아플 정도로 회의에 회의를 거듭하고 있었다. 계속 이런 식으로 마기가 커진다면 나중에는 자신들의 힘으로도 어쩌지 못하는 지경에 처하기 때문이었다. 또한 지금도 계속 기하급수적으로 그 세력을 넓히고 있는 중이기에 얼마 안 있으면 셋이서 그 마기에 매달려 있어야 할 판국이었다.

"음… 내가 생각해 보았는데 말이지, 음… 내가 이런 말을 한다고 날 너무 비인간적이라고 생각하지는 말아주게. 다 우리 모두 잘되자고 말하는 것이니까. 알겠나?"

"이보게, 화황. 도대체 무슨 말인지 너무 뜸 들이지 말고 어서 얘기나 해보게나."

"알았네. 음… 그래, 잘 들어보라고."

화황은 자신을 바라보는 뇌황을 쳐다보며 생각했던 것을 얘기하기로 했다. 그러나 화황은 얘기를 하려고 하면서도 많이 망설여졌다. 인정이란 것이 있는 보통 사람이었다면 생각할 수 없는 일이었기 때문이다.

"어차피 우리는 곧 이곳을 벗어나게 될 것이 아닌가?"

"그렇지. 그게 가능하다면 그렇게 되겠지."

"아아, 말을 끊지 말고 내 얘기를 끝까지 들어보라고!"

"허, 알았네. 원, 무슨 얘기길래 그러는지."

화황은 빙황이 자신의 말을 중간에 가로막자 신경이 쓰이는지 조금 무안을 주면서 하던 얘기를 계속해 나갔다.

"음… 그리고 저 마기는 어떻게든 우리들이 처리를 해야만 할 것이고, 아니, 우리가 당연히 처리를 해야지. 안 그런가?"

"그렇지."

"그래, 그래서 말인데… 내 아무리 다른 생각에 생각을 거듭해 보아도 대안은 하나밖에 떠오르지 않더라고."

"응? 뭐라고? 정말 방법을 찾았는가?"

"그래, 그 방법은 저기서 우리를 멀뚱멀뚱 쳐다보고 있는 저 녀석이네."

화황은 지금 자신들을 바라보고 있던 호열을 가리켰다. 언제 깨어났는지 얼마 전부터 계속 상황을 주시하고 있던 호열이었다.

"응? 그게 지금 무슨 말인가, 화황?"

"음……."

빙황은 화황의 말이 이해가 가지 않았다. 대안이 호열이라니? 뇌황은 화황이 하는 말의 진의를 금방 알 수 있었다. 하지만 당장 화황의 뜻에 수긍할 수는 없었다. 다만 상황이 어떻게 돌아가는지 지켜볼 뿐. 하지만 뇌황은 화황의 뜻에 곧 동의할 것이란 것을 잘 알고 있었다. 어차피 삼황의 목적은 거기에 있었으므로…….

"그래, 자네들도 알겠지만 어차피 우리는 더 이상 이곳에 오래 머물 수 없네. 우리들의 육신이 소멸하고 정령으로 화한 지 얼마나 되었는가? 그것도 이제 거의 한계에 다다라 있네. 그냥 우리들의 순수한 기만을 간직하고 있었다면 수명에 별문제가 없었을 것이지만, 우린 그렇지 않지 않은가! 문제는 이곳에 들어와서 얻은 힘이 문제였지만. 음……."

"그렇지. 모두 그 힘이 문제였지."

"암, 그래서 우린 되도록 빠른 시일 내에 이곳을 벗어나 우화등선하여야만 하네."

"음… 그 말은 화황, 자네의 말이 맞네."

뇌황은 오랜만에 화황의 말에 긍정적인 표현을 표출했다. 빙황은 아직까지 심중을 정하지 못한 상황이었기에 묵묵히 있을 수밖에 없었다.

"그래, 그렇지. 그래서 내 말은 앞으로 마기를 책임질 사람은 저 녀석뿐이라는 것이지."

화황이 호열을 이 얘기에 끌어들이는 이유는 간단했다. 호열에게 모든 것을 떠넘길 요량이었던 것이다. 화황이 뇌황과 빙황에 비하여 호열에게 정이 없다고는 하지만, 그래도 조금이나마 호열에게 정을 가지고 있었다. 그 정도가 너무 미비했다는 것이 문제였지만. 그건 모두 호열이 자초해서 만들어진 상황이었다.

또한 삼황은 자신들의 일이 사사로운 정으로 잘못되지 않길 바라고 있었다. 더구나 그 일이 몇백 년을 기다려온 것이라면 더 더욱 그러하기에 화황이 그런 생각을 하게 되었는지도 모르겠지만.

"음… 그렇군. 대안은 저 아이밖엔 없는 것 같구먼. 하지만 어떻게?"

"이보게, 그게 지금 무슨 말인가? 호열이밖에 없다니? 안 되네. 어떻게 하려고 하는지는 모르지만 어찌 호열에게 그런 위험한 일을 시키려고 그러는가? 안 되는 말이야!"

빙황은 도저히 화황의 말에 따를 수가 없었다. 비록 정식으로 사제의 연을 맺지는 않았지만 처음으로 정을 준 아이였는데, 삼황과 호열 모두 마음속으로는 오래전부터 이런 감정이 자리하고 있었다 생각하였던 빙황이기에 더욱 화황의 뜻에 동의할 수 없었던 것이다.

"허허, 그건 어쩔 수 없는 일이라고! 나도 마음은 아파! 그런 위험한 일을 시켜야만 하는 나도. 하지만 어쩔 수 없는 일이지 않은가!"

"음……."

"그렇지. 하지만……."

"응? 하지만 뭔가, 뇌황?"

"저 아이가 이런 우리의 말을 따라줄까? 그게 더욱 중요한 문제가 아닌가? 내 말은 이 말이네."

"음, 그렇지. 저 녀석이 이곳에 평생 있으면서 마기를 다스리지는 않을 것 같지? 그렇겠지? 암, 그렇고말고. 허험, 그래서 말인데 문득 난 이런 생각을 한번 해보았네. 한번 들어보겠는가?"

"허, 화황. 정말 자네가 맞는가? 무슨 생각인지 모르겠지만 자네가 그런 것도 다 생각했다는 말인가?"

"그럼 자네들은 아직도 날 한참 모르고 있네. 그러니 잘 들어보라고. 흠, 그게……."

화황은 말은 이렇게 하고 있었지만 속으로는 한구석이 찔리는 것을 느끼고 있었다. 그래도 미운 정, 고운 정, 호열에게 정말 많은 정을 느끼고 있었던 것이다.

"어허, 이 사람아. 자네가 언제부터 이렇게 주저하며 살았는가? 대체 무슨 말이기에 이렇게 뜸을 들여?"

"음… 화황, 도대체 무슨 말이기에 그렇게 뜸을 들이는가? 어서 말해 보게. 나도 한번 들어보기나 하세."

화황은 빙황의 재촉에 한층 마음이 가벼워졌다. 빙황이 자신의 얘기에 귀를 기울인다는 것은 어느 정도 자신에게로 넘어오고 있다는 것을 반증하는 것이기 때문이었다.

"험! 그래, 그럼 한번 내 얘기를 듣고 모두들 잘 생각해 보기 바라네. 음… 무슨 말인고 하니, 저기 지금 우리를 보고 있는 호열에게 이 마기를 다스리게 하잔 것일세, 험."

"응? 지금 그게 무슨 말인가? 그건 방금 전에 자네가 한 말이 아닌가? 이해를 못하겠네."

"흠, 그러니까 내 말은, 아예 저 녀석에게 주입시키자는 것이지. 저 녀석의 몸에, 험."

화황은 자기가 한 말이지만 너무 매몰찬 말인지라 헛기침으로 마음을 다스리려고 노력했다.

"뭐? 아니, 그게 무슨 말인가? 안 되네. 어떻게, 어떻게 그런 짓을 한단 말인가? 어떻게 그런 무책임한 짓을, 그건 안 되네!"

"그건 나도 빙황의 말에 동감이네, 안 될 말이야. 나도 그렇게는 할 수 없네."

"아니, 그렇게 무턱대고 안 된다고 하지만 말고 내 얘기를 잘 생각해 보라고……."

화황은 자신의 말에 빙황은 그렇다고 해도 얘기가 모두 끝나지 않았건만 뇌황마저 반대할 줄은 몰랐다.

"생각은 무슨, 있을 수 없는 일이네."

"그렇지. 있어서도 안 되는 일이야. 음."

빙황과 뇌황은 화황의 말을 들어볼 가치도 없다는 듯이 치부하고 돌아섰다.

"허허. 이런, 그렇게 극단적으로 생각하지 말고, 자, 내 얘기를 끝까지 들어보라고."

"음… 그래, 어디 한 번 해보게. 무슨 뜻으로 그런 생각을 하게 됐는지 들어나 보지."

화황은 돌아서 가려는 빙황과 뇌황의 앞을 가로막으며 자신의 생각을 끝까지 들어보기를 권했다. 그에 뇌황은 화황의 얼굴을 한 번 본 후, 또 빙황의 얼굴을 번갈아 보다가 이내 어쩔 수 없다는 표정으로 고개를 끄덕였다.

"응? 자네?"

"허허, 빙황. 그냥 들어보기나 하세. 어떤 생각을 하고 있는지 알고 나서 그만두어도 되는 일 아닌가?"

"음……."

빙황은 간접적으로 화황에게 동참을 하려는 뇌황을 못마땅하게 바라보다가 이내 고개를 끄덕여 보였다. 빙황의 생각으론 들어보나마나 한 가치도 없는 얘기였지만 뇌황까지 가세를 하니 어쩔 수 없었던 것이다.

"음… 만약 우리가 저 녀석에게 우리의 힘을 다 주고 나서도 우리가 이곳에서 저 지긋지긋한 마기와 싸우고 있겠는가? 그건 아니지? 아마 그때는 이곳에 우리들이 없을 것이네. 안 그런가? 그렇지?"

"음… 그건 그렇겠지."

"그렇지. 그땐 아마 우린 저 선계에 있게 될 것이네. 그렇게 되면 저 녀석은 당연히 우리들이 없는 이곳을 떠나겠지?"

"음……."

"그래, 그러면 상황은 굉장히 커지네. 그렇게 되면 억제하는 사람 하나 없는 그때 저 마기는 당연히 이 결계를 벗어날 것이고, 그리고 그 마기가 악인의 손에 들어간다면? 그러면 세상은 혼란에 빠지게 될 것이네. 안 그런가? 그러면 안 되지, 안 되고말고!"

"그렇지. 당연히 안 되지. 안 되고말고……."

끝까지 호열의 일에 반대할 줄 알았던 뇌황이 언제 그랬냐는 듯이 화황의 말에 맞장구를 쳐주었다. 빙황은 그런 뇌황을 못마땅하다는 듯 쳐다보았다.

"그래, 그러니 내 말은 이 참에 아예 저 녀석의 몸에 마기를 주입하여 스스로 다스리지 않으면 안 되게끔 하자는 것이지. 어떻게 생각하는가? 좀 비인간적이긴 하지만 그래도 좋은 생각이지 않은가? 따로 다른 좋은 방법이 있으면 얘기를 하고……."

화황은 이제 자신이 할 수 있는 얘기는 다 했다는 듯이 빙황과 뇌황의 대답을 기다렸다. 벌써 일각 이상이 훌쩍 흘러갔다. 그러나 화황의 예상과는 달리 처음 입을 연 것은 빙황이었다. 역시 삼황 중 호열에게 가장 정을 많이 느끼는 사람이 빙황이었기에 화황의 예상대로 반대하는 입장이었지만, 이미 그 문제에 관해서 충분히 짐작할 수 있었다. 하지만 이미 화황의 뜻에 공감하고 있었기에 바로 빙황의 말에 반기를 드는 뇌황이었다.

"음… 지금 저 아이의 태도를 보고 우리의 상황을 보니 자네의 말도 일리가 있네. 하지만 어떻게 인간의 도리로써 그런 짓을 할 수 있겠는가? 난 아무래도……."

"음… 그렇지만은 않은 것 같네, 빙황. 세상에 우리들 말고는 저 마기를 견제할 수 있는 힘을 가진 존재는 없네. 아니, 우리들의 힘을 이어받는다면 저 아이 하나뿐이네. 안 그런가?"

"그렇지. 단 저 아이가 우리의 힘을 이어받는다는 전제 하에서지만."

화황은 얼른 뇌황의 말을 받아넘겼다. 화황은 뇌황의 이 마지막 말을 받아넘김으로써 빙황에게 자신들의 현실을 자각시킬 수 있었다.

"음… 그렇겠지."

"그렇지. 음… 우리의 힘을 이어받는다면 그땐? 아마 세상에 저 아이의 적수는 없을 것이네. 저 천방지축인 녀석이 그렇게 되면… 안 되지."

"음……."

"……."

"음… 아무리 생각해도 어쩔 수 없는 결정이야. 세상이 어찌 될지 모르니. 그러나 이 일이 어찌 보면 오히려 저 아이에게 스스로 경각심을 일으키게 하면서 우리들이 마지막으로 세상에 해줄 수 있는 일일지도 모르겠구먼. 난 그렇게 생각하는데 자넨 그렇게 생각하지 않는가?"

"음… 휴, 그것도 그렇군."

"이보게, 너무 자책하진 말게."

"음… 그래, 알았네. 두 사람이 그렇게 생각을 하니 나도 그에 따르는 수밖에. 하지만 그 방법도 실행에 옮기기가 수월하지만은 않을 것이네. 오히려 부작용을 일으킬지도 몰라. 현재 저 아이의 능력으로는 어쩌면 마기를 감당하기가 힘들 거야."

"그건 빙황의 말이 맞네. 지금은 힘이 들겠지. 하지만 우리들이 조금만 도와주면 가능할 것이네. 안 그런가, 뇌황?"

"그건? 그래, 화황의 말이 가능성이 있군."

"그렇지? 허허, 그럼 됐네."

화황은 오랜만에 웃을 수 있었다. 처음으로 자신의 머리로 이런 중대한 일을 해결했으니. 또한 언제나 경쟁자였던 빙황을 앞질렀다는 생각을 하게 되었다. 항상 빙황에게 머리로 밀린다 생각하고 있었는데 그런 빙황과 뇌황을 정말 통쾌하게 설득시켜 버렸으니……. 하지만 호열에게 미안한 감정 또한 화황의 가슴 한구석을 차지하고 있는 것도 사실이었다.

"흠, 그럼 결론이 났으니 이제 준비를 해야겠군. 음… 조금은 저 아이에게 미안한 감이 없진 않지만 우리가 할 수 있는 방법은 그것뿐이니, 이제 저 아이에게 어떻게 설명을 해야 하겠나?"

"그거야 당연히 저 녀석에게는 비.밀.로 해야지. 음… 지금은 그냥 몸에 좋은 거라고 둘러대야지? 어차피 나중에 사실을 알게 되겠지만, 그땐 우리들은 선계에 올라가 있을 것이고 당연히 마기는 호열의 몸에 있을 것이 아닌가. 음… 한마디로 그땐 상황 끝이라는 얘기지. 어떠한가?"

"그렇겠군. 흠."

"그래, 지금 비밀로 하지 않고 사실대로 말한다면 저 녀석이 우리들의 말을 듣겠는가? 아니지, 아마 오히려 노발대발하며 도망치려 할걸?"

"그건 그렇군. 저 아이가 그런 일을 할 아이는 아니지. 그럼 그 일은 화황이 생각했으니 화황이 알아서 하게나. 난 아무리 생각해도 그런 일은 직접 못하겠네."

"음… 나도 빼주게, 미안하이."

"모두 그렇게 말한다면 뭐 어쩔 수 없지. 그럼 그렇게 하기로 하세. 모두 내가 생각한 일이니까 내가 책임을 져야겠지."

이렇게 그 끝을 알 수 없을 것 같은 삼황의 회의가, 아니, 떠넘기기 모의가 끝나자 화황이 대표로 호열의 앞으로 가서 신중하게 말을 걸기 시작했다. 호열은 갑자기 화황이 친절하게 대하자 뭔가 불안한 마음이 들었지만 그 문제에는 더 이상 신경 쓰지 않았다. 지금은 그냥 이런 휴식 시간이 좋았다.

"호열아, 지금 무슨 생각을 그리 깊게 하느냐?"

'생각은 무슨? 그냥 멍하니 있는 거지.'

"응? 아, 화황님. 저, 그냥 멍하니 있었어요."

'응? 허, 그럼 그렇지…….'

"아, 그러냐? 난 또 무슨 깊은 생각을 하고 있나 했지. 허허허."

화황은 아니길 바랐지만 역시 자신의 생각이 맞았다는 생각에 허탈한 웃음을 지을 수밖에 없었다. 호열이 동굴에 들어온 이후 칠 년 가까이 옆에서 보아왔지만 화황은 도통 그 내심을 짐작할 수가 없었다.

화황이 기억하기로 호열은 처음 동굴에 들어와서 자신들을 보았을 때는 여느 보통 사람들처럼 어두운 동굴을 밝히는 자신들의 신위에 놀라는 모습을 보여주기는 하였지만, 침착하게 상황을 살피며 대처하는 당찬 면모 또한 같이 보여주어 눈길을 끌기도 하였었다. 호열의 당당한 모습에 호감이 갔다고 할까? 그래서 지금까지 삼황들이 곤란한 일을 하고 있었지만⋯⋯.

그때는 화황도 때려죽이고 싶을 정도로 호열에 대한 감정이 나빴지만 시간이 지나면서 자신들에게 당당히 요구하는 모습에 귀엽다는 생각까지 들기도 하였다. 하지만 화황이 호열에게 가지는 호감은 거기까지였다.

호열이 빙황에게 글자와 말을 배우기 시작하면서 화황은 호열에게서 받았던 첫인상의 좋은 점은 조금씩 희미해져 버렸다. 화황이 생각하기에 처음엔 열심히 하는 것처럼 보였지만 조금씩 꾀를 내어 아까운 시간만 죽이는 모습을 여러 번 목격하였기 때문이다. 하지만 화황과 뇌황이 가르칠 때는 전혀 이런 모습을 볼 수가 없었다. 화황뿐만 아니라 뇌황과 빙황 또한 그런 호열의 집착력과 집중력에 놀랐다. 호열은 자신이 꼭 해야겠다는 마음을 굳히면 생각 외로 좋은 성과를 얻을 수 있다는 것을 삼황에게 보여주었기 때문이다.

어느 때는 한없이 게으른 것 같으면서도, 또 어느 때는 자신에게 주어진 일이나 자신이 해야만 하겠다는 일이 있으면 놀라운 집중력을 발휘하며 그 일에 매달리는 적극성도 가지고 있었으니, 화황은 그런 호열을 보며 절로 고개를 저을 수밖에 없었다.

"예, 그런데 저한테 무슨 할 말씀이 있으세요?"

"응? 할 말은 무슨⋯⋯."

"그럼 전⋯⋯."

호열은 화황이 입을 꾹 다물고 자신을 바라보며 고개를 젓자 무슨 일이 있어 자신에게 찾아왔나 싶은 마음에 궁금증을 나타내었다. 하지만 화황이 아무런 말을 하지 않자 별일이 아니라고 판단했는지 다시 눈을 감으려고 했다.

"잠깐, 다름이 아니라……."

"옛? 무슨?"

"그래, 너는 그동안 어의심공에 대해 얼마나 깨달았느냐?"

"옛? 겨우 그걸 물어보시려고 그렇게 분위기를 잡으셨어요?"

"뭐? 겨우라니? 음… 그래, 그러니 어서 대답해 보거라."

"뭐… 별로 생각해 보지 않아서요."

천진스럽게 고개를 흔들며 대답하는 호열의 모습에 화황은 순간 얼굴이 빨갛게 달아오르는 것을 간신히 참아야만 했다.

"뭐라고? 흠흠, 아직 별다른 깨달음이 없었느냐?"

"예, 하지만 차차 좋아지겠지요."

"휴~ 그래, 너무 서두르지는 말아라. 다 시간이 지나면 나아지겠지."

화황은 호열의 얼굴을 차마 볼 수가 없어서 한참 자신을 주시하고 있는 뇌황과 빙황이 있는 곳으로 고개를 돌리면서 한숨을 쉬었다.

'응? 별일이네?'

호열은 화황이 평소 자신에게 하는 행동을 보이지 않자 웬일인지 느낌이 좋지 않았다. 어린 시절, 어렵게 살아가면서 눈치만 늘었기 때문에 지금의 상황이 어딘지 부자연스럽다는 생각이 들었다.

"혹시 저한테 다른 하실 말씀이 있으신가요?"

"응? 아니, 뭐 할 말이 있겠느냐마는… 그래, 다른 게 아니라 너한테 말하고 싶은 것이 한 가지 있기는 있다."

'그럼 그렇지……'

"옛? 무슨 말씀이요?"

호열은 자신의 생각이 맞았다는 것이 마음에 들었지만 그것에 마냥 기뻐할 수는 없었다. 호열의 나태하고 어이없는 모습을 보면서도 화황의 손이 가만히 있다는 것은, 그 말이 무슨 말인지는 모르지만 호열에게 이로울 것이 없겠다는 생각이 들었기 때문이다.

"음… 너도 혹시 느끼고 있겠지만 네가 이 동굴에 들어와서 생활한 지 벌써 칠 년이 넘었지?"

"옛? 예, 벌써 그렇게 됐네요. 그런데 그건 왜요?"

"그렇지? 허, 세월은 참으로 빠르게 지나가는구나."

화황은 호열의 반응은 아예 무시를 한 후 눈을 감으며 마치 회상에 젖는 듯한 표정을 지어 보였다.

"예? 예……"

"그래, 그럼 그동안 너는 동굴 안에서 무슨 이상한 것을 느끼지 못하였느냐?"

'그래, 이거구나.'

호열은 화황이 이제야 자신에게 하고자 하는 본론을 얘기하는 것이라고 생각했다. 거의 십 중 구는 예감이 들어맞는 듯했다.

"옛? 무슨 이상한 거요?"

"응? 느끼지 못한 거냐? 아니, 네가 칠 년 동안 생활한 공간이 얼마나 넓다고 그런 것도 느끼지 못한 것이냐?"

화황은 도저히 생각하지 못한 호열의 반응에 또 한 번 열이 오르는 것을 느껴야만 했다. 삼황이 있는 동굴이 얼마나 넓다고 바로 옆에서 검푸르게 타오르는 마기를 못 느낄 수 있겠는가?

"아, 죄송합니다. 산다는 것이 너무 힘들어서요. 저, 그런데 지금 저한테 화를 내시는 건가요?"

"헉! 아니, 아니다. 내가 왜 너한테 화를 내겠냐? 그동안 네가 얼마나 열심히 노력했는지 다 알고 있는데, 옆에서 내가 지켜보고 있었지 않느냐? 안 그러냐?"

화황은 호열의 반응에 얼른 화를 삭여야만 했다. 어차피 화황이 호열의 앞에 선 것은 이런 것을 따지러 온 것이 아니었기 때문에 가능한 일이었다. 하지만 이런 화황의 심정을 아는지 모르는지 호열은 한술 더 떠서 계속 화황의 가슴에 불을 지피고 있었다.

"예, 전 또 제가 열심히 안 하고 있다 생각해서 화를 내시는 것이 아닌지 하고요."

"허허, 무슨 그런 섭섭한 말을 하느냐. 누가 들으면 내가 널 굉장히 미워하는 것으로 알겠다."

"하하하, 그럴 리가 있나요."

"그렇지? 허허허."

'이 녀석, 잘도 날 가지고 노는구나. 하지만 지금은 참겠다. 그러나 다음엔 가만두지 않겠다. 음……'

화황은 제발 자신에게 닥친 이 험난한 시련을 무사히 넘기기를 바랬다. 그래야만 화황 자신과 다른 사람들의 찬란한 미래가 보일 것이니……

"예, 그 누구보다도 절 좋.게. 보시는 분이 누구시라는 것을 저도 잘 아는데요."

"허허허, 그렇지. 그렇고말고. 내가 널 얼마나 좋게 보는데, 암."

호열의 능청스러운 말에 화황 또한 굉장히 과대 포장된 표정으로 능글맞게 호열을 대하고 있었다. 단, 이마에 흐르는 땀은 어쩔 수 없었지만 나름대로 불같은 성질을 죽여가며 최선을 다하고 있었다.

"예, 그 점 늘 감사하게 생각하고 있습니다. 음, 그런데요, 아까 제게 하다 마신 말씀이 있는 것 같은데요?"

"응? 음, 그거? 뭐 별다른 것은 아니고, 뭐 너도 어차피 알게 될 테니… 그래, 내 지금 너에게 말하마. 다른 것이 아니라……."

"무슨 말씀인데요? 정말 궁금하게 하실 거예요?"

"정말 궁금하냐?"

"아니요. 그냥……."

"뭐? 흠, 그래 더 이상 뜸 들이지 않고 내 말하마. 저기, 저기 있지?"

화황은 더 이상 호열과 되지도 않는 말씨름을 하기 싫었다. 아니, 버겁게 느껴졌다. 화황은 얼른 본론만 말하고 뒤에서 이상한 눈초리로 바라보고 있는 뇌황과 빙황에게 돌아가고 싶다는 생각만 들었던 것이다.

"예? 어디요?"

호열은 화황이 가리키는 곳을 보자마자 얼른 고개를 다른 쪽으로 돌렸다. 화황이 가리킨 곳은 아까 우연히 보았던 곳으로, 괜히 찜찜하고 으스스한 것이 왠지 모르게 눈길을 주고 싶지 않았던 기분 나쁜 곳이었다.

"저기, 안 보이냐?"

"아, 저거요?"

"그래, 보이지? 보이냐, 안 보이냐?"

화황은 도저히 못 참겠는지, 아니면 여기까지가 참을성의 한계였는지 버럭 호열에게 소리를 질렀다.

'이런, 내가 너무 심했나 보구나. 휴, 이를 어찌한다? 그래, 이럴 땐 그냥 고개를 숙이고 있는 것이 최선이겠다.'

호열은 화황의 갑작스러운 호통에 자신의 실수를 금세 알 수 있었다. 이제 이곳을 곧 떠날 것이란 생각에 마음이 들떠 있었던 호열은, 지금까지 무섭게 느껴졌던 화황에게 고개를 뻣뻣이 들고서 말대답을 했다는 것을 깨닫고는 식은땀을 흘렸다.

"음……."

'이런, 내가 또 못 참고 소리를 질렀구나. 그런데? 허, 진작 이럴 것을 그랬나?'

화황은 자신이 끓어오르는 화를 참지 못하고 소리를 지른 후 이제는 끝났구나라는 생각을 하며 호열을 보았는데, 웬일인지 호열은 고개를 숙이며 조용히 자신의 다음 말을 기다리는 모습을 하고 있었다. 그런 호열의 모습을 보자 화황은 언제 화를 냈나 싶을 정도로 금방 얼굴이 정상으로 돌아오고 있었다.

"음… 호열아, 내가 소리를 질러서 미안하구나."

"아, 아닙니다."

"그래, 음… 지금 네가 보고 있는지는 모르지만, 지금 보이는 곳에는 이곳에서 우리가 유일하게 얻지 못한 신기가 하나 있단다."

"옛? 신기요?"

"그래, 그건 어의심공을 익힌 사람이 아니면 얻을 수 없는 것이라 우리가 우화등선하기 전에 너에게 마지막으로 줄려고 마음먹었단다. 이곳에서 어의심공을 익힌 사람은 너밖에는 없으니까! 만약 우리들 중에 어의심공을 익힌 사람이 있었다면 저것이 너에게 가는 행운은 없었겠지만."

"아……."

호열은 화황이 하는 말을 주의 깊게 듣고 있었다. 혹시라도 잘못 들으면 꼭 무슨 일이라도 생길 것 같았기 때문이었다. 아무리 지금 좋은 말을 하고 있어도 왠지 기분이 좋지 않았다. 한 번도 호열에게 이렇지 않았던 화황이 너무 친절한 것이 무언가 음흉한 음모의 냄새가 나는 것 같았다.

"그래, 너도 알겠지만 우리들은 어의심공을 창안만 하였지 습득하지는 못했지 않느냐? 그래서 우리가 의논한 끝에 저것을 너에게 주기로 한 것이다. 정말 큰 결심을 한 것이지. 그러니 네가 어의심공을 얼마나 익혔는지 알고 싶어서 아까 물어보았던 것이다."

"아, 그랬군요. 죄송해요. 제가 아직 미숙해서요."

'그래도 알긴 아는군. 당연하지. 암, 그것이 어떤 것인데 벌써 깨달을 수 있을까.'

화황이 생각하기에도 지금 호열의 대답은 당연한 것이었다. 어의심공은 삼황이 반신의 경지에 오른 후 그 깨달음으로 창안한 것이었다. 그러하기에 배운 지 얼마 안 된 지금 어찌 호열이 그것을 깨달을 수 있겠는가.

"허허, 뭐 아직 깨달음이 없다면 할 수 없지."

'웬일이지? 불같은 호통이 있어야 하는데? 그래도 혹시 모르니 조심해야지. 돌다리도 두드려 보고 건너라는 말이 있다니까.'

"다 제가 못나서 그런 거니까. 휴~"

호열은 화황의 말에 고개를 숙이며 겸허한 자세로 대답하였다. 누가 보면 정말로 자신의 부덕함과 잘못으로 인하여 들어오는 복을 마다하겠다는 것으로 보일 정도였다.

'이런이런, 이러면 안 되지.'

"허흠, 그렇게 자책하지는 말아라. 우리가 고심 끝에 아끼는 저것을 너에게 주기로 했는데 그것 하나 못 기다려 주겠느냐? 아니, 네가 스스로 못한다면 우리가 도와주마. 너도 그동안 보아서 알겠지만 우리들이 너를 가르치면서 다른 사람은 꼭 저것을 관리하지 않았느냐? 그 정도로 아끼는 것이니 잘못되면 안 되지. 암, 안 되고말고! 그러니 아무 걱정 말거라. 우리가 저 신기를 얻게 해주겠다. 어떠냐? 그렇게 해주랴?'

화황은 얼른 분위기를 바꿔야만 할 것 같다는 생각에 이번엔 호열에 대한 자신들의 호의를 부각시키기로 했다.

'응? 이거 정말 이상하네? 저 화황은 나한테 이 정도로 잘 대해주지 않았는데? 이상해. 오늘따라 정말 이상해. 좀 더 두고 보자. 그래, 신중해야 돼. 신중해서 나쁠 건 없으니까. 암.'

"험, 아니에요. 화황님, 아니, 삼황 어른들께서 절 그렇게 생각해 주시는데, 죄송하지만 전 별로… 그렇게 욕심을 부리고 싶지 않아서요. 세 분이 그렇게나 아끼시는 걸 제가 아는데… 제가 어찌 그냥 받을 수가 있겠어요. 죄송합니다."

'뭐야? 이러면 안 되지.'

"아니다, 아니야. 너는 그렇게 생각할 것 없단다. 다 우리가 널 위해서 결정한 것이니까. 그러니 넌 아무런 근심 하지 말고 우리들이 결정한 대로 따르거라. 그러면 내가 특.별.히. 너에게 저것을 얻게 해주겠다. 저거, 너는 모르겠지만 몸에 굉.장.히. 좋은 것이란다."

화황의 가슴은 지금 숯덩이가 다 됐을 정도로 애가 타 들어가고 있었다. 어떻게 알았는지, 아니면 정말 자신의 분수를 알고 행동하는 것인지 자신이 처음 생각했던 것하고는 점점 멀어지고 있었다. 처음 생각에는 자신이 '여기 있다. 이거 몸에 무지 좋은 것이니까 너 가져라. 그거 우리가 굉장히 아끼는 것이다'. 이러면 호열이 냅다 '정말요? 정말 감사합니다'. 이러면서 자신에게 큰절을 올려야만 하는 것이었다. 그런데 얘기가 점점 이상한 방향으로 가고 있었으니…….

"아니에요. 정말 미천한 저한테 그렇게 신경 쓰지 않으셔도 돼요."

"아니다. 그렇게 생각하지 말래도. 우리도 여기에 얼마 있지 않을 것이다. 얼마 후 너에게 우리의 정령을 물려주고 나면 바로 우화등선 하게 되어 이곳엔 너만 남게 될 것이다. 그때 저 아까운 걸 네가 스스로 얻지 못하고 그냥 나간다면……. 그래서 인연이 없는 사람이 얻는 것보다는 우리가 있을 때 너에게 주는 것도 좋겠다 싶어서 상의 끝에 너에게 이런 말을 하는 것이란다. 그러니 너는 아무 말 하지 말고 받아라. 다 너 좋고 우리 좋자고 하는 것이니. 알겠지?"

'음… 정말일까? 그래도… 그래, 한 번 더 확인해 보자.'

"하하하, 화황님의 말씀 잘 알아들었습니다. 그러나 제가 이렇게 세 분 삼황 어른들께 가르침까지 받았는데, 더구나 저런 귀한 것을 제게 그냥 주시겠다니 저로선 정말 감당하기 어렵습니다. 또한 더 이상 폐를 끼치고 싶지도 않고요. 죄송합니다."

"그게 아니라는데도! 험험, 미안하다. 내가 나도 모르게 언성이 높아진 것 같다. 흠… 아까도 말했지만 폐는 무슨, 그냥 우리가 이곳을 떠나게 되니 너에게 저것을 맡기고 가려는 것이다."

호열의 말을 들은 화황은 정말 가슴이 답답해 미칠 것만 같았다. 생각 같아서는 마기를 한입에 삼키게 하고 싶었다. 하지만 그러면 안 된다는 것을 잘 알기에 치밀어 오르는 화를 꾹꾹, 정말 꾹꾹 누르고 누르며 참아야만 했다.

"옛? 맡기고 가시… 다니요?"

"헉, 아니, 내 말은, 그 머시냐, 흠… 그게 말이다, 그냥 너에게 주었으면 한다는 말이지. 암, 그렇고말고."

화황은 한순간의 실수로 이마에 나지도 않는 식은땀이 흐르는 것 같은 착각이 들었다. 얼른 자신의 말을 무마시켜서 잘되기는 했지만 등골이 오싹했다.

"예… 하하하, 정말 화황님의 말씀은 고맙지만 아무래도 전 사양하는 것이 좋겠습니다."

'허, 정말, 음… 혹시 이 녀석이 무슨 눈치라도 챈 건가? 조심해야겠구나. 이 녀석 눈치가 여간한 것이 아니니.'

"허허허, 너의 뜻은 알겠지만 벌써 우린 너에게 저것을 주기로 결정했으니 너도 너무 사양 말고 받도록 하거라. 너무 겸손하면 다른 사람에게 결례가 되는 것이란다. 알겠느냐?"

화황은 속이 메워오는 답답함을 안고서 정말 최선을 다해 호열에게 웃는 얼굴을 보이기 위해 노력하고 있었다.

"음… 화황님께서 그렇게까지 말씀하신다면, 그럼 저한테 주신다니까 받기는 받겠습니다만……."

"응? 받으면 받는 거지, 만은 뭐냐?"

"예, 그건 제가 굳이 받기 싫다는데 세 분이 저에게 주시겠다니 저도 한 가지 말씀을 올릴 것이 있어서요."

"아니, 그게 무슨 말이냐? 몸에 좋다는 것을 그냥 주겠다는데 또 무슨 할 말이 있다는 것이냐?"

'이게 무슨 소리야? 도저히 무슨 소린지 모르겠군.'

화황은 갑자기 자신에게 고개를 쳐들며 말하는 호열의 태도에 불현듯 예전의 기억이 떠올랐다. 예전, 지금 생각해도 정말 황당할 정도의 일이 생각났던 것이다.

"예, 다른 것이 아니라 제 말은, 그러니까… 음, 화황님께서 아까부터 계속 안 받겠다는 것을 지한테 억.지.로. 주시겠다니까 제가 그것을 받는 대신 한 가지 부.탁.을 좀 드리려고요."

'뭐 이런 놈이 다 있냐?

"응? 험, 그래 무슨 부탁이냐?"

화황은 자신의 예감이 제발 빗나가기를 바라면서 호열의 말을 들어 보기로 했다. 어차피 들을 수밖에 없는 상황이었지만.

"예, 뭐 별것 아니에요. 음… 그런데 꼭 받아야 하나요?"

'으… 이 웬수 같은 놈.'

"그래, 그러니 빨리 무슨 부탁인지 말해 보거라."

"예, 화황님께서 간곡하게 말씀하시니 그럼 제가 말씀을 드릴게요. 음… 아니에요. 그냥 못 들으신 것으로 해요. 그게 좋겠어요. 죄송해요."

"이이, 어서 빨리 말하지 못해!!"

"아, 알았어요. 그런데 왜 그렇게 화를 내세요?"

"험, 내가 언제 화를 냈다고 그러느냐? 그냥 네가 답답하게, 그래, 네가 빨리 말하지 않고 뜸을 들이니까 그런 것이지."

"아, 그랬군요. 예, 알았습니다, 화황님. 그러면 제가 지금 말하는 거, 꼭 들어주셔야 해요. 만약 들어주시면 않으면… 전 아무리 몸에 좋은 것이라도 받지 않을 겁니다."

"어허, 내 알았으니 빨리 말해 보거라."

'음, 미치겠군. 뭐 이런 녀석이 동굴로 들어와 가지고 내가 고생이람. 에구, 내 팔자야.'

호열은 더 이상 얘기를 끌 수 없겠다는 판단을 하였다. 화황의 태도로 자신은 어차피 받아야만 한다는 것을 직감적으로 느낄 수 있기 때문이었다. 아무리 몸에 좋다고는 하지만, 왠지 그냥 받자니 껄끄러운 느낌이 드는 것이 영 탐탁지 않았다. 그래서 이왕 받는다면 그에 응하는 조건을 하나 제시해 보기로 했다.

"음, 그럼 모든 불의 제황(帝皇)이신 화황 어르신의 부.탁.으로 말씀드리겠습니다. 다름이 아니라… 저, 혹시 칼 쓰는 방법을 알고 계신가요?"

"잉? 뭐? 칼 쓰는 법?"

"예, 칼 쓰는 법이요. 제가 한참을 고심하며 생각해 보니까요, 그것이… 음, 이런 말씀을 드리는 것을 어떻게 생각하실는지…….."

"으… 호열아, 제발 뜸 들이지 말고 어서 말 좀 해보거라! 제발!! 응!!"

"아, 알았어요. 되게 성질이 급하시네요. 이제 말씀드릴게요. 뭐냐하면요. 제가 나중에 중원에 들어가서 생활을 하다 보면 어려운 일들이 많을 것 같아서요. 그래서, 음… 하다못해 여기에 들어오기 전에 늑대들 때문에 고생을 했거든요. 그것도 그렇고, 아무튼 앞으로 살아가는 데 필요할 것 같아서요. 그래서, 뭐 모르시면 어쩔 수 없지만은…….."

호열은 화황의 얼굴을 바로 주시하면서 자신이 할 말은 다 했다는 표정을 지어 보였다. 자신의 조건을 내걸었으니 알아서 하라는 표정이었다. 그러나 호열의 얼굴은 기분 좋은 표정이 아니었다. 얼마 간의 심적 부담감을 가지는 것이 얼굴에 역력히 나타나고 있었다.

지금 호열과 협상을 하고 있는 사람이 빙황이나 뇌황이 아니라 화황이라는 것에 심각한 문제가 있기 때문이었다. 하지만 이왕 엎질러진 물이라는 생각에 꿋꿋이 버텨보기로 했다.

'허, 이거 곤란하군. 정말 내 살아 평생 이런 녀석은 처음이구나.'

"음… 그건 말이다. 허, 아무래도 이건 나 혼자 결정할 사항이 아닌 것 같다. 그건 내가 저기 뇌황과 빙황에게 얘기를 하고, 그리고 그 문제에 대해 좀 더 상의하고 난 다음에 너에게 대답해 주겠다. 그러니 그 문제는 좀 시간을 갖고 생각해 보자. 그럼 쉬거라. 내 저들과 그 문제를 상의하고 나중에 다시 오마."

"예, 그럼 그렇게 하세요. 저도 좀 더 쉬어야겠어요."

'휴, 이렇게 되면 내가 유리한 입장이 되는 것인가?'

"그래, 그렇게 해라."

'허, 내가 무슨 실수라도 해서 저 아이가 그런 조건을 내건 것인가? 음…….'

화황이 애써 화난 얼굴을 보이지 않으면서 돌아가고 있었지만 호열은 알 수 있었다. 아무리 무감각하고 눈치가 없는 삼척동자라도 훤히 알 수 있을 정도로 화황은 자신의 표정 관리를 못하고 있었다.

'왜 화황이 나에게 이런 호의를 베풀지? 지금까지 나한테 이런 적이 없었는데? 누구보다도 날 못마땅하게 생각하고 있었을 텐데? 음… 이건 뭔가가 있어. 그래, 아무래도 수상해. 조짐이 안 좋아. 음… 상황을 종합해 보면서 앞으로 신중하게 대응하지 않으면 곤란한 일을 겪어야 할지도 모르겠구나.'

호열은 조용히 눈을 감으며 이 상황을 다시 정리해 보기로 하였다.

그래야만 할 것 같은 생각이 자꾸만 드는 것이었다.

한편, 호열과 어렵게, 정말 어렵게 이야기를 나누고 돌아간 화황은 뇌황과 빙황의 앞에 서서 곤혹스런 표정을 짓고 있었다. 두 번째지만 이런 어처구니없는 일을 차마 기다리고 있던 뇌황과 빙황에게 말하기가 어려웠다.

'이걸 어쩌한다? 어떻게 하지? 음… 그래, 우선 저들과 의논을 해봐야겠구나. 나 혼자서는 감당하기 어려운 문제이니…….'

화황은 자신의 자리에 돌아온 후에도 호열과의 일을 나름대로 생각해 보고 그 타개책을 떠올리려 애써보았지만 시간만 잡아먹을 뿐 좋은 방법이 생각나지 않았다.

뇌황과 빙황은 화황이 아무 말 없이 자신들 앞에 서 있기만 하자, 서로를 보면서 고개를 갸웃거리며 있지도 않은 입술이 가뭄에 땅 갈라지듯 타 들어가는 것을 느끼고 있었다. 화황이 아무런 말 없이 고뇌하는 모습을 하고 있으니 보고 있는 뇌황과 빙황이 오히려 애가 타 들어가는 것 같았기 때문이다.

"이보게, 거기서 지금 뭐 하나? 그래, 호열과는 이야기가 잘 됐나?"

"그래, 어서 말 좀 해보게. 잘되었는가?"

"……."

"허허, 자네답지 않게 왜 그러나? 답답하이."

"음… 그게 말이지, 음… 그게, 저 녀석이… 뭔가 눈치를 챈 듯 잘 넘어가지 않더구먼."

"허, 그래서?"

"그래, 뭐라고 그러던가?"

뇌황과 빙황은 차마 말을 잇지 못하는 화황은 보면서 '도대체 무슨 일이 있었기에 저런 모습을 보일 수 있을까? 하는 생각을 가지게 되었다.

지금 화황의 모습은 혼자서는 감당할 수 없는 충격에 싸여 있는, 평소엔 전혀 보지 못했던 그런 모습을 하고 있었다.

"글쎄, 히, 나한테 조건을 내미는 거야. 조건을!"

"응? 조건이라니?"

"그게 무슨 말인가? 조건이라니? 자네가 어떻게 말을 하였기에 그 아이가 조건을 내민단 말인가?"

"어떻게 말하긴, 난 아. 주. 잘 말했지. 근사하게 몸에 좋은 것이라는 말과 함께. 그런데도 저 녀석이 그걸 받질 않겠다는 거야. 뭐 더 이상 폐를 끼치기 싫다나? 허, 그런데 어떻게 하겠어. 그건 이미 우리들이 모두 결정한 사항이니 무조건 따르라고 했지."

화황이 한번 입을 열기 시작하자 언제 입을 다물고 있었냐는 듯 호열과 있었던 상황을 하나하나 얘기해 나가기 시작했다.

"그래서?"

"그래, 그랬더니 뭐라고 하던가?"

"허, 내참, 기가 막혀서. 글쎄 자기에게 칼 쓰는 법을 가르쳐 주면 생각해 보겠다는 거야. 자네들은 이게 말이 된다고 생각하는가? 한번 말들 좀 해보게. 이게… 허, 이제 어떻게 하면 되겠나?"

"뭐? 칼 쓰는 법?"

"허허, 정말 그렇게 말했는가?"

"그래, 그렇게 말했네. 칼 쓰는 법! 칼 쓰는 법을 가르쳐 주면 한번 생각해 보겠다고. 기가 막혀서, 그러나 아무리 생각해 봐도 이 문제를 해결하려면 달리 방도가 없는 것 같은데. 자네들, 혹시 칼 쓰는 방법에 대해 알고 있는 거 있나?"

화황의 말에 듣고 있던 뇌황이나 빙황 역시 고개를 끄덕일 수밖에 없었다. 같이 생활해 온 칠 년 동안 누구보다도 호열의 고집을 잘 알고 있었기에. 한번 말이 나온 것은 꼭 얻어내고야 마는 집념의 소유자가 바로 호열이었던 것이다. 삼황은 그런 호열을 보면서 자신들을 무슨 봉(鳳)이라고 여기는 것이 아닌지 하는 착각까지 들 정도였다.

"이보게, 언제 우리가 그런 거 배운 적 있나? 이거 답답하게 되었구 먼. 정말 답답하게 되었어. 허."

"하여튼 정말 저 녀석은 아무리 좋게 보려고 해도 안 되는 녀석이야. 더구나 음흉하고 치사하기까지 한 놈이라니까."

"허허, 그래, 그건 아무래도 좋으니 이제 앞으로 어떻게 했으면 좋겠 는가? 상황이 이렇게 되었으니 우리들도 앞으로의 행보(行步)에 더욱 조심조심, 신중에 신중을 기해야 할 것 같은데."

"음, 그래야 되겠지. 영악한 놈!"

'정말 하늘도 무심하시지. 어떻게 그 많고 많은 사람들 중 저런 녀 석이 이 동굴에 떨어졌을까? 휴~'

화황의 한숨에 옆에서 지켜보는 뇌황이나 빙황 역시 절로 새어 나오 는 탄식을 감출 수 없었다. 삼황은 동료의 한숨 소리에 지금 돌아가는 상황이 자신들에게 불리하게 돌아가고 있다는 것을 명백하게 알 수 있 었다.

사실 삼황은 지금까지 한 분야의 깨달음만을 추구하며 살아왔다. 심 공에 대해서만. 그러하기에 실전 무공에는 아무것도 모르는 완전 문외 한이었다. 그러니 완전 문외한들이 무엇을 하겠는가? 지금의 강호 무 인들이 이들의 이야기를 들었다면 '어찌 무인들이 아무런 실용무공을 배우지 않았단 말인가?' 나 '아마 자다가 봉창 뜯는 소리' 라고 했을 것이다.

삼황은 모두 비슷한 시대에 태어나 지금까지 무위자연(無爲自然)의 도(道)를 추구하며 살아왔다. 다른 것에는 아예 신경도 쓰지 않고 오로지, 오로지 심공 하나만을 생각하고 또 생각하며 온 생을 살아왔기 때문에 다른 분야에는 지식이 거의 없다시피 했던 것이다. 만약 호열이 이런 사실을 알았다면 지금 바로 밖으로 나가겠다고, 보따리를 싼다고 난리를 피웠을 것이다.

"음… 사실 우리가 심공 이외의 다른 것에는 등한시했었지. 그랬어. 오로지 우화등선만을 추구했었으니. 허허, 그것이 이제 와서 이렇게 우리들에게 곤란을 겪게 할 줄이야. 허, 이거 어떻게 했으면 좋겠는가? 무슨 방법이 있겠는가?"

"음… 어쩔 수 없지 않은가? 이렇게 됐으니 지금이라도 하나 만들어 봐야지."

"응? 그게 무슨 말인가?"

"음… 그 방법밖에 없지 않은가? 정말 하늘이 원망스럽군."

뇌황의 동조에 빙황은 화들짝 놀랐다. 처음 화황의 상황 설명을 들으면서 그 얘기는 물 건너갔다고 생각했는데, 빙황이 가만히 돌아가는 상황을 주시하니 끝까지 가자는 쪽으로 기울고 있었던 것이다.

"허, 정말 자네들은 그런 걸 만들겠다는 말인가?"

"이렇게 된 이상 어쩔 수 없지 않은가? 이게 다 자네를 믿은 우리들 잘못이 크지만 어쩔 수 없지."

"크, 정말 내 자네들을 볼 면목이 없네. 정말 미안하이."

화황은 자신의 잘못으로 이런 사태가 만들어졌다는 생각에 차마 뇌황과 빙황의 앞에 고개를 들 수가 없었다. 조금만 더 신경을 썼더라면, 조금만 더 머리를 썼더라면 이와 같은 어처구니없는 상황은 초래하지 않았을 수도 있었을 거라는 생각이었다.

"흠… 자자, 그만 하고 이제 되도록 빨리 생각들을 해보자고. 너무 늦으면 저 아이가 의심할지 모르니. 그러면 우리들은 이보다 더한 곤란한 일을 당하게 될지도 모르니까."

"그렇지. 그러면 안 되지. 자자, 어서 상의해 보세나."

"휴, 미안하이."

화황은 이 한마디를 한 후 조용히 고개를 숙여 보였다. 지금까지 많은 시간을 함께 생활해 보았지만 한 번도 없었던 일이다. 죽어도 남에게 고개를 숙이지 못하는 성격이었는데, 이 일이 얼마나 화황에게 심적 고통을 주었는지 알게 해주는 모습이었다.

삼황은 호열에게 칼 쓰는 방법을 가르쳐 주기 위해서, 정말로 오랜만에 서로의 지식을 검토하면서 또 다른 무도에 대해 토론하기 시작했다. 이것이 하늘이 자신들에게 내리는 마지막 시련이길 바라면서……

정말 지루하고도 지루한 일 년이었다, 호열이 생각하기에.

하지만 삼황은 세월의 흐름도 잊고 오랜만에 즐거운 진리 탐구에 몰두하고 있었다. 비록 그들이 원해서 하는 것은 아니었지만 시간이 어떻게 지나가는 줄 모르고 푹 빠져 있었다.

삼황은 되도록 연못하고는 거리를 둔 곳에서 호열의 눈을 피해 무도를 공부하느라 정신이 없었다. 호열에게 들키기라도 하면 지금까지의 고생이 모두 무(無)로 돌아가는 것이었기에 항상 주변을 경계하며 신경을 썼다.

"허, 정말 새로운 무도를 만들어낸다는 것이 이렇게 힘들 줄이야. 하지만 우리들의 정성에 하늘에서도 감복했는지 일 년여의 시간을 들여 각고의 노력 끝에 이렇게 만들어내고야 말았구나. 정말 하늘의 도우심이 없었다면 불가능한 일이었소이다."

"그러게 말입니다. 정말 지금 생각해도 어떻게 우리가 이런 걸 만들수 있었는지, 하늘이 우리에게 호열이라는 시련을 주셨지만 끝내 우리를 거부하지는 않으시는구려. 허허허."

화황은 일 년 전, 호열과의 일로 성격이 크게 바뀌지는 않았지만 많이 누그러져 있었다. 그만큼 그 일은 화황에겐 영원히 기억에 남는 일이었다.

"그러게 말이야. 이제 모든 것이 끝났으니 마지막으로 이제 우리가 만든 이 무도에 작명(作名)하는 일만 남았구려. 자, 생각하고 계신 것이 있으면 말들해 보구려."

"음… 글쎄, 내 생각엔 어차피 우리가 만든 이 무도 역시 어의심공에서 기인한 것이니 그것에 맞추어 작명하는 것이 어떨까 하는데, 자네들은 어떠한가?"

"음… 빙황의 말에도 일리가 있구려. 화황의 생각은 어떠시오?"

"글쎄, 음… 좋아, 나도 공감하네. 그럼 뭐라고 할까?"

"음… 뭐가 좋을까? 아, 이건 어떨까 하는데?"

"뭐 생각나는 것이라도 있나, 빙황?"

"이건 어떤가? 어의공령(於意空靈)이라고 하면 너무 거창한 이름인가?"

빙황은 자신이 생각해 낸 이름을 말하면서도 말끝을 가볍게 흘리며 뇌황과 화황의 표정을 주시했다.

"음… 어의공령이라. 아니네, 괜찮군. 정말 괜찮아. 마음에 들어. 화황은 어떤가? 괜찮지 않은가?"

"음… 괜찮은 것 같네. 어울려."

삼황은 빙황의 말에 공감을 표시했다. 자신들이 숙의 끝에 만들었으니, 당연히 이름 또한 그에 걸맞는 것이어야 한다는 생각이 통했던 것이다.

"그러한가? 그럼 이름은 정해졌고, 음… 그러나 문제는 저 아이가 우리가 만든 이 어의공령을 익힐 수 있겠는가 하는 것일세."

"아아, 그건 너무 깊게 생각하지 말라고. 어차피 익히든 못 익히든 우린 어의공령을 저 녀석에게 전수해 주기만 하고 어서 빨리 우화등선이나 하면 되는 거라고. 안 그런가?"

"음… 좀 너무한 구석이 있기는 해도 화황의 말에도 일리가 있네. 우린 너무 많은 시간을 허비했네. 그래, 또한 더 이상 저 마기를 계속 방치할 수는 없는 처지이니. 음… 그나저나 하루빨리 호열이 어의심공을 성취해야 할 텐데… 이젠 나도 그만 쉬고 싶네."

"그건 우리들 모두 같은 생각이네. 그러니 너무 마음 아파하지 말게나. 저 아이도 나중엔 우리들의 이런 마음을 알게 될 날이 오겠지."

"허, 글쎄, 정말 그런 날이 오긴 올까?"

화황은 정말로 그런 꿈같은 날이 올까 하는 생각을 하지 않을 수 없었다. 지금까지 자신들에게 해온 짓만 보더라도 호열에게 그런 것을 기대한다는 것 자체가 우습다는 생각이 들었다.

"그런 날이 오길 바래야지."

"자자, 너무 맘 쓰지 말라고. 다 저 녀석 하기 나름이니까. 그럼 이제 이걸 누가 저 녀석에게 가르치겠는가?"

"음… 그건 아무래도 빙황 자네가 수고 좀 해야겠네. 우리들 중 그래도 저 아이와 가장 많은 이야기를 나눈 사람이 자네 아닌가. 우리들보다는 자네가 가르치기가 수월할 것 같은데 자네는 어떤가?"

"그렇군. 나도 뇌황의 말에 동감이네. 자네가 좀 수고를 해야겠네. 일은 내가 저질러 놓고 뒷수습을 하게 해서 미안하이."

"뭐, 어쩔 수 없지. 그럼 그렇게 하겠네."

'아, 이번 일을 잘 마무리 지었으면 좋겠구나. 정말 사는 것이 너무 힘들구나. 휴.'

화황은 힘이라고는 하나 없이 축 처진 어깨를 하고 호열에게 가는 빙황을 바라보면서 안쓰러운 마음이 드는 것을 억제할 수 없었다.

'진정, 진정 편안히 우화등선할 수 있는 길은 없는가? 허.'

제 5 장

흐림, 무도(武道)에 헌 발 들어서다

호열, 무도(武道)에 한 발 들어서다

호열이 동굴에 들어와 생활하기 시작한 지 벌써 팔 년이 지나갔다. 호열의 나이 이제 스물여덟 살이 된 것이다. 앞으로의 장래가 어떻게 될지는 모르지만, 일 년 전에 화황하고의 일이 있은 후로 삼황은 호열에게는 한마디 대화도 없이, 거의 신경도 쓰지 않은 채 동굴 한쪽에 모여서 무엇인가 심층있는 토론에만 열중하고 있었다. 삼황이 무엇 때문에 그렇게 모여서 열띤 토론을 하는 것인지는 능히 짐작이 가는 것이지만, 그것도 어느 정도지 벌써 일 년이 흘러 지금에 이르기까지 그 하나의 문제 때문에 토론을 하다니, 호열의 상식으로는 도저히 이해할 수가 없는 일이었다. 아니, 더 나아가 화가 나기도 했다.

삼황에게 시간이란 개념은 그냥 흘러가도 상관이 없는 것일런지 모르겠지만, 호열은 그렇지 않기 때문에, 아니, 다른 문제는 어떻게 되든 하루라도 빨리 이곳을 나가고 싶었다. 그래서 호열은 일 년 동안 끊임없이 연못에 들어가 나오지 않고 어의심공을 수련하였다.

호열은 처음 연못 밖에서 수련을 하고 잠만 연못 안에서 잤다. 그러다 매일 나가서 수련하기가 귀찮아져서 생각한 끝에 연못에서 나가지 않고 수련을 하기로 했는데, 그것은 호열의 수련이라는 것이 어차피 몸을 움직이는 것이 아니라 깨달음을 얻기만 하면 된다고 한 뇌황의 말에 기인한 것이었다.

그러나 그것이 오히려 호열의 수련을 도와주는 계기가 되었다. 몇백 년이 흐르면서 연못이 간직하고 있던 정기(精氣)가 호열의 정신을 맑게 해주고 심신 수련에 굉장한 도움을 주었던 것이다. 그렇게 해서 삼황도 최소한 십 년을 예상했던 호열의 수련이 일 년 정도로 단축된 것이었다. 정작 삼황은 모르고 있었지만……

삼황이 십 년을 예상했던 것도 호열이 어의심공을 완전히 깨달아 자유자재로 펼칠 수 있는 것이 아니라, 단지 어의심공이 어떠한 심공이라는 것을 깨우치는 시간이 그렇다는 것이다. 그러나 연못 안에서의 수련 덕분에 상당한 시간의 단축을 가져왔을 뿐만 아니라, 더 나아가 얼마 전에는 오히려 수련에 가속도(加速度)가 붙어 호열 자신도 자신이 얼마만한 성취가 있는지 모를 정도가 되었다. 이러니 더욱 동굴을 나가고 싶은 마음이 생기게 된 것이었다. 이제 더 이상 기다리지 않고 삼황과의 계약을 이행하였으면 하는 것이 솔직한 호열의 심정이었다.

'이제 나도 어느 정도 준비가 된 것 같으니 삼황에게 말해서 빨리 계약을 이행하자고 해야겠구나. 칼 쓰는 방법이야 나중에 중원에 나가서 배워도 상관없으니까. 괜히 여기에 더 머물다간 귀찮은 일만 생길 것 같으니… 그래, 생각난 김에 삼황에게 말해야겠구나. 그래야 하루라도 빨리 여길 나갈 수 있지, 암.'

호열이 이와 같은 결심을 한 후 오랜만에 연못에서 나와 한쪽에 놓여 있던 옷을 걸쳐 입었다. 그리고 지금까지도 열심히 토론 중인 삼황에게 가려고 하는데 갑자기 눈앞에 빙황의 모습이 어른거리며 나타났다.

"호열아, 지금 어디를 가려고 하는 것이냐?"

"헉? 아… 빙황님께서 여긴 어쩐 일이세요?"

'정말 저 기술은 아무리 생각해도 배웠으면 좋겠단 말이야. 정말 부럽다.'

"허허, 어쩐 일이긴. 전에 네가 화황에게 부탁했던 일이 있지 않느냐? 내 지금 너에게 그것을 가르치려고 왔단다."

"옛? 아, 그거요?"

'빌어먹을, 정말 빨리도 오는군. 막 나가겠다고 말하려는 참에. 휴, 이러면 좀 더 상황을 지켜봐야겠구나.'

"꽤 오래 걸.리.셨.네.요."

호열은 자신의 생각을 수정하지 않으면 안 되었다. 그래도 가장 잘해주었던 빙황이 나섰으니, 호열은 빙황의 말을 들어주지 않으면 안 되었던 것이다. 또한 나름대로 정도 들어 지금에는 꼭 친할아버지 같다는 생각까지 들 정도였다.

"허허허, 그거야 지금 내가 가르치려고 하는 것이 그.만.큼. 중요한 것이기 때문에 그렇게 된 것이란다. 그러니 이해심 많고 착한 네가 이해하려므나."

빙황은 호열의 마음을 아는지 입가에 너그러운 웃음을 지어 보이면서 느긋하게 호열의 대답을 받아넘겼다.

"음, 그동안 저와 같이 지내시면서 저에 대해서 너무나 많은 것을 알게 되셨네요. 옛말에 너무 많은 것을 알면 다친다고 했는데, 빙황님께서는 매사에 조심하세요. 혹시 또 모르니⋯⋯."

'음, 어쩔 수 없이 또 계약이 하나 늘어나겠구나. 이렇게 빙황께서 직접 날 찾아온 것을 보면. 하늘에 맹세를 하건데 내가 나중에 밖으로 나가게 되면 다시는 계약 같은 것은 하지 않겠다. 정말로⋯⋯.'

호열은 다시 한 번 계약의 무서운 힘을 알게 되었다. 또한 정이라는 것도⋯⋯. 아마 지금 호열의 앞에 화황이 왔다면 상황은 이렇게 돌아가지 않았을 것이지만 빙황이 직접 가르치겠다고 왔으니 호열은 그에 따를 수밖에 없었다.

하지만 일 년이란 기다림의 시간이 짧지만은 않았던 것이기에 호열도 나름대로 불만을 표시하지 않을 수 없었다.

"허허, 그래, 내 너의 말대로 조심하마. 그럼 너는 준비가 되었으면 이리로 와서 앉거라. 너도 특별히 할 일이 없는 것 같으니 당장 시작하자꾸나."

'정말 이 아이의 심기는 짐작을 못하겠구나. 그러나 귀엽단 말이야. 허허허.'

빙황은 호열이 지금까지 연못 속에서 휴식을 취하고 밖으로 나온 것이라는 생각을 하고 있었다. 깔끔하게 차려입은 옷 하며 모양새가 그러한 것을 나타내 주고 있다고 생각하였기에 그런 생각을 하게 된 것이지만, 호열이 지금까지 휴식을 취하지 않고 일 년 동안 열심히 수련하였다는 것을 안다면 빙황이 어떤 표정을 지을까? 삼황 또한 그건 알 수 없는 일이었다.

"예? 예, 그렇게 하겠습니다. 저도 어서 빨리 이 동굴을 나가고 싶으니⋯⋯."

호열은 오랜 수련으로 몸과 마음이 피곤하였지만 얼른 동굴을 나가야겠다는 생각에 두말 않고 승낙했다. 다시는 쓸데없는 시간을 허비하고 싶지 않았기 때문이다.

"그건 그렇고, 제가 어느 정도 어의심공에 대해 깨달은 바가 있어서 삼황 어른들께 가려던 참이었습니다."

"오~ 그러냐? 잘되었다."

'음, 지금 호열이 동굴을 나가려고 내게 거짓을 말하는 것인가? 이렇게 빨리 깨달을 수는 없는데? 음… 그래, 차차 알게 되겠지.'

빙황은 호열의 말을 곧이곧대로 믿을 수가 없었다. 얼마나 많은 시간과 공을 들여 만들었는데 이렇게 빨리 깨달을 수는 없다고 생각했기 때문이다.

"그럼 내가 너에게 칼 쓰는 방법, 즉 어의공령이라는 것을 가르쳐 주겠다."

"예? 어의공령이요?"

"그래, 네가 가르쳐 달라고 했던 것의 이름이란다. 멋있지 않느냐?"

"예, 이름 하난 정말 멋있군요."

"그렇지. 그 이름만큼 정말 대단한 것이란다. 그러니 우리들의 토론이 길어진 것이고. 이해하거라."

"예, 당연하지요. 당연히 이해하고말고요. 제가 그 말을 얼마나 기다렸는데요."

"허허, 그래? 그럼 이것만 전하면 바로 우리들의 일을 시작해도 되겠구나. 너도 그것을 바라고 있겠지?"

"예, 당연하지요."

호열은 빙황의 물음에 얼른 대답했다. 이제 더 이상 계약이란 없다는 것을 돌려서 말한 것이었다.

"그래? 음… 네가 그렇게 말한다면 다행이고. 그리고 아까 네가 말한 어의심공의 깨달음에 관한 일은 다음에 생각해 보기로 하고, 그럼 우선 어의공령에 대해 가르쳐 주겠다. 잘 기억해야만 한다."

"예, 알겠습니다."

"그래, 나는 너에게 어의공령의 구결만 전해줄 뿐 일체 다른 것에 대하여서는 가르쳐 주지 않을 것이다. 그렇더라도 너는 너무 섭섭해하지 말아라. 그것은 다른 사람들과 상의한 끝에 내린 결론이니까."

"아, 그렇습니까?"

"그렇단다. 어의공령을 자기 것으로 만드느냐 못 만드느냐는 오직 너 자신에게 달린 것이다. 이것이 우리들이 너에게 해줄 수 있는 최선의 선택이었다. 그만큼 지금 가르쳐 주려는 어의공령의 위력이 강하다는 것이다. 알겠느냐?'

'휴, 나도 이것에 대해 자세히 가르쳐 주고는 싶다만, 나조차도 그 위력을 자세히 몰라 아예 안 가르치는 것만 못하니 어쩔 수 없지.'

빙황의 마음은 착잡했다. 먼저 가르쳐 준 어의심공도 그렇고, 또한 지금 가르쳐 줄려고 하는 어의공령 또한 한 번도 세상에 나타나지 않았던 것인지라 그 위력이 얼마나 되는지, 또한 어떤 것인지조차 몰랐던 것이다. 다만 어떤 것이라는 대략적인 짐작만 할 뿐……

"아, 예. 어르신의 말씀 잘 알겠습니다. 그럼 말씀하십시오. 경청하겠습니다."

"그래, 그럼 시작하마. 음… 본래 이 어의공령은 그 기반이 어의심공에서 기인한 것이다. 우리가 너에게 구결만 전해줄 뿐 알고 있는 깨달음을 전하지 않는 것은… 그것은, 음… 네가 어의심공을 깨달았으니 따로 그 필요성이 없기 때문이다. 네가 열심히 수련한다면 나중에 시간이 흐른 후 다 깨닫게 될 것이니까. 알겠느냐?'

"예, 알겠습니다."

"음… 그럼 구결을 불러주겠다. 아, 먼저 구결을 불러주기 전에… 인체에 기(氣)라는 것이 있으며 그 기가 머무르고 흘러가는 경맥(經脈), 또는 경락(經絡)이라고 하는 것이 있다. 너는 이것에 대해 알고 있느냐?'

"아니요. 전 오늘 그것에 대해 처음 듣습니다."

"그래? 음, 그럼 그것부터 가르쳐 주마. 네가 어의심공에 대해 많은 깨달음이 있었다니, 지금 내가 말하는 것을 잘 기억한다면 나중에 수련할 때 많은 도움이 있을 것이다. 현재 너는 어의심공의 구결에 대한 깨달음만 있지, 그것이 정확히 어떤 것인지는 모르고 있을 것이다. 안 그러냐?'

"예, 그렇습니다."

'당연하지. 그런 것이 있다는 것을 가르쳐 주지 않았으니 내가 모르는 거지.'

"음, 그럼 먼저 기에 대하여 설명하겠다. 기란……."

빙황의 기(氣)에 대한 설명은 이러했다. 기란 경맥과 혈관을 따라 오장·육부·뇌수(腦髓)를 비롯한 인체 기관·조직은 물론, 아주 미세한 물질에까지도 골고루 순환하는 한편, 경맥 또는 혈관 밖으로 삼출(滲出)하여 체표(體表)의 말초 부분까지 순환하면서 각 기관·조직의 생리 활동을 촉진·앙양(昂揚)하게 하는 등 추동(推動)하게 해서 생명 현상을 유지·발현하게 하고 영위하게 하는 것으로 인간의 생명 활동과 정신 활동의 원동력(原動力)이 된다는 장구한 설명이었다.

또한 인체의 기는 내원(來源)에 따라 선천(先天)과 후천(後天)으로 구별하는데 선천으로 품수한 기를 '원기(元氣)'라 하고 호흡과 음식으로부터 얻은 것을 '후천의 기(氣)'라 하며, 기가 양(陽) 부위에 있는 것을 양기(陽氣), 음(陰) 부위에 있는 것을 음기(陰氣)라 한다. 그리고 경락에는 십이경맥(十二經脈), 십이경별(十二經別), 기경팔맥(奇經八脈), 십오락맥(十五洛脈), 십이경근(十二經筋), 십이피부(十二皮膚)가 있다. 여기서 중요한 것은 십이경맥과 기경팔맥이었다.

기경팔맥에는 독맥(督脈), 임맥(任脈), 양유맥(陽維脈), 음유맥(陰維脈), 양교맥(陽蹻脈), 음교맥(陰蹻脈), 충맥(衝脈), 대맥(帶脈)이 있는데, 이 중 독맥은 양맥(陽脈)을, 임맥은 음맥(陰脈)을 대별하는 것으로 인체에서 가장 중요하다 할 수 있다.

임독양맥은 무도에 뜻을 둔 사람들은 생사현관(生死玄關)이라 칭하며 경외시하였다. 또한 많은 세월이 흐르면서 임독양맥을 연마하기 위해 많은 방법들이 나왔으나, 지금의 무도는 진정한 깨달음을 추구한다고 하기에는 너무 파괴력(破壞力) 부분에 치중하는 경향이 있다는 것이었다. 그러나 이미 호열이 깨달았다는 어의심공은 이런 기의 일방적인 연마를 통한 무도가 아니라 정(精), 기(氣), 신(神)의 합의일체가 되어서 대자연 속 기의 흐름을 이해하고 다스리는 데 의의가 있다 하였다. 그만큼 어의심공은 기를 다스리는 순수함을 위주로 만들어진 심공이란 것이다.

그러나 지금 빙황이 호열에게 가르칠 어의공령은 이런 어의심공의 순수한 파괴력(破壞力)만을 최고로 극대화(極大化)시킨 것이기에 삼황이 고심하지 않을 수 없었던 것이다.

"이런, 좀 길었느냐? 음… 하지만 지금 설명한 것은 꼭 기억하고 있어야만 하는 것이다. 내 말 잘 알겠느냐?"

'휴~ 너무 힘들군. 내가 매일 입방아나 찧는 아낙네도 아니고…….'

빙황은 한 번도 쉬지 않고 말한 자신에게 놀라움을 감추지 못했다. 한 번에 모두 말하려니 힘들었던 것이다.

"예, 지금의 가르침을 명심하겠습니다."

'도대체 무슨 소리를 하는 것인지 모르겠네. 뭐가 이렇게 길어? 좀 쉬엄쉬엄하면서 가르쳐 주실 것이지.'

"음… 좋다. 너도 알고 있겠지만 여타의 내공심법(內功心法)이 인간의 몸을 소우주로 생각하며, 어떻게든 그 조그만 인간의 몸에 거대한 우주의 기를 억지로 담으려고 하는 것이지만, 어의심공은 그와는 다르게 인간의 몸에 기를 축적(蓄積)하는 것이 아니라 우주에 있는 무한대의 기를 끌어다 쓰는 것이다. 여기에서 어의심공의 우수성을 여실히 보여준다고 할 수 있지."

'우리가 만들었지만 정말 잘 만들었단 말이야. 허허허.'

"예, 그렇군요."

호열은 오랜만에 정좌를 하고 앉아 빙황의 설명을 열심히 경청하고 있었다. 그동안 연못 속에서 수련하면서 간직하고 있었던 의문점을 해결해 주고 있기 때문이었다.

"그래, 하지만 우리가 처음 이 심공을 만들 당시 커다란 난관에 봉착(逢着)했는데, 그것은 처음 이 심공으로 기를 끌어 모으는 데 많은 시간이 필요하다는 것이었다. 그 후 세월이 흐르고 우리들의 피나는 노력 끝에 그 최대의 약점을 극복할 수 있게 됐지만 말이다. 지금 네가 알고 있는 심공은 그런 약점을 극복한 것으로 네가 생각하는 그 순간에 거의 무한대의 기를 사용할 수 있게 될 것이다. 한마디로 몸으로 펼치는 것이 아니라 의지가 일면 실현된다는 것이지. 하지만 그만큼 깨달음이 중요하다는 것이란다. 알겠느냐?"

"아~ 그렇군요. 그런데 전……."

"아, 네가 지금 무슨 질문을 하려는지 알겠다. 그건 말이다, 지금의 너는… 그래, 내가 알기로 네가 아까 어의심공에 대해 많은 부분을 깨달았다고는 하지만 내 생각에는 그저 알고 있을 뿐 깨달았다고는 보지 않는다. 그냥 알고 있는 것과 깨달았다는 것은 상당한 차이가 있지. 그 차이는 네가 생각하는 그런 수준이 아니라 감히 생각할 수조차 없는 그런 차이란다. 그 이유는 너도 차차 알게 될 것이다. 아마 그러한 이유 때문일 것이다."

'우리들이 얼마나 많은 세월을 고생해서 만든 것인데 배우고 익히기 시작한 지 삼 년밖에 안 된 아이가 익혔다고는 볼 수 없지, 암.'

빙황은 호열이 어의심공을 깨달았다는 말에 약간이지만 언짢은 기색을 나타냈다. 아무리 호열의 말을 믿어주고 싶어도 그럴 수 없었던 것이다.

"예, 그런데 저, 한참 말씀 중에 죄송한데요, 빙황님. 내공심법이 뭡니까?"

"잉? 내공심법이 뭐냐니? 그걸 지금 말이라고 하는 것이냐, 너는?"

빙황은 이제 본격적으로 어의공령에 대해 설명하려고 하다가 호열의 엉뚱한 질문에 그만 황당한 표정을 지을 수밖에 없었다.

"예, 내공심법이란 말도 오늘 첨 듣는데요."

"뭐라고? 음… 혹시 내가 그것에 대해서 한 번도 설명한 적이 없었느냐?"

"예."

"뇌황과 화황도?"

"예, 아무도 얘기해 주시지 않았습니다."

"그래? 허, 음… 이거 참. 좋다, 그렇다면 할 수 없지. 우선 내공심법은…… 어떻게 설명을 한다? 그래, 여하튼 내공심법이란 한마디로 단정하자면 알 필요도 없고 알려고 노력하지 않아도 되는 것이다."

빙황은 호열에게 내공심법에 대해 가르쳐 주려고 하다가 마땅히 가르쳐 줄 것이 생각나지 않자, 자신이 나름대로 생각하고 있던 것을 말했다.

"옛? 왜요?"

호열은 빙황의 말을 도저히 이해할 수 없었다. 아까 기에 대한 설명을 할 때는 중요한 것처럼 말을 해놓고 지금에 와서는 알 필요도 없다는 식으로 말을 하고 있으니 뭐가 뭔지 모르겠다는 표정이었다.

"허, 그건 너도 차차 알게 될 것이나, 너는 지금 내 얘기를 듣고서 그런 것이 있구나 하는 것만 기억하면 되는 것이다. 이 말 명심하여 듣기 바란다."

"옛? 그게 무슨 말씀이세요?"

"허허, 그건 네가 나중에 이곳을 나가게 되면 일반 내공심법과 어의심공을 비교해 보거라. 그러면 지금 내가 한 말을 알게 될 것이다."

"예, 그럼 나중에 한번 해볼게요."

호열은 정말로 빙황의 말처럼 밖에 나가게 되면 비교해 보겠다는 결심을 했다. 또한 정말로 그렇게 하고 싶었고.

"그래, 그렇게 해보는 것도 좋겠지. 그래도 말이 나온 김에 설명해 주겠다. 내공심법이란 속세의 사람들 중 무도를 추구하는 사람들이 네가 배운 어의심공과 비슷한 것을 이야기하는 것인데, 무슨 갑자(甲子)니 하면서 떠드는 것으로 궁극(窮極)에 가서는 연정화기(煉精化氣)·연기화신(煉氣化神)·연신환허(煉神還虛)·연허합도(煉虛合道)하면 삼광(三光)이 황정(黃庭)에 환조(煥照)한다고 한단다. 하지만 너는 그런 것에 신경 쓰지 않아도 된다."

"아~ 예."

'삼광에 황정이 황조한다? 도통 무슨 말인지 모르겠군.'

호열은 빙황의 설명을 들으면서도 뭐가 뭔지 이해할 수가 없었다. 하지만 빙황의 물음에 고개를 끄덕일 수밖에 없었다. 지금 모르는 것은 나중에 밖에 나가게 되면 스스로 알아보리란 결심을 하면서 빙황의 다음 말을 기다렸다.

"그래, 아까도 말한 바 있지만 네가 익힌 어의심공은 세상 사람들이 일반적으로 알고 있는 것과는 다른, 그런 갑자니 어쩌니 하는 것하고는 비교도 하지 못할 지고무상(至高無上)한 것으로 내공심법은 알 필요도 없고 굳이 알려고 하지 않아도 된다. 알겠느냐?"

"예, 명심하겠습니다."

'그래, 지금은 그저 가르쳐 주시는 것에만 신경을 쓰자. 나중에 내가 직접 알아보면 되는 것이니까.'

호열은 차후의 일은 그때 생각하기로 하고 빙황의 말에 온 신경을 집중해 듣기로 했다. 지금은 그것이 최선이라 생각되었기 때문이다.

"에, 그럼, 흠흠, 이제 본론으로 어의공령에 대해 가르쳐 주겠다. 이 어의공령은 어의심공에 대한 완전한 깨달음이 있어야만 펼칠 수 있는 것이다."

"예? 정말로요?"

"그렇단다. 어의공령은 네가 어의심공을 펼치면 느낄 수 있는 공간(空間), 다시 말해서 공간에 대한 모든 것을 너의 의지로 지배할 수 있단다. 그 범위는 너의 수련 정도에 달려 있지만, 너의 의지가 지배하는 공간에 있는 것은 모두 파괴시킬 수 있다는 것이다. 그러니 나중에 이것도 깨우치게 되거든 조심해서 사용하거라. 알겠지? 그럼 설명하겠으니 주의 깊게 듣도록 하여라."

"예, 그럼 지금부터 들려주시는 것이 그 어의공령이라는 것인가요?"

"그렇다. 잘 듣도록 하거라."

"예."

'정말 얼마나 대단해서 빙황님께서 저렇게 서론을 길게 하실까? 이거 정말 기대되는걸.'

"그래, 이번에도 좀 길으니 주의 깊게 듣도록 해라. 음… 우주 간에는 기라는 것이 존재하며, 기는 우주라는 거대한 공간을 채우고 있으니 항상 어디에도 있으며 존재한다. 따라서 기의 성질을 깨닫고 기의 본질을 보고 느낄 수 있으니 능히 의지로 그 기를 다스릴 수 있으니… 기는 마음이 가는 곳에 있고 따라 움직이니 어느 곳이나 나가고 들어옴이 자유로우니… 기에 의념을 부여하면 기가 통하지 않는 곳 없고 없는 곳 또한 있으니 이는 깨달은 자의 의지가 가는 곳, 그곳에 기가 생명과 힘이 부여되니 기가 곧 깨달은 자의 의지고 의념이다. 잘 알아들었느냐?"

빙황은 호열이 듣거나 말거나 신경 쓰지 않고 단번에 길고 긴 설명을 끝맺었다. 어차피 한 번에 안 될 것이기에 두 번, 아니면 몇 번이라도 다시 설명해 주기로 처음부터 마음먹고 있었던 것이다.

"예, 잘 듣기는 들었는데, 도무지 무슨 내용인지는……."

"허허, 그럴 것이다. 그러나 지금은 내용을 깨닫는 것이 중요한 게 아니라 기억하는 것이 무엇보다 중요하므로 암기하는 데 좀 더 신경을 쓰도록 하거라."

"예, 무슨 말씀인지 알겠습니다."

"그래, 그럼……."

"아니, 저… 빙황님."

"응? 왜 그러……."

호열은 설명을 끝마치고 다시 불러주려고 하는 빙황의 말을 중간에 끊으며 흐트러진 자세를 가다듬었다.

"제가 지금 빙황님께서 들려주신 내용을 모두 기억하였는데요."

"응? 뭐? 뭐라고? 아니, 벌써 그것을 암기했단 말이냐? 겨우 한 번 불러줬을 뿐인데?"

"예, 모두 암기했습니다."

빙황은 호열의 자신있는 대답에 놀라움을 감추지 못했다. 빙황이 알고 있기로는, 그러한 일은 절대로 일어날 수 없기 때문이었다. 호열이 세상에 다시없는 천재(天才)가 아닌 다음에야… 하지만 빙황이 알기론 호열은 천재가 아니었다. 단, 놀라우리만치 한 가지 일에 매달리는 집중력은 높이 살 만하지만, 오히려 둔재(鈍才)에 가까웠다.

"어떻게? 내가 알기로 넌 그렇게 머리가 좋지 않았는데? 음… 미안하구나."

"옛? 무슨 말씀이세요? 제가 머리가 좋지 않다니요?"

"아, 아니다. 음… 그러나 내가 너에게 그런 말을 하는 것은… 그래,

네가 내게 글자와 말을 배우는 데 삼 년이나 걸렸고 또한 어의심공만
해도……."

"아, 그건 제가 여기 사정을 몰라 당황해서 그렇게 된 것이지요. 처
음 무공에 관해서는 아무것도 모르고 있었으니 당연한 것 아닌가요?"

'음… 하긴, 저 연못의 도움이 없었다면? 그래, 정말로 저 연못에 들
어갔다 나온 후론 더욱 머리가 좋아지긴 했지.'

호열도 자신의 머리가 왜 갑자기 좋아지게 됐는지 그 원인을 잘 알
고 있었다. 다만 지금 빙황에게 그와 같은 이유를 설명하지 않았지만,
아니, 설명할 마음이 들지 않았다. 그냥 연못의 도움 없이도 원래부터
머리가 좋았다 생각하고 싶었기 때문이다. 사나이의 자존심(自尊心)이
걸려 있었기 때문이라는 이유가 전부였지만.

"됐다. 내 그럼 너의 말을 믿겠다. 그럼 난 이만 내 자리로 가겠으니
다음 일은 너의 수련 성과를 지켜본 후에 차차 의논하기로 하자꾸나."

"예, 알겠습니다."

빙황이 한 번밖에 불러주지 않았지만 어의공령을 다 가르쳐 주고 자
신의 자리로 돌아가자, 호열은 혼자 남아 이런저런 생각을 하다가 연못
에 들어가서 다시 처음부터 하나하나 다시 생각해 보기로 했다. 확실
히 연못의 효능이 탁월해서인지, 아니면 호열에게 남모르는 천재성이
있었던 것인지 그동안 자신이 깨달았다고 생각한 어의심공이 사실은
진정한 깨달음이 아니었다는 것을 알 수 있었다. 뭐가 잘못되었고 뭐
가 아니었는지를……

그것은 빙황에게서 어의공령에 대한 설명 전에 기에 대한 설명을 들
은 후로 확실히 알 수 있었고 느낄 수 있었기에, 호열은 곧 자신의 부

족한 부분을 깨닫고 채우기 시작했다.

'확실히 모르는 것은 죄야. 진작에 모르는 것이 있었을 때 물어볼 것을. 아니지, 진작 좀 가르쳐 주면 어디가 덧나나?'

호열은 미리 자신에게 그와 같은 것을 말해 주지 않은 삼황을 생각해 보았다. 칠 년이 지난 지금에 와서 설명해 주니……. 진작 가르쳐 주었다면 혹 시간이 단축되었을지 누가 알 수 있겠는가? 호열은 나름대로 삼황에게 불만을 가질 수밖에 없었다. 한편 호열에게 열띤 강연을 하고 돌아온 빙황을 뇌황과 화황은 반갑게 맞이했다.

"그래, 이제 가르쳐 줄 것은 다 가르쳤는가?"

"음… 그럭저럭 내가 알고 있는 것은 다 가르쳐 주었네."

"오~ 그럼 이제 우리가 받을 차례인가? 세상에, 역시 오래 살고 볼 일이야, 이런 날도 다 있고. 우리가 이런 날을 얼마나 기다려 왔던가? 허허허."

"허허, 사람 하고는. 그렇게도 좋은가?"

"내버려 두게. 그동안 호열에게 쌓인 감정이 많았겠지. 나도 이렇게 덩달아 기분이 좋아지는데 화황은 오죽 하겠는가? 허허허."

"쌓인 감정이라……. 하기야 이제야 나도 조금은 홀가분하군."

빙황 또한 뇌황과 화황 못지 않게 우화등선을 기다려 온 사람이었다. 그것도 목마르게. 비록 호열에 대한 정이 깊다고는 하지만 우화등선을 포기할 만큼 절실하지는 못했다. 그러하기에 최선을 다해 호열이 세상을 감당할 수 있도록 가르쳐 주었다. 세상에 나가 떳떳하게 살아갈 수 있도록 해주고 싶었던 것이다. 빙황 자신이 세상에 남아서 평생을 보살펴 줄 수는 없는 일이었기에.

"그런가? 그럼 이제 우리도 우리 일 할 때가 됐지?"

"음, 그렇다고 볼 수 있겠지. 그런데 저 아이가 그동안의 수련으로 우리들 정령의 힘을 이길 수 있을까?"

"그건 걱정하지 마시게, 빙황. 내게 다 생각이 있다네. 자네가 호열을 가르치러 가 있는 동안 화황과 내가 생각해 놓은 것이 있다네."

"허, 그래? 그것이 무엇인가?"

"내 지금 얘기함세. 비록 호열이 어의심공의 수련에 들어간 지 얼마 되지는 않았기에 그 깨달음은 미천할 걸세. 하지만 그것과는 상관없이 좋은 방법이 생각났네. 아주 좋은 방법이지."

"허……."

빙황은 자신이 없는 사이 뇌황과 화황에게 무슨 일이 있어 저렇게 호언장담하는 것인지 이해할 수 없었다. 지금까지 가장 좋은 방법이라고 해봐야 호열이 빨리 어의심공을 깨닫는 것뿐이었다. 그런데 지금 뇌황은 그것을 아예 무시해도 좋다는 말을 서슴없이 하고 있으니…….

"잘 들어보게. 우리들이 생각한 방법은 이러하네. 우선 저 아이를 먼저 연못에 들게 해서 그곳의 두 정기가 저기에 있는 마기와 상충(相衝)하여 서로 대치 상태가 된 후 우리들이 저 아이에게 정령을 넘기면 충분히 가망성이 있다는 것이네. 단, 이것은 저 연못의 정기가 마기를 이겨낼 수 있을 때의 얘기고, 그렇지 못하다면 저 아이는 우리들의 정령을 받는다 해도 연못에서 한 발짝도 못 나올 것이네. 그땐 저 아이가 연못을 나오는 즉시 온몸이 기들의 충돌로 폭발하게 될 것이니까. 아마 저 아이도 그때쯤이면 우리들이 없어도 그것을 느낄 수 있겠지만……."

"허, 어찌 그런 일이……."

빙황은 도저히 납득할 수가 없었다. 왜 갑자기 뇌황과 화황이 그와 같은 극단적인 방법을 고안해 내었는지. 지금까지 아무런 말도 없다가 하는 말인지라 상황을 제대로 인식하지 못하겠다는 표정이었다.

"음… 아마 그렇게 되면 저 아이가 우리를 많이 원망하겠지. 하지만 그렇게 돼도 하늘의 뜻! 어쩔 수 없는 일이지. 우린 그렇게 되지 않도록 하늘에 바랄 뿐이지."

"하긴, 나도 뇌황의 말에 찬성이네. 다 저 녀석이 이곳에 들어온 것도 하늘이 우리를 불쌍히 여기시고 보내주신 것이 아니겠는가? 또한 그것이 저 아이의 운명이라면, 어쩔 수 없는 일이겠지. 안 그런가?"

"그렇지. 자, 얘기는 대충하고 저 아이가 연못에서 나오거든 우리의 일을 시작하는 것이 어떤가?"

"그렇게 하세. 이제 이곳에서 지내는 것도 오늘이 마지막이 되겠구먼. 허허허. 자, 그럼 우리 모두 선계에서 다시 보자고."

"자, 잠깐만, 도대체……."

빙황은 뇌황과 화황이 주도적으로 일을 벌이려고 하자 가만히 있으면 안 되겠다는 생각이 들었다. 무슨 일 때문인지는 모르겠지만, 지금 호열의 일을 무리하게 진행한다면 자신들이야 우화등선하겠지만 결과가 좋지만은 않을 것이 뻔하기 때문이었다.

"아, 무슨 할 말이라도 있는가?"

"음, 나는 왜 자네들이 이렇게 갑자기 일을 벌이려는지 모르겠네."

"음, 그건……."

"화황, 그건 내가 얘기함세."

"……."

빙황은 화황이 자신의 질문에 대답해 주려고 하는데 갑자기 무거운 얼굴로 뇌황이 끼어들자 돌아가는 상황이 좋지만은 않은 것 같다는 생각이 들었다. 빙황은 자신도 모르는 사이에 무슨 일이 있었다는 것을 어렴풋이 느낄 수 있었기 때문이다.

"자네가 우리의 의견을 탐탁지 않게 생각한다는 거 잘 아네. 하지만 우리도 그렇게 하지 않으면 안 될 상황이었네."

"음, 그것이 무엇인가?"

"자네도 느꼈는지 모르겠지만 지금 저 마기는 우리의 통제를 조금씩 벗어나기 시작했네. 또한 그에 반하여 우리들의 상태도 예전보다 많이 나빠졌고… 그래서 나와 화황이 상의한 끝에 최종적으로 내린 결론이라네. 우리가 미리 자네와 한마디 상의도 없이 일을 추진해서 미안하이."

"상황이 그렇게 안 좋은가?"

"그렇다네. 시간이 조금 더 흐른다면 어떻게 될지 나도 장담하지 못할 정도라네."

"……"

빙황은 뇌황의 말에 상황이 심각하다는 것을 알 수 있었다. 빙황도 그 문제를 생각하지 않았던 것이 아니었기에 이미 알고 있었지만 차마 입 밖으로 나오지 않았던 것이다. 결론은 뻔하기에.

"어떻게 하겠는가? 우리의 결정이 정말 잘못되었다고 생각하는가?"

"허허, 빙황, 자넨 어떻게 할 것인가?"

"음… 자네들이 그렇게 말하니 나로서도 어쩔 수 없겠지. 다 하늘에 맡길 수밖에. 아, 정말 우리들이 우려했던 일이 생기면 저 아이가 우릴 얼마나 원망할까? 허."

"빙황, 그렇게 걱정할 필요 없다는데 그러네. 자, 이리로 와서 우리 이곳에서의 마지막 밤이나 즐기세나."

"허허, 그럼 그렇게 하세나."

빙황은 정말로 자신들이 우려하는 일이 호열에게 일어나지 않기를 바랬다. 지금까지 잘도 버티어왔지만 빙황도 이미 그 상황이 한계에 다다랐다는 것을 알고 있었기에 뇌황과 화황의 뜻을 꺾을 수가 없었던 것이다.

삼황 사이에 이런저런 호열에 대한 얘기가 오갈 때쯤 호열은 지금 아주 중요한 고비를 맞고 있었다. 처음 호열이 연못에 들어가서 빙황에게 들은 어의공령에만 정신을 집중하여 수련을 하였는데, 어느 정도 깨닫는 것이 생기자 어의공령과 어의심공이 비슷한 점이 많다는 것을 알게 되었다. 자신도 모르게 차츰 모든 정신이 어의심공에 쏠리기 시작했던 것이다. 급기야 처음의 생각과는 무관하게 어의심공의 깨달음에 몰입하여 자신도 모르는 사이 무아지경(無我之境)에 이르자 그동안 어의심공을 수련하면서 깨닫지 못했던 많은 것들이 떠오르고, 하나하나 그 상념들을 풀어 나가자 절로 어의공령에 대한 깨달음이 생기기 시작했다.

그렇게 되니 호열의 의도와는 무관하게 하루… 삼 일… 한 주… 삼주… 한 달이 흐르고, 그렇게 무려 석 달이란 시간이 훌쩍 지나갔다. 무려 석 달 만에 깨어난 호열은 눈을 뜨자마자 찾아오는 괴이함과 지금까지 한 번도 느껴보지 못한 상쾌함이 온몸 구석구석을 기분 좋게 느껴지게 했다.

'이런 느낌이라니… 이거 정말 새로운데? 정말 내가 우주란 공간의 기를 느낀단 말인가? 이 괴이함이 기가 내 몸을 통과하는 느낌인가? 하, 정말 기분이 좋구나.'

호열은 태어나서 처음 느껴보는 상쾌함에 온몸이 나른해지며 기분이 묘하게 좋아지는 것이 싫지만은 않은 듯 다시 사르르 눈을 감아버렸다. 세상에 태어나서 처음으로 세상의 모든 시름을 다 잊고서……

제6장

이럴 수가, 이럴 수가……!

◆제6장 이럴 수가, 이럴 수가……!

삼황은 호열이 들어가 있는 연못 곁에서 이제나저제나 호열이 연못 밖으로 빨리 나오기만을 기다리고 있었다. 처음 하루 이틀은 그럭저럭 기다릴 만했는데 그 기다림이 한 달, 두 달… 그리고 석 달이 되도록 호열이 꿈쩍도 하지 않고 연못 속에서 나오지 않자 속이 타 들어가고 있었다. 삼황에게 남은 시간은 점점 없어지고, 또한 한쪽에선 지겨운 마기가 눈덩이 커지듯 자꾸만 커지고 있으니 속이 타 들어갈 수밖에 없었다.

삼황은 자신들의 힘으로 끌어낼 수도 없고, 또한 밖에서 호열이 나오기만을 기다리며 보고만 있자니 숨이 턱밑까지 차 오르는 것이 미칠 지경이었다. 마치 하루하루가 백 년을 보내는 것 같았다. 삼황은 호열의 명상(冥想)이 이렇게 오래갈지는 상상도 못했다. 그렇기에 호열이 연못에 들어가서 생각에 잠긴 것을 본 후 금방 나오겠지라는 생각에 연못 밖에서 기다리면서 각자 후의 일을 생각하고 있었다.

삼황은 호열이 연못에서 나오면 바로 일을 시작하려고 마음먹었는데 기다림이 길어지자 '왜 진작 호열이 연못에 들어가기 전에 오지 못했나', '왜 그때 그렇게 시간을 허비했었나', '왜 그때 자신들은 이런 사태를 예견하지 못했었나' 하는 생각을 하면서 한숨만 쉬고 있었다.

호열이 연못에 들어간 지 육십 일이 되던 날, 삼황의 기다림이 극에 이를 때쯤 화황은 동굴을 이리저리 어지럽게 돌아다니며 흥분하고 있었다.

"저놈은 우리에게 떨어진 재앙이자 웬수야! 왜 하필 저런 녀석이 내 앞에 떨어져서. 으……."

화황은 도저히 흥분과 노기를 참기 힘들었는지 억지로 호열을 연못 밖으로 끄집어내려고 달려들었지만 마침 보고 있던 뇌황과 빙황의 권고와 만류로 자제해야만 했다. 그런데 그렇게 깨어나기만을 기다리던 호열이 석 달 만에 번쩍 눈을 뜨고는 보란 듯이 한껏 웃음을 보이더니 다시 눈을 감으려 하고 있었다.

"헉! 안 된다. 안 된다, 호열아!"

"안 돼!! 아이야, 이제 그만 좀 자거라!"

"야, 이 빌어먹을 녀석아!! 또 자려고 그러냐? 어디서 또 눈을 감으려고 그러냐? 이……."

삼황은 호열의 모습에 누가 먼저랄 것 없이 목청을 높여 소리를 지르기 시작했다. 그러나 정작 들어야만 하는 사람은 시끄럽지도 않은지 태평스럽게 눈을 감으려 하고 있었다.

"허, 화황, 그만 하시게. 음… 아이야, 이제 그만 눈을 뜨거라."

호열은 막 눈을 감으려고 하는 비몽사몽(非夢似夢)간에 누가 하는 말들인지 한꺼번에 귀를 통해 들려오는 시끄러운 소리에 짜증이 나는 것을 간신히 참아야만 했다.

'음… 무슨 소리야? 몸이 고달프니 환청이 들리는 건가?'

"야! 이 녀석아!! 이제 일어나란 말이다!!"

"헉! 누, 누구냐?"

갑자기 자신의 귀를 사정없이 강타하는 호통 소리에 호열은 정신을 차릴 수밖에 없었다. 비몽사몽간에 들려오는 소리라고 생각하지 못할 정도로 고막이 울려왔기 때문이다. 호열은 얼른 소리가 들린 곳으로 고개를 돌렸다. 그러나 다시 돌아갔던 머리가 제자리로 와야만 했다. 그것도 순식간에.

호열이 신경질적으로 도끼눈을 뜨고 바라본 곳에는 다른 사람도 아닌 화황이 시뻘건 화염을 줄기줄기 토해내며 자신을 주시하고 있기 때문이었다.

'헉! 이건 뭐야? 왜 저런 눈으로 나를 쳐다보지?'

"아이야, 이제 정신이 드느냐?"

"옛? 그게 무슨 말씀이세요?"

"이제 잠에서 깨어났느냐 이 말이다. 이 자, 으… 녀석아!!"

"옛? 전 잠을 잔 것이 아닌데요? 이제야 잠 좀 자려고 하는 중인데……."

호열은 분노로 이글거리는 화황의 눈을 보면서 정말로 아니라는 표정을 지어 보였다. 정말로 억울했다. 이제 정말로, 진정으로, 자그마치 석 달 만에 자려고 마음먹었기 때문이다.

"뭐야!! 이……."

"아, 화황. 자네는 잠시 저곳에 가서 화를 누르고 있게."

"음… 알겠네. 내 그럼 잠시 저쪽에 가 있겠네. 휴, 더 이상 저 녀석의 얼굴을 보고 있다간 미쳐 버릴 것만 같으니, 음……."

화황은 아직도 이글거리는 눈으로 호열을 한 번 쳐다보고는 동굴 한쪽으로 물러갔다. 하지만 말과는 다르게 그곳에서도 이글거리는 눈만은 그대로 호열을 주시하고 있었다.

"그럼 그렇게 하게나. 음… 호열아, 그럼 넌 석 달이 넘게 무엇을 하고 있었느냐?"

"옛? 석 달이라니요?"

"설마 모르고 있었느냐? 네가 잠이 든 지 벌써 석 달이 지났느니라."

"에이, 설마요. 저는 잠시 생각을 한 것뿐인데요."

호열은 믿지 못하겠다는 표정으로 빙황을 쳐다보았다. 기껏해야 삼일이나 사 일 정도 지났을 거라는 생각을 하였기에 석 달이라는 말을 듣고도 실감이 나지 않았다. 아니, 실감을 할 수 없었던 것이 아니라 아직 정신이 제대로 돌아오지 못한 비몽사몽간이라 그냥 흘려 넘기기로 했다.

"허허, 잠시 생각을 했었다? 이거 참."

"음, 그건 나중에 말하기로 하고. 호열아, 이제 좀 정신이 든 것이냐?"

"예, 정신은 멀쩡한데요?"

"그럼 됐다. 그럼… 응? 호, 호열아, 이……."

"음… 아, 저 조금만 더 잘게요."

"으… 내 이 자식을."

"아, 화황, 안 되네. 휴, 우리 조금만 자중하세. 조금만 참으면 이 고통에서 벗어나지 않는가? 그러니 우리 조금만 참으세나."

"음, 빙황의 말대로 그렇게 하는 것이 좋겠네."

"허, 내 다.시.는 이런 녀석 얼굴도 보고 싶지 않네. 다시는!"

호열은 그렇게 다시 잠이 들었다. 삼황의 황당한 표정과 분노로 이글거리는 눈총을 받으며 고개를 숙였던 것이다. 정말 오랜만의 단잠이었다. 삼황이, 아니, 화황의 시끄러운 소음에도 무려 삼 일을 내리 잤다. 잠이 든 삼 일 동안 고막을 울리는 화황의 고함 소리를 들어야 했지만.

"음, 잘 잤다. 어? 이게 뭡니까?"

삼황의 진을 다 빼놓은 호열은 삼 일 후 입을 크게 벌리고 하품을 하며 아무 일 없었다는 듯이 일어났다. 이러한 호열의 모습을 본 삼황은 마치 기다렸다는 듯이 호열의 말은 들어보지도 않고 한쪽 구석에 있었던 마기를 떡하니 호열의 눈앞에 갖다 놓았다. 마치 어린아이 정도의 크기로 검푸른 빛이 똬리를 튼 것 같은 모양이었다.

"뭐긴 뭐겠느냐? 너와 우리들의 계약 내용물이지."

"옛? 그럼 이것이?"

"그래, 이제 우리들도 이곳에 더 이상 머무를 시간이 없으니 네가 이것을 다스려야 하겠다. 이건 모두 네가 시간을 지체해서 그런 것이니 우릴 원망하지 말도록 하거라. 너는 우선 연못 중앙에 정좌를 하고 앉아서 이것을 몸으로 받아들이도록 하거라."

"옛? 몸으로 받아… 들이다니요?"

"당연하지. 그럼 그것도 몰랐단 말이냐? 뭐, 몰랐어도 할 수 없지. 네가 우리들에게 설명할 시간도 주지 않고 그렇게 잠.만. 잤으니. 내 말은 네가 지금 당장 이것을 복용하라는 것이다."

화황은 더 이상 어떠한 말도 듣지 않겠다는 듯이 호열의 앞에 마기를 떡하니 내밀었다.

"옛? 무슨 그런 무서운 말씀을 하십니까? 이렇게 어린아이만한 것을 저보고 어떻게 복용하라는 말씀이십니까?"

호열은 왠지 화황이 자신의 눈앞에 내미는 검푸른 기의 덩어리를 보자 저절로 몸의 솜털이란 솜털이 모두 짜르르하니 서는 것 같고 머리가 어지러워 마주 보기가 두려웠다. 그런데 이렇게 기분 나쁜 것을 몸에 집어넣으라니, 아니, 그런 것을 입으로 삼키라니……?

"그건 네가 이것에 입을 갖다 대면 저절로 너의 입속으로 들어가서 녹을 것이다. 그러니 그런 쓸데없는 염려는 말고 어서 복용하거라. 시간이 별로 없느니라."

"옛? 무슨 시간이 없어요? 언제 삼황님들께서 시간을 아껴 쓰셨다고……?"

호열은 화황의 말에 어이가 없다는 표정을 지어 보였다. 이러한 생각이 당연한 것이, 삼황은 이미 죽음마저 초월한 존재들이라는 생각을 가지고 있었기 때문에 평소 시간이란 그저 흘러가면 흘러가고 멈추면 그때서야 멈추었구나라고 생각할 것이라고 여겨왔었다. 그런데 그런 삼황에게서 시간이 없다는 말이 나왔으니 황당할 뿐이었다.

호열은 이해할 수가 없었다. 혹, 정말로 삼황에게도 죽음이란 것이 있다는 말인가? 알 수 없는 일이었다. 호열은 자꾸만 이상한 방향으로 생각이 들자 얼른 정신을 추스려야겠다는 생각에 자신의 뺨을 두드렸다.

"아이야, 그건, 음… 휴, 네가 지금 무슨 생각을 하는지 알겠다. 우리도 너의 생각대로 그런 줄로만 알았는데… 허허, 그렇지가 않더구나. 불과 얼마 전에서야 우리도 그와 같은 사실을 알았단다. 이제 우리도 여기서 생활할 수 있는 시간이 얼마 남지 않았다는 얘기지. 지금도 너와 실랑이를 하는 동안 아까운 시간이 지나가고 있단다. 그러니 어서 빨리 이것을 복용하거라. 시간이 없단다."

뇌황이 가만히 있다가 화황 혼자서는 안 되겠단 생각을 하게 되었는지 옆에서 거들어주었다.

'음, 언제부터 저렇게 서둘렀다고……. 정말인가? 여태까지 그런 말을 한 적이 없었잖아? 음, 이상해.'

"저… 왜 이렇게 서두르십니까? 전에는 한 번도 이렇게 서두르시지 않았잖습니까?"

'안 되겠다. 어떻게든 이 위기를 넘겨야 해. 왠지 기분이 이상해.'

가뜩이나 온갖 인상이란 인상은 다 쓰면서 자신의 앞에 기분 나쁜 마기를 들이밀고 있는 화황도 벅찬데 뇌황까지 가세를 하니 호열은 막막한 심정이었다. 어떻게 하든 이 위기를 모면해야겠다는 생각이 들었다. 그래서 생각해 낸 것이 바로 빙황이었다. 빙황만큼은 도와줄 것이라는 믿음이 있었던 것이다. 그 정도로 둘의 관계는 서로 얘기는 안 하고 있었지만 정이 두터웠다. 그래서 호열은 가장 측은한 표정을 지으며 빙황을 바라보았지만 빙황은 왠지 호열을 바라보고 있지 않았다. 호열이 그토록 믿었건만……

빙황은 차마 자신을 측은한 눈빛으로 바라보는 호열의 모습을 볼 수가 없었다. 그런 모습을 보게 된다면 빙황 스스로가 먼저 그만두자고 할 것 같았기 때문이다. 어찌 친손자 같은 호열이 어려움에 빠지는 것을 지켜만 볼 수 있겠는가? 그러한 것을 뻔히 알기에 아예 처음부터 호열이 있는 곳으로는 고개도 돌리지 않고 있었던 것이다.

"음……"

'어찌, 어찌 빙황님마저 나를 외면하십니까? 왜여? 왜? 음……'

호열은 빙황이 자신을 억지로 외면하고 있다는 것을 느꼈다. 말로 표현하진 않았지만 지금 빙황의 감정이 자신 때문에 많은 기복을 보이고 있다는 것을 알 수 있었다. 호열은 어쩔 수 없이 다시 뇌황을 바라볼 수밖에 없었다. 이미 일은 자신의 의지와는 상관없이 흘러가고 있었으므로…….

"휴, 뇌황님. 말씀해 보십시오. 왜 이런 일이 생기게 되었는지 저도 알아야 하지 않겠습니까?"

"그건, 음… 그래, 그럼 편안하게 말하마. 지금 우리에겐 시간적 여유가 별로 없지만 너도 알 건 알아야겠지."

"예, 그럼 감사하겠습니다."

호열은 지금의 상황을 받아들이기로 했다. 아닌 밤중에 홍두깨라고 어찌 어제와 오늘이 하루아침에 바뀔 수 있다는 말인가? 정말 인정하기 싫었지만 지금 자신의 처지로는 삼황의 의견에 다른 생각을 할 수 있는 상황이 아니었으므로…….

"그래, 그건……."

"야, 이 녀석아, 도대체 뭘 더 알고 싶다는 것이냐? 아까 다 설명했듯이 우리들에게 더 이상 시간이 없다고 하지 않았느냐? 그러니까 조금이라도 시간이 있을 때 저것을 너에게 안전히 전하기 위해 이러는 것인 줄 정말 모른단 말이냐?"

'그래, 제발 빨리 이곳을, 아니, 너와 헤어져 우화등선하여 진정한 자유를… 해방감을 느끼고 싶어서 그런다, 이 웬수야!'

화황은 더 이상 지체하면 안 되는 급박한 상황인데 호열이 눈치도 없이 계속 시간을 지연시키자 속이 새카맣게 타 들어갔다. 사실 지금의 상황은 시간이 생명이었다. 그만큼 시간이 촉박하다는 말이었다. 생각하기도 싫은 지긋지긋한 마기는 그렇다 치고 정작 중요한 것은 삼황의 또 다른 신기였다. 지금까지 자신들의 원기(元氣)가 동굴에 들어와 결계로 얻은 신기와 대등한 상태로 정령을 간신히 유지하고 있었는데, 지금의 상황은 그 균형이 깨어져 신기가 오히려 원기를 위협하고 있는 상태였다. 더 이상 시간을 끌다간 자신들의 정령에 큰 해가 닥치기 때문이었다. 삼황의 정령은 지금 촛불이 거의 다 타서 촛농으로 간신히 생명을 유지하는 상황이나 진배없었다.

"옛? 화황님, 그게 무슨 말씀입니까?"

"허, 이거 참, 내 그렇게 설명을 했는데도… 음, 다시 말하마. 그건 우리가 우화등선할 시간이 가까워졌기 때문에 빨리 이것을 안전하게 너에게 넘기고 우리들의 일을 해결해야 하기 때문이란 말이다. 이제 알겠느냐?"

"아… 예, 알겠습니다. 그럼 얼마나 시간이 있는데요? 저도 마음의 준비는 해야지요. 그냥 이렇게 헤어지면 나중에라도 제 가슴이 무척 아플 겁니다."

'이거 골치 아프게 되었구나. 생각할 시간조차 주지 않으니……'

호열은 조금이라도 더 시간을 끌어보려고 안간힘을 쓰고 있었다. 그러하기에 계속 화황의 불 같은 성격에 기름을 붓는 격이었다.

'뇌황과 화황의 눈치를 보니 안 되겠군. 허, 할 수 없구나.'

"허허, 글쎄다. 호열아, 우리도 너와 이렇게 헤어지고 싶지 않아서 그동안 네가 깨어나기만을 기다렸단다. 하지만 네가 너무 늦게 깨어나는 바람에 어쩔 수 없이 일이 이렇게 되었구나. 지금은 우리들에게 시간이 너무 없어 이렇게밖에 설명할 수 없는 나를 이해하려무나. 그렇다고 너무 섭섭해하지 말고……. 이것도 다 하늘이 정한 것이니 우리 이해심 많은 호열이가 이해하거라. 이해할 수 있지? 거의 팔 년 넘게 가까이 지내면서 정이 들었지만 지금의 상황이 제대로 말 한마디 할 수 없을 정도로 촉박하니… 휴, 이렇게 여유가 없음이 서글프구나. 허허."

빙황은 되도록이면 이번 일에는 나서지 않으려고 했다. 하지만 호열이 하는 모습을 보고 있자니 나서지 않을 수가 없었다. 더 이상 시간이 자신들을 기다려 주지 않고 있었기 때문이다.

'아? 빙황이 나서다니, 뜻밖인걸? 녀석과 정이 많이 들어 그냥 지켜보고만 있을 줄 알았더니 그래도 마지막엔 우리들의 우정을 택한 것인가? 허허, 하지만 시간이 없는 것 또한 사실이니 정말 서글프구나. 그래도 그동안 저 녀석과 미운 정, 고운 정 다 들었었는데……'

화황도 호열과의 아쉬운 이별을 마음에 두고 있었다. 자신과 뇌황이 주도적으로 이 일은 벌이고 있었지만 그건 모두 사정이 급박하게 돌아가서 어쩔 수 없었기에 그러한 것이고, 사실은 좀 더 세상에 남아 호열과의 추억을 만들어가고 싶은 마음이 굴뚝같았다.

"아, 빙황님께서 그렇게 말씀하시니… 휴, 더 이상은 어쩔 수 없겠군요. 그럼 지금 제가 세 분 삼황님께 그동안의 노고에 고마운 마음으로 인사를 올리겠습니다. 그동안 가르쳐 주신 은혜 정말 감사드립니다. 그럼 편안히 우화등선하시어 선계에 무사히 안착하십시오."

'음, 이렇게 됐으니 더 이상은 어쩔 수 없구나. 하지만 그래도 왠지 속는 느낌인걸.'

호열은 빙황이 진심 어린 표정으로 자신을 걱정하는 말과 함께 얘기를 하자 더 이상 버틸 수 없겠다는 생각이 들었다. 이왕 일이 이렇게된 거 더 이상 추한 모습을 보일 수 없다는 생각에 깨끗이 자신의 일을 마무리 지어야겠다고 생각했다. 팔 년 전의 계약을.

"그래, 고맙구나, 네가 그렇게 말을 하다니……. 그럼 너도 앞으로 열심히 살도록 하거라. 어떠한 시련이 닥쳐도 잘 이겨내고. 난 충분히 네가 그렇게 할 수 있다는 것을 믿는단다."

"예, 빙황님께서 말씀 안 하셔도 앞으로 열심히 살 겁니다. 제가 누군데요. 그럼 이제 제가 어떻게 해야 하는 것입니까?"

호열은 빙황의 정이 가득 담긴 말에 한껏 웃음을 지어 보이며 자신 있다는 모습을 보여주었다. 세상에 나간 후 어떠한 시련이 닥쳐도 반드시 이겨내겠다는 당당한 모습을 빙황에게 보여주고 싶었던 것이다.

"그래, 우선 아까 내가 말한 대로 연못에 들어가서 자세를 바로잡고 앉거라. 그 후 이 기를 몸에 들이면 그때 우리들이 세 방향에서 각자의 정령을 너의 몸에 불어넣을 것이다."

"아……."

"그래, 아마 그 작업이 다 끝날 때면 우리는 이곳에 없을 것이다. 내 말을 이해했느냐?"

호열은 뇌황의 설명을 다시 한 번 들은 후 알겠다는 듯이 고개를 끄덕여 보였다.

"예, 알겠습니다. 그럼 저는 연못에 들어가겠습니다."

"그래, 그럼 우리도 준비를 하겠다. 이보게, 어서들 각자 자신들의 위치로 가서 준비들하게나."

"알겠네, 뇌황."

'아, 이제야 그렇게 꿈에서 그리던 우화등선을 하겠구나.'

"음, 알겠네. 호열아, 다시 한 번 말하지만 열심히 살거라. 알겠지?"

"예, 그럼 나중에 뵐 수 있을지 모르겠지만 건강들하십시오."

"……."

호열은 이것이 어쩌면 마지막이 될지도 모른다는 생각에 삼황의 얼굴을 일일이 돌아보면서 감사의 말을 전했다. 호열은 최대한 아쉬운 마음을 전하면서 삼황의 안녕을 바라는 말을 전했던 것이다. 빙황은 그런 호열의 장성한 모습을 보면서 언뜻 눈물을 비추기도 하였다. 하지만 호열의 모습에 가장 마음이 아픈 사람은 빙황이 아니라 화황이었다.

화황은 호열에게 한마디 따뜻한 말도 붙이지 못하고 있었다. 팔 년이라는 세월을 호통만으로 일관되게 대했던 것이다. 어쩌면 호열에게 가장 정을 많이 느끼는 사람은 화황일지도 모를 일이었다. 살아가면서 고운 정보다는 미운 정이 더욱 깊은 것일지도…….

호열이 연못 안으로 들어가서 자세를 잡고 삼황이 품(品) 자 형으로 호열의 주위에 자리를 잡고 앉자 기다렸다는 듯 뇌황이 아쉬운 표정을 애써 감추면서 자신의 앞에 떠 있는 시커먼 마기를 손 위에 올리고는 호열의 앞에 내밀면서 한마디 하는 걸 잊지 않았다.

"호열아, 그동안 고생 많았다. 이렇게 아쉬운 이별을 하게 됐지만 항상 우리가 너와 함께한다고 생각하거라. 알겠느냐?"

"예, 명심하겠습니다."

"녀석아, 정말 그렇게 해야 된다. 혹, 무슨 일이 생기더라도 지금 내가 한 말 꼭 기억해야 한다. 꼭!!"

'음, 아쉽군. 그럼 이제 진정한 해방인가? 하지만 아무것도 모르는 저 녀석에게 미안한 감정이 드는 것은 어쩔 수 없구나. 석 달 전만 하더라도 걱정할 정도는 아니었는데. 아…….'

"예, 잘 알겠습니다."

'음, 역시 뭔가 뒤가 구린 데가 있어. 그렇지 않고선 이러지 않을 텐데…….'

호열이 자신의 앞에 둥실 떠 있는 기분 나쁜 검푸른 기의 덩어리에 조심조심 입을 가져가 멈춘 후 눈을 감고 심호흡을 몇 번 하면서 마음의 안정을 가지고 조금씩 입으로 들이마시자 기가 자신의 몸으로 들어오는지 생각 외로 전신이 찌르르한 것이 상쾌함이 이루 말할 수 없이 좋았다.

'어라? 이거 생각했던 것하고는 다르게 정말 몸에 좋은 건가 본데? 음, 허참, 괜히 걱정했네.'

이렇게 생각한 호열이 남은 것까지 모두 한 번에 쭉 들이마시자 이번엔 기다렸다는 듯이 바로 삼황의 엄청난 기가 사방에서 호열의 몸을 압박해 들어오기 시작했다.

'윽! 이것이 삼황이 말한 그 정령인가? 너무 엄청나구나. 이러다가 잘못하면 내 몸이 폭발할 것 같구나. 으…….'

호열은 사방에서 밀려드는 삼황의 압력에 입술을 꽉 깨무는 방법밖에 없었다. 크게 소리라도 지르고 싶었지만 입조차 마음대로 벌릴 수가 없었다. 그러나 그렇게 호열을 끊임없이 괴롭힐 것 같던 고통도 조금 시간이 경과하자 어느덧 느슨해지는 것 같더니 호열은 정신을 잃고 말았다. 고통이 느슨해진 것이 아니라, 처음엔 감당할 수 있는 고통이었지만 점점 더 그 강도가 더해지자 호열의 신경이 제 기능을 상실했던 것이다. 이렇게 시간의 흐름도 잊고 호열과 삼황은 혼신의 힘을 다해 정점을 향하여 치닫고 있었다.

'우, 이것도 간단한 일이 아니구나. 하지만 이제 이것도 끝나가니 이제야 길고 길었던 이 세상에서의 내 생이 다하는구나. 비록 육신은 오래전에 없어졌지만, 그래도 한 생을 마감한다는 것이 이렇게 허망한 기분이 드는 것은 무슨 이유인가? 아…….'

'아, 이것이, 이 고통이 내가 우화등선을 하고 있다는 것을 말해 주는 것인가? 내 정신 세계가 무한정 확장되는 것 같구나. 이런 기분이라니, 허허, 마치 그동안의 내 삶이 모두 허(虛)로 돌아가는 것 같구나."

'윽! 이것도 못할 짓이군. 육신에, 아니지, 내 정령에 가해지는 이 압박은 정말 거대하구나. 하지만 지금 그만두면 그동안 기다리던 모든 것이 허물어진다. 그럴 수는 없지. 이제 그 끝이 보이니 조금만 힘을 내자.'

삼황이 혼신의 힘으로 정신을 집중하자 그 끝이 점점 가까워지고 있다는 것을 스스로도 느낄 수 있었다. 그렇게 삼 일 밤낮이 흐른 후, 처음 빛을 내보인 후 아무런 변화가 없던 삼황의 정령에게서 눈부신 황금빛 서기(瑞氣)가 비치기 시작했다. 이제 삼황의 고된 시련이 끝나고 상황이 막바지로 치닫고 있었던 것이다.

삼황의 몸에서 발하기 시작한 황금빛 서기는 점점 그 농도가 더해지더니 한순간 그 빛이 동굴 천장을 통과하여 하늘로 솟구쳐 올라가기 시작했다. 마치 하늘의 선계와 지상에 다리를 놓듯이 그렇게 끊임없이 올라만 갔다.

"허허, 이제 우리들이 이곳에서 할 일은 다 한 듯하구려. 저 하늘의 선계에서 다시 재회합시다."

"그렇지. 이곳의 일은 다 끝났지. 하지만 저 아이의 상태를 보니 마기의 힘이 우리들의 생각보다 더 거대한 것 같구려. 어쩌면 저 아인 마기 때문에 이곳을 벗어나지 못할 것 같으니……."

"그런 건 신경 쓰지 말게나. 그건 다 저 녀석의 팔자니 우리로선 어쩔 수 없는 일이야. 그러니 그렇게 신경 쓰지 말라고. 만약, 만약의 말이지만 저 녀석이 저 마기를 다스릴 수 있게 된다면 그건 저 녀석이 세상 사람들을 구원하게 되는 게 아닌가? 그거야말로 세상의 홍복(洪福)이자 녀석에게는 축복(祝福)이 되는 것이지. 그렇게 되면… 만약이지만, 정말 그렇게 되면 저 아이는 살아 있는 사람으로서는 처음으로 선계에 있는 그 어떤 신(神)보다 강한 힘을 가진 사람이 되는 것일 테니까. 안 그런가?"

"허허, 그건 화황의 말이 맞네. 이젠 모두 다 저 아이가 하기 나름이지. 복이냐, 아니면 화냐. 그건 우리들의 몫이 아니지. 자, 그러니 우린 어서 선계로 올라가기나 하세."

"음, 그럽시다. 그럼, 아~ 하늘이여, 저 어린아이를 보살펴 주시길. 제발."

"자, 그럼 이따 보자고."

삼황의 몸에서 발하기 시작한 황금 빛이 끝없이 계속 하늘로 올라갔다. 그 빛 속에서 삼황이 둥실 떠오르더니 그 빛을 타고 하늘로 올라가기 시작했다.

처음엔 올라가는 속도가 눈에 보일 정도로 느렸으나 한순간 휘황찬란한 빛을 사방에 뿌려대더니 흔적도 남기지 않고 하늘로 사라져 갔다. 황금빛의 다리와 함께……

"아이야, 이제 남은 것은 모두 네가 하기에 달려 있구나. 남은 생 무사태평하게 살기를 바란다."

"음, 열심히 살아라. 그러면 반드시 이 난관을 극복할 수 있을 것이다."

"저 녀석이 정말 이 난관을 극복할 수 있을까? 아, 그래, 너같이 음흉하고 치사한 놈이 이런 것조차 극복하지 못하면 안 되지. 암, 누구한테 배운 녀석인데……"

이렇게 끝내 우화등선하지 못할 것 같던 삼황이 사라지고 혼자 남게 된 호열은 연못에 몸을 깊숙이 담그고 기절해 있었다. 아무런 표정도 없이…….

그렇게 또다시 석 달이란 시간이 흘러갔다. 호열이 동굴에 들어온 지 거의 구 년이 되어가는 것이다. 다시 말해 호열의 나이 스물아홉 살이 되는 해[年]였다.

"으… 내가 정신을 잃었었구나. 음… 얼마나 이렇게 지냈나? 아, 그러고 보니 삼황도 안 보이는구나. 모두 어디로 간 거지? 응? 정말 우화 등선했나 보네? 그럼 그게 지어낸 얘기가 아니었다는 말인가? 정말 사람이 도를 닦으면 신선이 된다는 것이 사실이란 말인가?"

호열은 사방을 살펴보았지만 삼황의 모습은 어디에서도 찾아볼 수 없었다. 간간이 오색 빛을 뿌려대던 결계도 지금은 모두 소멸되었는지 동굴 안은 말 그대로 암흑 천지로 변해 있었다.

"으잉? 뭐야, 어떻게 석 달이나 잠들어 있었다는 생각이 드는 거지? 어떻게 내가… 아니, 이렇게 어두운 동굴에서 밖의 시간이 흐르는 것이 느껴지다니… 더구나 어두웠던 동굴이 밝게 보이고……. 앗!! 그렇구나! 맞아, 정말 그랬어. 하하하. 삼황이 예전에 말했던 것처럼 지금 내 몸이 우주의 기와 상통한단 거구나. 하하하. 이렇게 시간의 흐름을 읽을 수 있고 동굴이 밝게 보이다니……. 자, 그럼 우선 몸의 상태부터 보자. 음, 좋아. 좋았어. 맘에 들어!!"

호열은 자신의 몸 상태를 점검하기 시작했다. 팔다리는 이상 없고, 생각을 할 수 있는 걸 보니 머리도 이상이 없는 것 같고, 하지만 몸속에는 삼황의 정령으로 느껴지는 세 가지의 기와 또 하나의 알 수 없는 거대한 힘이 느껴졌다.

"어라, 이 기는 뭐지? 이것이 그 검푸른 신기의 힘인가? 정말 거대하군. 하지만 내가 쓸 수 없는 힘이니 그것이 조금 아쉽구나. 하지만 어쩔 수 없지 뭐. 자, 이제 나가볼까? 어라? 가만, 왜 내 몸이 거부 반응을 보이지? 그럴 리가 없는데……?'

호열은 몸 상태를 전부 점검한 후 아무런 이상이 없다는 것을 확인한 후 연못 밖으로 나가기 위해 몸을 움직이려 했다. 하지만 또다시 몸에서 알 수 없는 거부 반응이 일어났다. 왜 그런지는 모르지만 지금 호열은 자신의 몸을 자기 마음대로 움직이지 못하고 있는 것이었다.

"응? 왜 이러지? 이럴 리가 없는데? 가만, 좀 더 생각을 해보자. 음… 어라? 이거 뭐야? 어떻게 이런 일이? 음… 헉!! 이럴 수가, 이럴 수가……! 아… 삼황!! 도대체, 도대체 내 몸을 어떻게 한! 거! 야!!"

오색 무지개보다 더욱 영롱한 빛을 발하는 구슬들이 하늘을 떠다니면서 호롱불마냥 빛을 발하고 있는 곳. 땅은 푸르른 나무들이 하늘 높은 줄 모르고 뻗어 있었으며 그 울창한 나무들 사이로 언뜻 보이는 황금빛 연못 주위론 몸에서 고운 빛깔을 내뿜는 학(鶴)들이 한껏 고개를 치켜 올리며 막 자신들의 옆을 지나가고 있는 세 명의 사람들을 반기고 있었다. 학들이 사람을 보았으면 당연히 하늘로 날갯짓을 하며 날아올라라 정상이겠건만 무슨 이유에서인지 오히려 학들이 사람들의 주위로 몰려드는 것이었다. 연못의 옆을 지나가던 사람들은 이런 학들이 보기 좋았는지 입가에 웃음을 지으며 한 마리씩 쓰다듬어 주었다.

세 사람은 지금 모두 한곳을 향하여 걷고 있는 중이었다. 이곳이 모두 초행길이라 그곳이 어디인지, 또한 어느 방향에 있는지도 모르고 있지만 자신들의 그런 생각과는 상관없이 그들의 발이 먼저 움직이고 있었다. 처음엔 무척이나 당황하며 기괴하다는 생각이 들었지만 곧 그런 생각을 접고 발이 움직이는 대로 가고 있었다. 그들의 모습은 무척이나 인상 깊었다. 세 명이 무척이나 친한 사이인지 걷고 있으면서도 얼굴에는 함박웃음이 떠나지 않고 있었다. 그들은 바로……

선계에 올라온 후 얼마 지나지 않아 뇌황과 빙황을 만나 한참 재회의 기쁨을 나누고 있던 화황은 귀가 가려운지 손으로 귀를 파내며 투덜거렸다.

"응? 누가 우리들을 부르나? 거참."

"응? 자네도 그런가? 나도 지금 귀가 가려웠는데."

"허허허, 아마 호열이가 깨어나서 우리들의 얘기를 하나 보네. 우리들에게 마지막 말도 제대로 하지 못하고 정신을 잃었으니 할 말이 많았을 것이야. 그동안 정도 참 많이 들었는데……."

"허허허, 그렇겠지. 그건 그렇고, 자자, 우리 이렇게 다시 만났으니 어디 가서 신선주(神仙酒)나 한잔하세. 그동안 얼마나 노고가 많았나."

"허허, 그렇게 하세. 정말 그동안 우리들 맘 고생이 얼마나 많았는가?"

"그렇지. 정말 많았지. 하지만 먼저 우리들이 해야 할 일이 있는 것 같네."

"그렇겠지. 우선 지금 어디로 가고 있는지 알았으면 좋겠는데……."

호열을 혼자 남겨두고 선계에 올라간 삼황은 이렇게 선계에서 제이의 삶을 살게 되었다. 신으로서……

제 7 장

구도자(求道者)의 심정으로

구도자(求道者)의 심정으로

자신의 처지를 알게 된 호열은 너무나 참혹한 현실에 그만 이성을 잃고 혼절하기를 몇 번, 그렇게 수없이 많은 혼절을 거듭하게 되자 죽어도 인정하기 싫었지만 나중엔 자신이 처한 현실을 인정하지 않을 수 없었다.

"어떻게, 어떻게 삼황이 내게, 아니, 화황은 그렇다 치고 어떻게 뇌황과 빙황님마저? 도대체 어떻게 내게 이럴 수가 있는 거지? 이게 그동안 같이 지내면서 미운 정, 고운 정 다 들었던 사람들이 할 짓인가? 으… 하지만 내게 포기란 없다. 두고 보자. 내 기필코 복수하겠다!!"

호열은 연못에서 한 발도 몸을 움직이지 못하는 형편이었다. 아무리 호열이 우주 간의 모든 기를 다스릴 수 있는 어의심공과 어의공령을 깨달은 상태지만 그건 몸이 온전할 때의 얘기고, 지금의 호열은 연못 안에서는 어떨지 모르지만 연못 밖에서는 힘은커녕 한 발자국만 나가도 온몸이 폭발하는 상태에 놓여져 있었다. 호열은 이런 난관을 타파하기 위해 한참을 고심에 고심을 하였지만 마땅한 해결책이 나오지 않았다.

"으… 빌어먹을 괴물들, 내가 전생에 무슨 죄를 지어서 이런 고난을 겪는단 말인가? 아……."

호열이 이런저런 고심에 고심을 하는 동안 어느덧 한 달… 두 달… 그렇게 한 해가 지나갔다. 세월이란 정말 덧없이 지나가는 것 같았다. 하루라도 빨리 동굴을 벗어나고 싶은 호열이었는데 벌써 그 찬란한 햇빛보다 더 밝을 것만 같았던 호열의 청춘이 그 빛을 잃어가고 있었던 것이다. 아니, 이제 호열에게 청춘이란 말은 없어진 것이나 다름없었다.

이제 호열의 나이가 서른 살이 다 된 것이었다. 서른 살, 서른 살이면 고향에선 벌써 어느 정도 자리를 잡고 안정기에 접어들었을 나이가 아닌가. 상념 끝에 이런 생각까지 하게 된 호열은 이제 그만 모든 것을 포기하고 싶다는 마음이 가슴 한구석에서부터 피어오르기 시작했다.

'그래, 어쩔 수 없는 상황인가 보다. 그렇지 않으면 내 좋은 머리로 일 년이 지나도록 어느 것 하나 마땅한 생각이 떠오르지 않을 리 없지.'

호열은 이런 생각을 하면서 이제 그만 모든 것을 포기하고 차분한 마음으로 앞으로의 삶을 준비하기로 했다. 기껏해야 연못에서 어떻게 움직이면 편하고 어떻게 자면 편히 잘 수 있을까 하는 생각들을 하며 시간을 보내는 것이었지만…….

"앞으로 어떻게 혼자 이런 상태로 쓸쓸히 살아간단 말인가? 세상에서 못다 이룬 원대한 포부는 또 어떻게 하고? 으, 더 억울한 건 고향에 두고 온 우리 이쁜이는 또 어떻게 하고. 아참, 난 장가를 안 갔지. 그래, 아직 여자도 없고, 아니지, 이게 더 억울하다. 이 꽃다운 나이에 아직 여자 손목 한 번 잡아보지 못하고 이런 우중충한 곳에서 평생을 썩어야 하다니. 허, 나도 삼황처럼 기약없이 누구 하나 이곳에 떨어지기를 바라면서 살아야 한단 말인가? 그래, 만약 누군가 이곳으로 떨어지면… 그래, 만약 그렇다면 내가 죽을 때까지 데리고 놀다가 내가 죽을 때쯤 그놈도 죽어서 혼자 남는 아픔을 모르게 해주겠다. 아, 억울해!! 자꾸 생각하니 짜증만 나는군. 짜증나. 짜! 증! 나! 짜!! 증!! 나!!"

자신의 신세를 한탄만 하며 앞으로의 인생을 설계할 때 호열은 한순간 둔기로 머리를 한 대 얻어맞은 것 같은 짜릿한 것이 몸을 관통하는 기분을 느끼며 눈을 번쩍 떴다.

"아, 왜 이런 생각이… 이런 기발한 생각이 왜 이제야 난단 말인가? 일 년을… 그 피 같은 일 년이란 시간을 고심에 고심을 하며 모든 방법을 모색할 때는 생각나지 않더니, 왜!! 음… 하지만 지금이라도 생각났으니… 그래, 그동안의 고생이 헛되지 않았음이야. 하하하."

호열은 모든 것을 포기하자는 생각을 하게 되자 마음이 차분하게 가라앉는 것을 느꼈다. 그러면서 예전에 호열이 세상을 유랑하면서 재미있었던 추억들을 하나하나 떠올려 보고 있었다. 가끔 무엇이 그리 재미있는지 입가에 웃음을 살짝 내비치기도 했다. 그렇게 옛 추억을 생각하던 중 갑자기 선친께서 돌아가시기 전 호열의 손을 꼭 쥐며 하신 말씀이 생각났다.

"호열아, 이제 이 아비마저 너의 곁을 떠나면 넌 천애고아(天涯孤兒)나 다름없는 신세가 될 텐데 이를 어쩌하면 좋겠느냐."

"아버지, 아닙니다. 아버진 꼭 쾌차하실 겁니다."

"허, 아니다. 호열아, 아비도 먼저 하늘로 올라간 너의 어미처럼 이제 얼마 못 살 것 같구나. 그러니 이 아비가 하는 말을 잘 새겨듣고 앞으로 꼭 명심하도록 하거라. 그러면 네가 살아가는 데 커다란 위험은 없을 것이다."

"흑, 아버지……."

"허, 사내대장부가 눈물을 보이면 쓰겠느냐?"

호열의 아버지는 자신의 죽음을 예견하고 있었는지 어린 자식을 홀로 남겨두고 가야만 한다는 생각에 측은한 마음을 감출 수가 없었다. 돈이라도 많이 남겼으면 이런 마음은 조금이라도 덜 수 있었겠지만 선대로부터 내려온 많은 재물들은 모두 자신의 대에서 탕진해 버렸으므로 자식에게 남겨줄 것이라고는 하나도 없었다.

하지만 자식에게 용기만은 남겨주고 싶었다. 아니, 용기가 아니더라도 앞으로 험한 삶을 살아갈 자식의 앞날에 조금이라도 보탬이 되었으면 하는 생각에 측은한 마음을 뒤로하고 엄하게 꾸짖음과 동시에 조언을 하려 하고 있었다. 자신의 자식이 세상을 당당하게 살았으면 하는 부모의 마음을 그런 방법으로라도 전해주었으면 하는 바람이었다.

"흑… 예, 아버님. 소자 죽을 때까지 아버님 말씀, 이 가슴속에 간직하겠습니다."

호열은 아버지가 자신의 몸도 가누지 못하면서도 안간힘으로 자신을 나무라는 의도를 알 수 있었다. 그러하기에 자신의 가슴에 한 손을 얹고 보란 듯이 두드려 보였다.

"그래, 우리 불쌍한 녀석, 그럼 말하마. 잘 듣도록 하거라."

"예, 아버님……."

호열은 아버지가 자신을 걱정하는 마음에 지금 혼신을 다하여 말하고 있다는 것을 알고 있었다. 아버지의 기력이 급격하게 소진되고 있었던 것이다. 그러하기에 호열도 최대한 귀를 기울이며 들으려고 했다. 그것이 아버지께 할 수 있는 마지막 효도라는 것을 알기에…….

"음… 첫째, 넌 상인의 가문에서 태어났다. 그러니 혹시 앞으로 네가 상계에 몸을 담게 되면 넌 사람들을 많이 사귀게 될 것이다. 하지만 많은 사람들 중… 그래, 처음에 네가 자리를 잡기 전엔 많은 어려움 또한 뒤따를 것이다. 그때 만약 너의 어려움을 알고 도움을 주는 사람이 있으면 꼭 잊지 말고 보답을 하거라. 그래야 그 인연이 너의 대에서 끝나지 않고 후대에까지 이어질 수 있단다."

"예……."

"그래, 두 번째는 네가 무엇을 하든 처음 자리를 잡을 때에는 아마도 너를 도와주는 사람이 그렇게 많지 않을 것이다. 아니, 도와주려는 사람보다 너를 상(傷)하게 하고 해(害)하려는 사람이 더 많을 것이다. 너는 그때 무리하게 그들을 상대하지 말고, 밖으로는 자신을 낮추어 때를 기다리며 안으로는 너와 뜻이 맞는 사람들을 모으면서 자신을 돌보도록 하거라. 그것이 네가 끝까지 살아남는 길이란다."

"예, 당연히 제게 힘이 없으면 때를 기다려야지요."

"그래, 우리 호열이, 참 똑똑하구나."

"아닙니다, 아버지……."

호열은 아버지의 칭찬에 고개를 숙일 수밖에 없었다. 차마 아버지 앞에서 눈물을 보일 수 없다는 생각이 들었던 것이다. 지금은 자신의 나약한 모습이 아닌 당당한 사내대장부다운 모습을 보여 드리고 싶다는 생각이 강하게 자리 잡고 있었다.

"허, 그래, 음… 마지막으로 세 번째는 네가 나중에 큰돈을 벌어서 사업을 하다 보면, 음… 큰 사업을 하다 보면 너의 생각대로 모든 일이 다 이루어지지는 않을 것이다. 너는 그때 무리하게 일을 추진하지 말고 물을 생각하거라. 물, 물이란 항상 흘러간단다. 위에서 시작해서 밑으로… 어느 한곳 막힘없이 흘러가지. 때론 막힘이 있으면 막힌 대로, 없으면 없는 대로 그렇게 흘러가는 것이 물이란다. 꼭 세월처럼……. 그러니 무엇이든 억지로 하려 하지 말고, 네가 이루고자 하는 그 궁극으로 가는 길이 좀 더디더라도 다른 방법을 모색해 보거라. 이 방법이 안 되면 저 방법으로, 저 방법이 안 되면 또 다른 방법으로. 그렇게 하면 얼마든지 네가 원하는 것을 이룰 수 있으니 말이다. 알겠느냐?"

 "아, 아버님 말씀 무슨 뜻인지 알겠어요."

 "그래, 이 아비가 네게 해줄 수 있는 말은 이게 다란다. 너는… 지금 이 아비가 한 말 지킬 수 있겠느냐?"

 "예, 아버지. 아버지 말씀 가슴 깊이 꼭 간직하겠습니다."

 호열은 당당하게 아버지 앞에서 약속을 했다. 아무리 세상이 험하다고 해도 꿋꿋하게 살아가겠노라고. 그러했기에 어지러운 나라 사정으로 민심이 험했던 세상을 떠돌면서도 무려 오 년이나 견딜 수 있었는지도 모를 일이었다. 아직 열다섯의 어린 나이에 세상 밖으로 나와 홀로 서기를 할 수밖에 없었으니…….

 "그래, 그래야지, 우리 호열이. 그래야 착한 내 아들이지."

 호열의 아버지는 호열에게 그와 같은 말을 남기고 삼 일이 지난 후 호열이 영영 볼 수 없는 곳으로 떠나갔다. 영원히……. 호열은 아버지가 돌아가신 후 줄곧 이 말들을 아버지가 자신에게 남겨주신 유일한 유산으로 생각하며 살아왔고 또한 실천하면서 자신만의 철칙으로 만들었다.

호열은 아버지의 마지막 말을 토대로 나름대로 삶의 지표를 만들어 자신의 삶에 유용하게 적용시키며 살아왔다. 그 지표는… 아니, 철칙은…….

호열의 철칙 하나, 받은 것이 있으면 꼭 보답해라.
호열의 철칙 둘, 쪽수로 안 되면 물러나 때를 기다려라.
호열의 철칙 셋, 무엇이든 안 되면 되게 하라가 아니라 안 되면 돌아가라.

호열은 자신만의 삶을 살면서 그렇게 세상을 정처없이 유랑했었다. 지금은 아무것도 모르는 나이지만 나중에 자신의 꿈을 꼭 이루고 말겠다는 다짐을 하면서…….

"아, 맞아! 내가 왜 아버지 말씀을 잊고 살았을까? 그래, 그렇지. 아… 고맙습니다. 정말 고맙습니다, 아버지."
'그래, 내가 지금까지 이 몸으로 죽지 않고 살아 있는 이유는 모두 이 연못의 힘이다. 만약 이 연못의 정기를 내 몸에 갈무리할 수만 있다면, 그렇게 되면 연못 안이나 밖이나 나에겐 연못 안에 있는 것과 진배 없을 것이 아닌가? 그렇지. 내가 왜 진작 이런 생각을 못했을까? 아, 다 이 못난 소자 때문입니다, 아버지…….'
자신의 생각을 정리한 호열은 한참 동안 아버지를 목이 쉬도록 부르며 눈물을 흘렸다. 그토록 아버지가 그립고 고마울 수 없었다. 그렇게 한참이 지난 후 간신히 정신을 수습한 호열은 하나하나 앞으로 어떤 일을 어떻게 해야 할지를 먼저 생각해 보았다. 모든 것이 위아래가 있고 그 순서가 있듯이 일의 진행에 이보다 중요한 것은 없었다. 생각을 정리하고 일을 실행에 옮겨야지 만약 아무런 계획도 없이 움직였다간 큰 낭패를 보게 되기 때문이었다. 이미 세상에 없는 조상님을 거론하자면, 자신의 할아버지가 그랬고 또한 아버지가 그랬으니까. 호열은 이런 쓰라린 아픔을 다시는 겪고 싶지 않았다. 절대로……

"좋아, 정신을 차리고 하나하나 정리를 해보자. 우선 내 몸 안에는 삼황이 남기고 간 정령들과 내 몸을 지금의 상황으로 만들어놓은 그 이상한 기가 들어 있고, 이 연못에는 부드럽고 따뜻한 대지의 기와 포근한 바람의 기가 있으니까… 그래, 그럼 우선 내 몸에 있는 삼황의 정령을 내 것으로 만들어야 하겠구나. 내가 처음 어의심공을 수련했을 때 처음엔 어의심공으로 내 몸 안의 기를 다른 기와 똑같이 다스릴 수 있는 줄 알았는데 그렇지 못하다는 말을 듣고서 다만 주변의 기를 다스릴 수 있다는 것에 만족했었지. 그런데 그것이 아니었어. 다 똑같았던 것을……"

호열은 우선 자신의 상황을 하나하나 꼼꼼하게 정리하기 시작했다. 철저히……. 그래야 하나라도 있을지 모를 실수를 방지할 수 있을 테니까.

"그래, 하지만 그러기 위해서는 우선 내 몸 안의 혈(穴)을 다 뚫어야 하겠지? 그래, 그것이 좀 고생스러운 일이군. 음… 허, 다른 방법은 없군. 뭐, 할 수 없지. 그럼 어떻게 하면 좋을까? 어떤 방법이 좀 더 효과적일까?'

호열이 이와 같은 생각을 가지게 된 것은, 막대한 기의 덩어리들을 자신의 의지대로 다룰 수 있으려면 그에 합당한 기초가 있어야 된다는 생각을 하게 되면서부터였다. 지금 호열이 잘못해서 몸속의 기들이 통제를 벗어난다면 그 일이야말로 돌이킬 수 없는 사고로 이어질 것이 분명하기 때문이다.

호열의 생각은 이러했다. 방금 막 태어난 아기가 황소를 몰 수 없듯 최소한 어린아이 정도는 되어야 그나마 움직일 수 있지 않겠는가? 또한 지금은 보통 황소가 아닌 무지막지한 황소가 여섯이나 되니 어쩌면 호열의 이런 생각은 당연할지도……

"음… 그래, 어디 보자. 삼황의 말로는 혈이란 모두 뚫기가 어렵다고 했었지. 눈에 보이지 않는 수많은 혈이 있고 또 존재하는지도 모르는 혈도 많다고 했으니……. 하지만 이미 기를 느끼고 다스릴 수 있는 내겐 이런 혈의 위치를 찾아내는 것은 쉬운 일이다. 그러나 역시 뚫는 것만은……? 음……"

자신의 갈 방향을 어렵게 정한 호열, 그 후로는 거침없이 자신의 생각을 정리해 나가고 있었다. 일사천리(一瀉千里)로 한번 생각의 물꼬가 터지자 마치 신들린 사람처럼 태풍이 몰아치듯 하나하나 정리하고 있었던 것이다.

"그래, 무슨 방법이 좋을까? 우선 일일이, 음… 기경팔맥과 십이경맥, 십이경별 등 주요 경맥들의 혈들을 하나하나 차례로 뚫은 후 임독양맥으로 기를 이동해 가는 방법이 나을까? 아니면 내 생각대로 인체와 기혈(氣穴)의 중추적 역할을 하는 임독양맥에 있는 혈들을 먼저 차례로 뚫고 나서 합쳐진 기를, 그 기를 멈추지 않고 계속 순환시켜 생기는 압력으로 주위에 있는 기경팔맥이나 십이경맥 등의 혈들을 뚫는 방법이 있는데… 그래, 후자의 것은 좀… 처음이 힘들어, 나중에 빠르기는 하지만……"

호열의 생각을 이론으로 따지자면 우선 처음의 것은 주변의 기를 하나하나 기경팔맥이나 십이경맥, 십오락맥, 십이경근 등에 차곡차곡 쌓은 후 마지막에 그 힘을 모아 가장 뚫기 힘든 임맥과 독맥으로 보내어 뚫은 후 순환시키는 방법이고, 나중에 생각한 것은 이것과는 완전히 정반대의 방법이었다. 둘 다 모두 시간이 꽤 걸리는 것이지만······.

"아니지, 내가 왜 이런 생각을 못했을까? 크크크, 아니지. 나나 되니까 지금에서라도 생각해 낸 것이지. 푸하하하! 흠흠, 어디, 음··· 좋다. 이것으로 하자. 되든 안 되든 한번 해보는 거야!!"

호열이 혼자 이렇게 자화자찬을 하면서 생각해 낸 방법은 두 번째의 것과 유사하나 그 방법이 조금 다른 것이었다. 어쩌면 아예 다르다고 할 수도······. 정말 일을 처리하는 데 막힘이 없는 호열이었다. 아버지가 남겨주신 유산인 물의 정신, 정말 참으로 고맙지 않을 수 없었다.

'왜 모든 혈들을 힘들게 하나하나 뚫어야 하지? 어차피 난 내 마음대로 기를 다스릴 수 있는데, 단지 기의 양(量)을 조절하지 못할 뿐이지 힘은 넘쳐 나잖아. 그래, 이 방법이 좋겠다. 하하하. 음, 그럼 우선 단전(丹田)이란 곳 주변에 있는 자연의 기를 조금 빨아들여 모양을 형성시킨 후, 그 기부터 조금씩··· 조금씩 천천히 움직여 볼까?

호열이 생각해 낸 방법은 한마디로 조금이나마 무도를 따르는 사람들이 들었다면 미쳤다고 할, 어처구니없고 황당하다는 표현이 딱 들어맞는 그런 방법이었다. 호열이 생각하고 있는 방법을 시행하려면 먼저 어마어마한 기를 몸 안에 가지고 있어야 하고 그 기를 끊임없이 이어지게 할 수 있는 심법에 정통한 사람임은 물론 기를 능수능란하게 느끼고 다룰 수 있어야 하는 전제 조건을 모두 갖추고 있어야 하기 때문이다. 그런 사람이 세상에 어디 있겠는가?

하지만 호열은 자신이 생각해 낸 방법을 바로 검토하기 시작했다. 그래야 나중에 생각과 어긋나는 일이 생겨도 위험한 일을 겪지 않을 것이니까. 지금은 아는 길도 묻고 또 물어서 가야 할 판이었다. 그만큼 모든 일이 살얼음판을 걷는 것과 같았으니…….

"그래, 우선 임맥과 독맥의 혈들을 하나하나 뚫는 것이 아니라 어의 심공으로 주변의 기를 임맥과 독맥에 있는 혈들로 인도하여 미세하게 구멍을 내면서 연결하기로 하자. 어차피 하나하나 완전히 뚫은 후 연결하나 미세하게라도 구멍을 만들어서 연결시키나 나중에 고리로 연결한 후 순환시키면 되는 것이니까. 하하하, 난 역시 천재야! 음음, 좋아, 좋았어. 하지만 기가 완전히 고리로 연결이 되더라도 혈들이 완전하게 뚫어지기 전에 내가 의식의 끈을 놓으면 안 되겠군. 역시 완전히 뚫지 않으면 바로 막히겠지? 아마 그럴 거야. 음……."

혼자만의 세계에 빠진 호열은 시간이 어떻게 흐르는지도 모를 정도였다. 아무리 시간의 흐름을 잊게 만드는 동굴 속이라고는 하지만 지금의 호열은 시간의 흐름을 감지할 수 있는 정도는 되었다. 하지만 시간이 얼마나 흐르는지는 아예 생각하지도 않고 있었다. 그만큼 삶에 대한 애착이 강하다고 해야 할까? 거의 무아지경에 빠져 들어간 호열이었다. 삶의 처절한 몸부림, 그 몸부림이 만들어낸 결과였다.

"그래, 그러니까… 이건 그렇다 치고, 다음엔… 그래, 이미 고리로 연결된 그 기를 빠르게 계속 순환시켜서 기의 압력으로 임맥과 독맥의 혈들을 뚫은 후엔 당연히 그 주변의 혈들은 쉽게 뚫을 수 있겠지만… 팔과 다리의 혈들은 어떻게 뚫지? 음, 그냥 힘으로 밀어붙여? 아니지, 그러다가 잘못되기라도 하면? 음, 그 문젠 좀 더 생각해 보자."

호열은 자신이 생각해 낸 문제로 머리가 다 빠질 지경에 이르렀다.

거의 그 문제로 피 같은 시간을 두 달가량이나 허비하고 있었던 것이다. 참으로 대단한 투쟁이 아닐 수 없었다. 삶의 투쟁이.

"하하하, 그래, 그렇지. 그런 방법이 있었지. 어차피 임맥과 독맥을 뚫는 방법도 고리로 연결된 기에 의해서니까 손과 발도 고리로 연결하면 되잖아? 히히히, 정말 난 천재야! 왜 손이 양쪽에 둘이 있겠어? 다 이럴 때 쓰라고 있는 것이 아니겠어? 두 손과 두 발을 서로 꼭 붙이고 기를 운행해서 먼저 연결되는 중요한 혈들을 뚫은 후 임맥과 독맥을 뚫은 것처럼 주변을 뚫어 나가면 되는 거지. 그래, 정말 그러면 되겠군. 하하하, 이렇게 쉬웠던 것을……. 음, 아니지. 겨우 이런 것으로 이렇게 기뻐하긴 이르지, 암. 음… 그 후가 문제인데, 그 후가……. 그 후엔 느낌으로만 전해지는… 아직 알려지지 않은 미지의 미세한 혈들을 하나하나 뚫어야겠지. 삼황도 정령으로 화하여 반신의 경지에 오른 후에야 그런 혈들이 있다는 것을 간신히 알았을 정도라고 했으니… 그런 혈들이니 찾는 것은 고사하고 문젠 이 미세한 혈들이 기존의 혈보다 더 뚫기가 힘들 수 있다는 것인데, 음… 하지만 뭐, 어차피 꼭 해야만 되는 일이니까 시간이 걸리더라도 해야만 하겠지. 해야지! 아니, 꼭 해내고야 말겠다!!"

호열은 꼭 누구에게 들으라는 듯이 하늘을, 아니, 동굴 천장을 보며 다짐에 다짐을 하였다. 누군가 꼭 자신을 지켜보고 있어서 그들에게 들으라는 것처럼.

푸른색이 온 세상을 가득 차지하고 있는 세계, 그 세계의 한쪽 황금색 연못의 가장자리에 조그마한 정자가 자리하고 있는 그곳에 세 명의 사람이 각색의 의복을 걸치고서 난가(爛柯)를 두고 있는 모습이었다.

밝은 홍(紅)빛의 의복을 걸치고 있는 사람과 연푸른 청(靑)색의 의복을 걸치고 있는 사람이 서로 얼굴을 맞대며 뭐가 그리 즐거운지 웃음을 지어 보이고 있었으며 흰빛이 감도는 의복을 걸친 또 한 명의 사람은 중간에서 두 사람에게 번갈아 훈수를 두고 있었다.

"아, 왜 이렇게 귀가 가려운 거야? 으……."

"화황, 좀 참아보게. 아직 우리가 이 선계에 적응하지 못해서 그런 것일 수도 있으니까. 우리가 지상에 있을 때는 몰랐지만 지금 우린 하늘에 있는 선계에 있지 않나? 그것도 상상도 못할 그런 곳에……. 환경이 달라져서 그런 것이니 빨리 적응하도록 노력을 해야지."

"그래, 역시 빙황의 말이 맞는 것 같네. 우리 열심히 노력하세나."

"음, 정말 그런가? 아~ 이곳도 살기 힘든 곳이군."

지상에선 아무리 쳐다보아도 보이지 않는 곳, 하늘나라 선계에 있는 삼황은 호열이 지금 자신들에게 들으라는 듯이 속으로 욕이란 욕은 없는 욕, 있는 욕 다 만들어서 하는지도 모르고 연신 노력해야지, 노력해야지. 이런 끝없는 생각을 하면서 불쌍한 자신들의 귀만을 파고 있었다. 불쌍한 삼황.

그동안의 기나긴 명상으로 자신의 생각을 모두 정리한 호열은 마지막으로 자신에게 다짐을 하고 있었다. 나중에 일이 어떻게 마무리될지는 모르지만 최선을 다하겠다는 생각이었다. 그래야 하늘에서 지켜보고 있을 아버지와 어머니께 미안한 마음이 들지 않을 것 같았기 때문이다.

"자, 그동안의 노력으로 어느 정도의 이론에 대한 검토는 끝났으니 그럼 이제 실행에 옮기는 일만 남은 건가? 그래, 이제 일의 성패는 모두 하늘에 달렸으니, 내 운명을 하늘에 고(告)하고 어서 빨리 연마에 들어가야겠구나. 이러는 중에도 아까운 내 청춘의 시간은 계속 흐르고 있으니, 음… 난 하늘의 운명을 믿지 않고 오직 나 자신을 굳게 믿으며 살아왔고 앞으로도 그렇게 살아갈 것이지만 이번에는…… 오늘은 왠지 하늘나라에 계신 부모님의 얼굴이 보고 싶구나. 아버지! 어머니! 아~ 음… 내가 너무 감상에 젖었나, 아니면 그동안 마음이 허해졌나? 아니, 이러면 안 되지. 약해지면…… 그래, 약해지면 안 돼. 어떻게 살아온 인생인데, 이 순간을 위해서 얼마나 노력했는데 이러면 안 되지, 암. 자, 그럼 하늘에 계신 우리 아버지, 부디… 부디 이 못난 자식을 굽어 살피시어 제가 기필코 성공할 수 있도록, 꼭 성공할 수 있도록 이렇게 엎드려 부탁드립니다. 그러니 아버지~ 하늘에서도 이 자식을 버리지 말아주시고 보살펴 주십시오. 음… 자, 이제 준비는 다 됐으니 시작해 볼까?"

호열이 하늘에 고하는 기도를 모두 끝낸 후 한 번 크게 심호흡을 한 다음 연못의 중간에 자세를 바로하고 앉았다. 그런 후 처음에 생각했던 방법인 어의심공으로 기를 조심조심, 또 조심하면서 천천히… 아. 주. 천천히 움직이기 시작했다.

호열은 처음 일을 시작하면서 의식의 끈을 놓쳐 힘들게 뚫어놓았던 혈들이 한순간에 막히는 일이 많았지만, 시간이 지나고 경험이 쌓이자 차츰 안정이 되어가는지 곧 무아지경에 들 수 있었다.

많은 시행착오를 거치면서 그렇게, 힘들게 무아지경에 든 후 하루… 삼 일… 한 달이 흘러 두 달째 되던 날, 그러니까 호열이 무아지경에 든 후 육십 일이 되던 날에 호열의 몸에서 처음으로 이상한 현상이 나타나기 시작했다. 그동안 아무런 변화가 없던 호열의 몸에서 땀이 흘러나오면서 괴로워하는 것이 뚜렷하게 나타난 것이다.

'으~ 내가 너무 많이 돌렸나? 후, 뭐, 괜찮겠지. 음… 그럼 이제 팔과 다리로 기를 개방해야겠구나.'

호열은 무아지경에 든 후 힘겹게 임맥과 독맥의 혈들을 하나로 연결시켜 고리를 만들고, 그 연결 고리가 끊어지지 않도록 끊임없이 기를 순환시키고 있었다. 처음엔 혈들이 다 뚫리지 않아 별 상관이 없었지만 나중엔 혈들이 다 뚫리고 거침이 없어지자 막대한 기가 호열의 임맥과 독맥을 타고 흐르기 시작했다. 그 흐르는 기가 단전에 차곡차곡 쌓이고 쌓여서 이제는 더 이상 쌓일 곳이 없어지자 갑자기 기들이 갈 곳을 잃은 것처럼 사방으로 날뛰기 시작했다. 만약 이때 날뛰는 기를 제대로 인도하지 못했다면, 그랬다면 호열에겐 큰 불행이 아닐 수 없는 상황이 일어날 뻔했다. 다행히 호열이 차분한 마음으로 당황하지 않고 바른 길로 기를 인도하자 잠시 주춤하던 기들이 팔과 다리로 몰려가기 시작했다.

호열은 일을 시작하기 전에 혹시 이렇게 될지도 모른다는 생각을 하고 있었다. 그러기에 처음부터 마음의 준비를 하고 있었던 것이다. 역시 철저한 준비는 만사를 형통케 한다는 진리를 여실히 증명하는 순간이었다.

호열은 처음 혈들을 하나하나씩 차례로 뚫으려 했었다. 하지만 처음부터 생각과는 달리 그렇게 무리하지 않았는데도 호열의 몸속에 엄청난 기가 모여들었던 것이다. 그러한 상황에 처음에는 놀라 당황했지만 또 한편으로는 차라리 이렇게 된 거 한꺼번에 뚫자는 무식한 발상이 나왔던 것이다. 호열만이 가능한 발상이었다.

하지만 그것이 효과가 있었는지 호열은 얼마 지나지 않아 임독양맥은 물론 팔과 다리의 혈들을 모두 뚫어 이젠 처음 삼황에게 배웠던 기존의 알려진 혈들을 모두 뚫게 되었다. 정말 극적인 상황이었다. 만약 몸이 이렇지 않고 평상시 같았다면 하늘로 올라간 삼황에게 얼른 큰절을 올렸겠지만 지금이 어디 그럴 상황인가? 나중에, 정말 나중에 혹시나 만나게 될 일이 있다면 그땐 호열이 먼저 그들에게 달려들 텐데…….

호열이 처음 기와 서로 상통하게 되면서 느꼈던 의문 중 하나가 바로 혈에 대한 것이었다. 삼황에게 배운 바로는 혈이 이렇게 많지 않았는데 깨달음을 얻고 기를 다스릴 수 있게 되자 호열은 삼황에게 의문을 느끼지 않을 수 없었다. 분명 삼황은 자신들이 알고 있는 것을 모두 가르쳐 주었다고 했는데? 하지만 그 이유는 간단했다. 삼황, 그 자신들도 이 심법을 창안하여 이론으로만 정립하였을 뿐 실제로는 익히지 않았다.

아무리 삼황이 정령으로 화했어도 스스로 만들기만 했을 뿐 익히지 않았으니 어찌 수많은 인체의 모든 혈들을 다 알 수 있겠는가? 정확히 말하면 호열에게 괜히 잘못 말해서 피곤해지기가 싫었기 때문이지만…….

호열은 이런 사실을 모두 인식하고 그 의문을 묻어버렸다. 다시는, 정말 다시는 삼황에 대한 미련을 갖고 싶지 않았기 때문이다.

삼황에게서 배웠던 혈들을 다 뚫고 나자 호열의 몸에서 또다시 이상이 생기기 시작했다. 아니, 더 정확히 말하자면 호열의 몸과 연못에서 동시에 이상한 현상이 일어났다고 말해야 정확할 것이다. 호열의 몸이 스르르 잠기듯, 마치 도사가 입정한 자세로 연못 안으로 들어가듯 들어가 나오지 않는 것이었다. 깊은 숲 속 연못 안에서 물고기가 사는 것처럼 숨을 쉬면서……. 하지만 호열의 정신은 여느 때보다 맑았다. 세상의 모든 진리가 한눈에 보이는 것처럼.

'아, 지금 나는 이 세상에서 처음으로, 그래, 세상에 알려지지 않은 혈들을 뚫고 있는 것이다. 그러므로 더욱 신중해질 필요가 있다. 음… 정말 인간의 몸이란 신비 그 자체다. 어떻게… 어떻게 인간의 몸에 이런 현상이 일어날 수 있단 말인가? 정말로 알면 알수록 모르는 건 아버지 말씀대로 여자의 마음이 아니라 인간의 신체일 것이다. 아직 여자를 정식으로 대한 적은 없지만……. 자, 그동안 난 내가 할 수 있는 최선을 다했다. 어의심공으로 우주 간에 가득 채운 기를 이용하여 내 몸 안에 새로운… 그래, 나만의 기를 쌓았으니 이만하면 기반은 어느 정도 마련된 것이고, 이제 남은 것은 삼황의 정령과 연못에 있는 두 기를 합하여 나만의 기, 어의심공으로 만들어진 기와 내 몸 안에 있는 이 거대하고 기분 나쁜 미지의 힘… 아참, 그건 그렇고, 우선 나만의 기에 작명을 해야지. 그래도 나 혼자만의 힘으로 만든 것이니까. 음… 뭐라고 부를까? 그래, 어의심기(於意心氣), 어의심기라 하자. 이것도 어의심공으로 쌓은 것이니까. 그럼 이제 이 어의심기를 다 완성한 후 내 몸 안의 또 다른 힘, 이 거대한 힘을 몸 밖으로 밀어내든지, 아니면 사라지게 만들기만 하면 난 이곳에서 나갈 수 있게 되는 것인가? 내 생각대로 되면 좋을 텐데… 아니, 꼭 그렇게 될 것이다. 그렇게 되어야지, 암. 하늘에 계신 아버지, 제발……."

호열은 지금 자신이 생각해 내고 또한 신중한 검토 끝에 만들어낸 자신만의 이론을 토대로 인류 무도사(武道史)에 신기원(新紀元)을 이루겠다는 원대한 포부를 가지게 되었다. 주목적은 자신의 해방이었지만…….

호열은 지금 하나하나 느껴지는 알 수 없는 혈들을 찾아서 자신만의 세계로 기나긴 미지의 여행을 시작하고 있었다. 그 끝을 알 수 없는, 마치 새로운 무도의 세계를 찾아 떠나는 구도자(求道者)의 심정으로…….

제 8 장

혼욕, 드디어 해부되다

◆제8장 호열, 드디어 해방되다

세월의 흐름도… 계절의 흐름도 없는, 아니, 그런 시간의 흐름을 보여주고, 알 수 있게 해주는 모든 현상들이 잊혀진 세상이 있다면 아마 주저없이 이곳이라고 할 수 있을 것이다. 단 한 번이라도 이곳에 발을 들여놓았던 사람이라면, 지금까지 그런 사람은 없었지만, 아니, 있다고 해도 다시 세상 밖으로 나갔던 사람이 없으므로…….

당연히 세상 사람들은 이런 곳이 있다는 것조차 모르고, 지나가는 말로 들어보았던 사람들도 마음 한구석엔 이런 말을 믿는 마음이 없을 것이다. 그냥 스치듯 무심히 지나쳐 갈 뿐…….

그러나 힘겨운 세상과의 인연이 끝난 것 같은 이런 곳에도 자신만의 인생을 열심히 살아가는 사람이 있었다. 살아간다는 표현보다는 하루 하루를 간신히 연명한다고 해도 무방하지만 그만큼 힘겹게 자신과의 싸움을 계속하고 있는 사람이었던 것이다. 인간이 어떤 혹독한 시련에 처한다 해도 당당히 살아갈 수 있다는 것을 여실히 보여주는 산 증거였다. 그러니 당대의 많은 학자들이 인간을 만물의 영장이라고 말하는지도 모르겠지만······.

불가사의한 인간 그 자체를 두고 하는 말 같은 그 한 사람이 지금도 자신의 모든 것을 걸고 하루하루를 살아가고 있었다.

호열이 온 정신을 집중하여 자신만의 세계에 몰입하기 시작한 지 얼마가 지났는지 모른다. 다만 다른 점이 있다면 항상 평온할 것만 같던, 언제나 그 자리에 세월의 모진 풍파와 시련에도 아무런 변화 없이 그렇게 있을 것만 같던 연못이 호열의 주위로 뽀얀 우윳빛 수증기를 일으키며 어두운 동굴을 밝히고 있다는 것밖에.

'음··· 정말 그 끝을 알 수 없구나. 하지만 지금 이 힘든 일을 마다한다면 내게 다시는 이런 기회가 오지 않을 것이다. 그래, 지금 내게 이런 기회가 왔을 때 성공해야 한다. 제발 이번만은, 제발 이번만은 성공하기를······.'

호열은 미지의 혈을 뚫어보고자 무아지경에 들었을 당시 얼마나 놀랐던지······. 호열이 생각하기에 자신이 지금 가지고 있는 힘도 꽤 대단하다고 스스로 자부했었다. 그러나 호열의 이런 생각과는 다르게 처음 느껴지는 혈의 위치로 기를 인도하자 알 수 없는 거대한 반발력이 몸에 일어나 하마터면 어렵게 들었던 무아지경이 깨질 뻔하였다.

그 후 아주아주 조심한다고는 했지만 매 순간순간마다 목숨을 건 사투를 벌여야만 했다. 한순간도 마음을 놓을 수 없는. 매번 이런 상황이다 보니 호열은 자만심을 버리고 한순간도 긴장을 늦추지 않고 하나하나 최선을 다해서 혈을 뚫어 나가기 시작했다. 다행히 이런 호열의 마음을 알았는지 매번 위기가 닥쳐올 때마다 천우신조로 어의심기가 도움을 주어 위험한 고비를 무사히 넘길 수 있었다.

호열은 처음 생각해 두었던 방법대로 그동안 자신이 만들었던 어의심기를 바탕으로, 그래도 가장 순수하다고 생각되는 삼황의 정령을 합치고자 했었다. 그래야 희미하게 느껴지는 혈들을 뚫을 힘이 생긴다고 생각했으니까.

하지만 자신의 위기감을 느꼈는지 호열의 몸에 기생하고 있는 칙칙하고 음침한, 그 알 수 없는 거대한 힘이 어의심기와 삼황의 힘이 합쳐지는 걸 방해하기 시작했다. 이에 호열은 어떻게 하든 이 상황을 무사히 타파하려고 애썼으나 그게 자신의 마음대로 잘되질 않았다. 그런 대치 상황은 지금도 계속되어 호열을 괴롭히고 있었다.

'그래, 하나가 안 되면 둘을 함께 합쳐 보자. 음, 하지만 그렇게 되면 내 몸에 무리가 갈 텐데. 그러면? 음, 아, 그래, 이왕 하기로 한 거 차라리 연못의 기들로 이 거대한 기를 감싸 안으면서 삼황의 정령과 합치면 가능성이 있을 수도? 아니야, 혹 다른 방법이 있을지 몰라. 그래, 그동안 느낀 것이지만 이 거대한 기도 어떻게 보면 순수 그 자체일 수도 있어. 그래, 맞아. 어쩌면 세상의 혼탁한 기를 그 자체로 깨끗이 정화시킨 기! 그래, 마기!! 세상에서 가장 순수한 마기일 것이다. 마기!! 음… 마기도 어떻게 보면 그 하나만으로 순수 그 자체라 할 수 있으니까……. 그래, 힘들게 고생하며 파괴시킬 필요 없이 차라리 내 몸에 받아들여 내 것으로 하자. 이것도 기는 기니까.'

정말 인간의 상상력이란, 아니, 호열만 그런 것인가? 그 무한하고 지칠 줄 모르는 투쟁 본능, 삶에 대한 애착. 인간의 정신 세계는 참으로 무한했다.

그렇게 또다시 새로운 이론이 정립되자 호열은 바로 실행에 옮기기 시작했다. 삼황의 정령과 연못의 두 정기, 그리고 거대한 마기, 하나도 아닌 모든 기덩어리들을 호열은 하나로 합치기 시작한 것이다. 인간의 몸속에 단 하나의 기운을 담기에도 벅찬데 지금 호열은 세상에서 가장 순수하지만 거대한 여섯 가지의 기운과 또 다른 자신의 기를 하나로 합쳐 자신만의 어의심기로 다시 재생성하려는, 무모하기 이를 데 없는 짓을 서슴없이 하려고 하는 것이다. 호열 자신의 목숨을 걸고서 이제 까지의 노력을 허사로 돌릴 수 있는 그런 무책임한 짓을……

호열의 끈질긴 의지와 한 번 한다면 하고야 마는 무뎃포 정신! 그 무식하기 짝이 없는 무뎃포 정신으로 완전 무장하고서.

처음엔 그 기들이 서로 충돌하고 때로는 서로를 견제하며 호열의 의지대로 잘 따라와 주지 않자 자신이 만든 이론이 잘못된 게 아닌가 하는 의심도 했다. 하지만 한번 시작한 일, 꿋꿋한 의지로 하나하나 난관들을 처리하면서 헤쳐 나가기 시작하자 언제 그랬냐 싶게 계속 충돌만 하던 기들이 어느 순간 하나로 합쳐지기 시작한 것이다. 비록 처음엔 미약하였지만 나중엔 포기까지 한 상황에서 점점 기대하지 않았던 일이 일어나자 호열은 이때다 싶은 마음에 합쳐지기 시작한 기를 바로 순환시켜 자기 것으로 만들기 시작했다. 그렇게 한 바퀴, 두 바퀴… 계속 순환시킨 기로 하나하나 혈을 뚫어 나가자 예상외로 일이 순조롭게 진행되기 시작했다. 마치 폭풍 전의 고요함을 연상시키듯.

그렇게 순환에 순환을 거듭해 거대해진 기로 의식 저 멀리 미세하게 나마 느껴졌던 모든 혈들을 뚫게 되자 그동안 한 번도 느껴보지 못한 상쾌함과 무한대로 확장되는 정신 세계에 호열은 꿈같은 시간을 보낼 수 있었다. 자신의 몸이 어떻게 변화하는지, 자신의 정신 세계가 어떠한 변화를 하고 있는지, 그런 자신의 변화도 모른 채……

'음… 내가 성공했나 보구나, 이렇게 아직 살아 있는 것을 보면. 후, 그럼 이제 내가 생각했던 모든 것을 다 해보았는가? 내가 할 수 있는 모든 것을……. 음, 이제 상황이 어떻게 되든 후회는 없다. 내가 할 수 있는 일은 다 했으니까. 그래, 결과가 어떻게 나오든 어쩔 수 없는 일이지. 여기까지 잘 버텨온 것만으로도 내겐 너무 힘든 일이었어. 후, 그럼 이제 그만 나가볼까? 음… 응? 뭐지? 또 뭐야? 왜 이래? 왜 순환이 멈추지 않는 거야? 어떻게 된 거지?

호열이 이미 자신의 기로 화한 어의심기를 사용하여 미지의 혈들을 뚫기 시작하면서 순환시키기 시작한 기가 너무 가속도가 붙는 바람에 멈추고자 하는 호열의 의지대로 움직이지 않고 지금은 계속 끝도 없이 순환하며 돌고 있는 것이다. 그동안 호열이 생각하기에도 속도가 너무 빠른지라 조금씩 멈추면서 진행하고 싶은 생각도 있었지만, 그때는 왠지 그러면 안 될 것만 같아서 그대로 진행한 것이 지금의 이런 결과를 낳은 것이었다.

'아, 어떻게 하지? 계속 이렇게 가속도가 붙으면 곤란한데? 으~ 이런 것을 생각하지 못했다니. 그렇다고 지금 억지로 몸을 움직이면 자칫 그동안의 모든 것을 잃는 건 둘째 치고 생명까지 잃을지 모르는데 어찌 이런 일이? 아…….'

호열은 어쩔 수 없이 계속 방관자의 입장에서 두고 볼 수밖에 없었다. 어쩔 수 없는 상황이므로……. 지금의 호열은 자신의 몸에서 일어나는 현상을 막을 힘이 없었다. 그렇게 호열의 방치 속에 기는 끊임없이 순환에 순환을 거듭했다.

'음… 시간이 꽤 흘렀구나, 내가 이론을 정립하고 또 그것을 토대로 실행에 옮긴 것이……. 그래, 거의 오 년이라는 시간이 흐른 것 같군,

오 년이……. 그럼 내 나이가 도대체 얼마나 되는 거지? 그러니까… 음, 무아지경에 들기 전에 서른 살이었으니까… 이런, 무려 서른다섯 살이네? 허, 여기 이 칙칙한 동굴에서 자그마치 십오 년이나 있었다니. 정녕 내 새파란 청춘이 이런 칙칙한 곳에서 꽃봉오리 한번 피어보지 못하고 다 지나갔구나. 아~ 내 꽃다운 청춘이여…….'

호열이 이렇게 자신의 신세를 한탄하면서 눈물을 흘리는 이 순간에도 기는… 그 기의 순환은 거듭에 거듭되어 이제는 기가 순환하는지, 아니면 이미 멈추었는지 느끼지 못할 속도로 돌고 있었다.

이미 호열도 포기한 상태였다. 아무리 멈추어보려고 하였지만 그것이 뜻대로 되지 않았으니 이제는 하늘만 바라보면서 곧 다시 보게 될 자신의 부모님에 대한 생각만 하고 있었다. 그러나 어느 순간, 끝도 없이 순환만 할 것 같던 기가 한순간 폭발하듯 호열의 몸을 뚫고 빛을 내보내기 시작했다. 빛이라고는 한 점 들어오지 못하는 동굴이 훤히 보일 정도로 그 빛은 동굴을 휘황찬란하게 밝히고 있었다.

'음, 드디어 내 삶도 이렇게 덧없이 마감하는구나. 이제 기의 순환이 내 몸에 국한되지 않고 밖으로 분출되는 것을 보면, 아~ 아버지, 죄송합니다. 못난 이 소자, 이렇게 아버님 곁으로 갑니다. 불효자를 용서하십시오. 흑흑흑.'

호열의 몸에서 빛이 계속 나오자 오랜만에 동굴 일대가 대낮처럼 환하게 빛나기 시작했다. 삼황이 우화등선한 후로는 동굴을 밝히는 빛도 거의 사라졌었다. 다만 아직 파괴되지 않은 결계가 미약하게나마 간간이 어둠을 밝히고 있었을 뿐…….

그렇게 약 두 시진이 지나가자 호열의 몸에서 또다시 거대한 폭발이 일며 그동안 자신을 지탱해 주던 무아지경이 깨지는 것을 느껴야만 했다. 그렇게 무아지경이 깨지면서 호열은 끝없는 나락으로 추락하는 기분을 느끼며 정신을 잃었다. 그렇게……

호열이 정신을 잃은 후에도 빛은 계속 나와 거의 눈 뜨고는 볼 수 없을 정도가 되자 한순간에 팍 사라지듯 모두 사라져 버렸다. 그 모든 상황이 마치 꿈결처럼……

제 9 장

자, 그럼 밖으로 나가볼까?

◆ 제9장 자, 그럼 밖으로 나가볼까?

밝게 빛나던 빛이 온데간데없이 사라진 어두운 동굴 안. 아무도 없을 것 같은 동굴 한구석에 호열은 정신을 잃고 누워 있었다. 정말로 호열이 죽은 것인가? 그런가? 그러나 자세히 보면 가슴이 미약하게나마 움직이고 있다는 것을 알 수 있다. 호열은 죽은 것이 아니었다. 그런 거대한 폭발에서도 끈질긴 생명력을 보이며 미세하게 숨을 쉬고 있었던 것이다.

정신을 잃고 누워 있게 된 후 얼마나 많은 시간이 흘렀는지 모르지만 호열은 미동없이 계속 누워 있었다. 가끔, 아주 가끔 살짝 코를 골면서…….

"음… 아이고, 머리야. 머리가 깨질 것 같네. 음? 잉? 지금… 지금 내가 살아 있는 건가? 어디어디, 아~ 느껴진다, 느껴져. 흑, 살았구나. 살았어. 지금 내가 살아 있는 거야. 아~ 내가 살.았.어……."

호열이 정신을 차린 후 가장 먼저 한 일은 자신의 주변을 살펴보는 것이었다. 등이 시원한 것이, 얼마 동안 느껴보지 못했던 감각을 느낀 것이다. 깜짝 놀라 주위를 둘러보니 그동안 호열의 생명을 지켜주던 연못은 없어지고 다만 연못이 있던 흔적만이 남아 있었다. 흔적만 남은 연못의 구덩이에 자신이 대(大) 자로 누워 있었다.

하지만 곧 자신의 몸 상태를 점검하기 시작하자 호열은 이런 상황이 어떻게 일어난 것인지 금방 알 수 있었다.

"음, 어디 보자. 손, 발, 머리… 이건 이상 없고, 그럼… 어? 뭐야, 기는 계속 순환하고 있잖아? 이거 어떻게 된 거지? 몸에 이상은 없는데. 이거… 이거 오히려 더욱 힘이 솟는 것 같잖아? 음… 아, 그렇구나, 그랬어. 하하하, 이럴 수가! 세상에 이런 경우도 있구나. 그래, 연못의 물은 모두 순수한 기의 덩어리라 모두 내 몸에 흡수된 것이고… 하지만 지금 이건, 이건 어떻게 된 거지? 이럴 수도, 세상에 이럴 수도 있는 건가? 삼황에게 들었던 말에는 이런 현상에 대한 아무런 언질도 없었는데? 지금 내 생각이 맞다면 이건 정말 생각지도 못했던 일인데, 이런 기적이……."

호열이 자신의 몸 상태를 점검하면서 놀라는 것은 당연했다. 몸을 순환하던 기는 그 순환을 멈춘 것이 아니라 지금도 계속 돌고 있었던 것이다. 다만 그 순환 속도가 너무 빨라 주의 깊게 신경을 쓰지 않으면 느끼지 못할 뿐이었다.

"그래, 다시 한 번 차근차근 생각해 보자. 음… 그래, 기는 지금도 계속 순환을 거듭하고 있는 거야. 다만 너무 빨라서 내가 느끼지 못할 뿐이고. 맞아, 그럼? 그럼 그때 그 폭발은? 아, 맞았어. 하하하, 그건 내 몸의 기가 우주의 기와 서로 상통하면서 일으킨 것이었어. 난 그것도 모르고. 하하하."

호열은 뭐가 그리 즐거운지 마냥 고개를 좌우로 흔들며 웃고 있었다. 이렇게 웃을 수 있다는 것이, 아무런 이상 없이 무사하게 살아 있다는 것이 마냥 좋았던 것이다.

"자, 그럼 어디 정식으로 어떻게 된 일인지 정리를 해봐야겠다. 음… 상황이 이렇다면 지금 내 몸속에 순환하고 있는 이 기는 어의심기라는 말인데, 이렇게 되면 난 내 몸속에 순환하고 있는 어의심기와 우주 간에 있는 기를 모두 다스릴 수 있게 되는 것인가? 어의심기도 계속 끊임없이 순환을 하고 있으니까 언제 어디서든 내 의지대로 움직일 수 있다는 것이고, 이건… 이건 정말 내가 생각하지 못한 엄청난 홍복이구나. 정말 엄청난 복이야. 음, 그런데 왜 내 몸에 단전이 사라진 기분이 드는 거지? 음… 아니, 단전은 있는데 그동안 따로 수련했던 기가 느껴지지 않고… 허, 이거 참. 혹시 기가 계속 순환하면서 생긴 현상인가? 그래도 이건? 지금 내 몸엔 내가 아는 단전이란 것은 없다. 아니, 아예 느껴지지도 않으니……. 내 무도의 근간(根幹)을 이루었던 상단전도 그렇고, 중단전이나 하단전이 모두 있는 것 같으면서도 마냥 허허롭기만 한 것 같으니. 허허."

사실 삼황이 호열에게 가르쳐 주었던 어의심공은 일반 강호인들이 사용하는 하단전이나 가끔, 아주 가끔 특별한 깨달음을 얻을 수 있었던 도사들이 사용한다는 중단전이 아니었다. 바로 상단전이었다. 하지만 중단전을 사용하는 무인이 옛날 상고 시대에는 많았는지 모르겠지만 지금은 그리 흔하게 볼 수 있지만은 않았다. 아니, 아예 그런 무인이 있다는 소문도 없을 정도였다.

나중에 호열이 강호에 나가서 알게 될지 모르겠지만 강호무림 호북

성(湖北省) 균현(均縣)이란 곳에 무당파(武當派)란 곳이 있어 그 문파의 시조(始祖)인 장삼봉(張三峰) 진인(眞人)이 아마 중단전을 사용하지 않을까 하고 추측하는 사람이 조금 있었다. 하지만 그건 어디까지나 소문이었고 그것을 확인한 사람은 아무도 없었다. 심지어 그 문하의 제자들까지……. 그런데 호열이 그런 귀찮은 일을 자초해서 할지…….

여하튼 이렇게 중단전을 사용하는 사람이 거의 없는 실정에, 하물며 신이 아니면 사용할 수 없다는 상단전, 그 상단전을 사용하는 것이 삼황이 가르쳐 준 어의심공인 것이었다. 사실 어의심공을 창안했던 삼황조차도 중단전만을 사용했을 뿐 어의심공은 이론으로만 만들고서 현실성이 없다는 나름대로의 이유와 핑계를 대며 익히기를 꺼렸었다. 그러다가 얼마 전에야 조금의 깨달음을 얻을 수 있어 호열에게 가르쳐 준 후 신선이 되어 선계로 올라갈 수 있었던 것이다. 정말 극적으로…….

지금 호열은 자신에게 일어난 문제로 깊은 생각에서 헤어나지를 못하고 있었다. 태어나서 처음으로 살아 있다는 사실에 기뻐하면서 한편으론 어떤 부작용이 아닌가 생각하고 있었던 것이다. 하지만 어떻게 해서 이런 일이 발생했으며, 이런 현상이 자신을 가르쳤던 삼황이나 어의심공을 깨달은 호열 그 자신조차도 알지 못했던 미지의 경지에 들어선 것이란 걸 쉽게 깨달을 수 있었다.

그건 정말 생각지도 못했던 새로운 무(武)의 경지였고, 또한 세상 사람들 모두 알고 있다 해도 그 누구도 다다를 수 없는 꿈의 경지였던 것이다. 그런 경지에 접어들 수 있었던 것은 순전히 호열의 무뎃포 정신 때문이었다. 무! 뎃 !포! 그 무식한 무뎃포 정신!!

사람이 살다 보면 때론 이런 투철한 정신이 필요한가 보다. 호열의 경우를 보면, 무(武)를 아는 다른 사람 같았으면 설사 무(武)라는 것을 아예 모르는 일반 사람이라도 기가 자신의 통제를 벗어났을 경우 어떻게든 다시 그것을 통제하려고 했을 텐데, 아니, 백이면 백 모두 그렇게 하려고 했을 것이다. 그러나 이와는 반대로 호열은 어떻게든 될 대로 되라는 심정으로 끝없이 순환하는 기를 내버려 두고 마치 자신의 일이 아닌 것처럼 방관만 했다. 그런데 그런 호열의 방관적인 자세가 세상 그 누구도 이루지 못했던 그런 미지의 경지로 올려놓는 쾌거를 만들었던 것이니, 더구나 무한한 파괴력을 동반한······.

호열이 도달한 경지는 이른바 온몸이 하나의 혈이라 할 수 있는 경지였다. 하나의 혈, 처음에 호열이 생각했던, 인체의 모든 혈을 뚫고 하나의 고리로 연결하려던 그런 것이 아닌 모든 혈, 이른바 기해(氣海)라 불리는 상·중·하의 모든 단전들을 포함한 혈들이 없어져 버리고 단 하나, 아니, 호열의 몸 자체가 혈이 되어버렸던 것이다. 이른바 세상 사람들이 흔히 말하는 무혈(無穴)이 아니라 진정한 무혈이 된 것이다. 무혈지체(無穴之體), 진정한 무혈지체가······.

그리고 지금 호열이 순환한다고 생각하는 기는 어떻게 보면 순환을 한다고 할 수 있겠지만 사실은 순환이 아닌 일종의 기덩어리가 된 것이었다. 그것도 계속 우주의 기를 극도의 빠른 흡입력으로 받아들여 끝없이 강해지고 있었다. 호열이 이런 현상을 느끼기 때문에 기가 아직 순환한다고 생각한 것이었지만······.

이로써 호열은 살아 있는 사람으로는 최초로 신(神)도 두려워할 막강한 힘을 가지게 되었다. 다만 그 힘을 제대로 사용하지 못할 뿐 이미 무도의 끝에 이른 것이다. 정작 본인은 모르고 있지만, 아니, 설사 알고 있다 해도 아무런 신경도 쓰지 않을 호열이지만······.

"아마 난 지금 내가 생각하고 있던 모든 것을 이룬 것 같다. 단지 내 생각과는 천지 차이로 다르게 되었지만 뭐, 상관없겠지. 어쨌든 나에 겐 더욱 좋은 현상이니까. 음, 이건 아마 하늘나라에 계신 아버지께서 돌보아주신 것이겠지? 히히히, 감사합니다, 아버지. 아버지, 꼭 지켜봐 주십시오. 이제 제가 이곳을 나갈 수 있게 됐으니 기필코 아버지께서 못다 이룬 그 꿈을 제가 이루어보겠습니다. 꼭!!"

호열은 두 주먹을 꼭 말아 쥐었다. 호열의 의지가 외부로 표출된 강한 집념의 표현이었다. 그 많은 세월의 고난과 역경을 이겨내면서 이 순간만을 기다려 왔다고 해도 과언이 아니었다. 그만큼 또한 강한 자신감도 생겼으니까…… 무려 칠 년간이나 삼황에게 어학 연수 아닌 어학 연수를 받았고, 또한 팔 년이라는 긴 시간 동안 생(生)의 사투(死鬪)를 벌였으니 어쩌면 이런 자신감은 당연한 것일 수도…….

호열이 생각한 대로 모든 것이 정리가 되었다. 호열의 몸에 있는 어 의심기와 우주의 모든 기를 자신의 의지대로 다룰 수 있게 된 것이다. 그건 한마디로 호열에게 신의 힘이 부여된 것이라 할 수 있었다. 비록 전에도 몸은 움직이지 못했지만 우주의 기를 다룰 수 있었는데, 지금은 파괴력만을 따지면 신도 어쩌지 못할 그런 힘을 얻게 되었으니 앞으로 세상은 호열의 행보에 따라 웃고 우는 상황이 도래한 것이었다. 세상이 어찌 되려고…….

"자, 이제 나도 이곳의 짐을 정리하고 그만 밖으로 나가야겠다. 그동 안 세상은 어떻게 변했을까? 내가 없는 동안 별일은 없었는지 모르겠 군."

호열은 마지막으로 동굴 안을 두리번거리면서 그동안 살아왔던 추억들을 생각해 보았다. 삼황과 함께 생활하던 것들이 그리 즐겁지만은 않은 기억들이었다. 거의 대부분이 삶의 투쟁의 연속인 세월이었으니 호열은 삼황의 생각은 그만 접어두기로 하고 앞으로 밖으로 나가면 무엇을 할 것인지 생각해 보았다.

"음, 먼저 밖에 나가면 무엇을 해야 하나? 막상 밖으로 나간다고 생각하니 뭘 먼저 해야 할지 모르겠군. 음… 그래, 우선 중원으로 가자. 그곳에 가서 다음 일을 생각해도 늦지 않을 것이니까. 생각도 다 정리된 것 같으니 그럼 이제 나가야겠군. 음… 뭐 입을 만한 옷이 없나? 이런 옷을 입고 나갈 순 없잖아. 그래도 십오 년 만에 밖으로 나가는 외출인데……."

호열이 입고 있는 옷은 다 낡아서 지금에 와서는 거의 옷이라고 할수 없는 상태가 되어 있었다. 아무 곳에나 굴러다니던 거적을 걸친 것으로 보일 정도였다. 지금 호열의 모습은 거지 중의 상거지 차림이었다. 이곳에 든 뒤부터 계속 입고 있었으니 어쩌면 낡을 수밖에 없었다.

호열은 주위에 삼황이 혹시 옛날에 입었던 옷이라도 있나 살펴보았다. 역시나. 사실 주위를 둘러보면서 기대도 안 했지만 쓸 만한 옷이라고는 눈을 씻고 보아도 찾을 수 없었다.

"그러면 그렇지. 내 인생에 도움이 안 돼요, 안 돼. 어쩔 수 없지. 이 괴물들아, 이제 난 이곳을 나간다! 만약 하늘에 있다는 선계에서 지금 날 보고 있다면 내 말을 들었을 터, 만약 내가 나이가 들어 그곳에 가게 되면… 정말 그런 일이 있다면 그땐 모두 가만두지 않겠다! 정말로!! 이건 울 아버지의 이름을 걸고 맹세한다. 잘 알아들었냐?!"

크게 소리를 지르자 그동안 막혀 있던 답답한 가슴이 확 트이는 것

처럼 속이 다 시원했다. 그 얼마나 하고 싶었던 말이던가? 장장 팔 년
이란 시간이었다. 정작 우화등선한 삼황은 어떨지 몰라도 호열은 그들
에게 좋은 감정을 가지고 있었다. 호열이 보기에도 화황은 모르겠지만,
뇌황이나 빙황은 자신에게 호의를 가지고 있다고 생각했었다. 아니,
말은 무식하게 했던 화황도 속마음은 호열을 아끼고 있었다고……. 하
지만 그런 호열의 마음은 몰라주고 삼황은 자신들의 사정이 급하다고
남의 의사는 무시한 채 호열을 죽음의 구렁텅이로 빠뜨렸었다. 어찌
보면 짧지만 그동안 서로 얼마나 정이 많이 들었었는데…….

사실 호열도 삼황의 생이 얼마 남지 않았다는 것을 알 수 있었다. 얼
마 전이지만……. 호열은 모든 것을 이룬 후에야 그들의 상황을 알 수
있었던 것이다. 하지만 지금은 모든 것을 접기로 했다. 언젠가는, 정말
언젠가는 호열도 우화등선해서 꼭 삼황을 만날 수 있을 테니까. 그들
이 성공했는데 호열이라고 성공하지 못하라는 법은 없으니까…….

호열은 나중을 기약하며 조용히 기다리기로 했다. 언젠가 다가올 그
때를. 삼황은 이런 사실을 알까? 이렇게 이를 갈며 때를 기다리는 호열
의 불타는 마음을? 그들이 이러한 자신의 마음을 알았다면 어떠한 표
정을 지을지 사뭇 궁금한 일이 아닐 수 없다고 호열은 생각했다.

호열은 아무리 자세히 동굴 속을 둘러보아도, 보고 또 보고… 그렇
게 세심하게 주위를 둘러보아도 가지고 나갈 물건이 아무것도 없음을
알고 올 때처럼 갈 때도 미련없이 나가기로 했다. 참으로 서글픈 마음
뿐이었다.

"어찌 십오 년이란 시간 동안 건진 것이 아무것도 없다는 말인가?
금붙이는 없다고 해도 은이나 구리로 된 엽전 하나 없다니."

호열은 정말 서글펐다. 그러나 이미 결심한 것을…….

이미 동굴 안의 결계는 호열이 대성을 한 후 완전히 파괴되어 있었다. 그나마 간신히 유지되고 있던 것이 기의 충돌로 완전히 사라져 버린 것이다. 그렇게도 삼황의 발목을 잡고 있던 것이…….

지금의 동굴은 사람의 손길이 닿지 않은 거의 완벽한 천연 동굴의 모습을 하고 있었다. 누가 보아도 언제 그런 사람들이 살았느냐고 물어볼 정도로. 그만큼 결계가 동굴을 보호하고 있었구나라는 생각이 들었다. 삼황, 그들도 사람이라 할 수 있는데 만약 결계가 없었다면 동굴이 이렇게 온전하게 보존되었을까 하는 생각이 들었을 정도였던 것이다.

"이제 이 지겨운 곳을 나가야겠다. 하지만 나름대로 정도 많이 들었던 곳인데……. 하지만 어쩔 수 없지. 새로운 삶이 저 밝은 세상에서 내게 어서 오게 하고 손짓하는데. 자, 그럼 어디 나가볼까? 음… 응? 그런데 어떻게 동굴을 나가지? 이거 참, 동굴 밖으로 나가려면 저 위로 까마득히 보이는 천장까지 올라가야 하는데 어떻게 한다? 그런 건 배우지 않았는데, 이거 미치겠군. 음, 무슨 방법이 없나? 아니지, 이제 나가기만 하면 되는데 여기서 포기하면 안 되지. 여기까지 어떻게 살아왔는데, 암, 정신을 가다듬고 잘 생각해 보자. 분명히 무슨 방법이 있을 거야. 음… 그래, 어차피 내 몸도 따지고 보면 기들의 조합으로 이루어진 것이잖아? 그래, 맞았어. 하하하, 역시 난 천재야. 하하하."

호열은 뭐가 그리 좋은지 한참을 쪼그려 앉아 생각에 골몰하다가 갑자기 동굴이 울릴 정도로 큰 소리를 내며 웃어댔다.

"이 방법이 효과가 있을지 모르겠지만 한번 해보지 뭐. 어차피 이판사판이니까. 음… 그럼 이제 내가 가고자 하는 곳으로 기를 이동하면 되겠군. 기란 어느 곳에나 존재한다고 했으니, 어디 한번 해보자. 그럼 어디로 옮겨야 하나? 생각나는 곳이… 아, 내가 처음 이곳에 들어오기 전, 그래, 이 동굴 앞 큰 나무로 해야겠다. 그래, 어디 보자. 자, 그럼 밖으로 나가볼까?'

호열은 이곳에서 다른 것은 전혀 배우지 못했다. 오로지, 정말로 하나의 심법인 어의심공과 삼황이 칼 쓰는 법이라며 가르쳐 준 어의공령이 전부인지라 막상 동굴을 나가려고 하니 처음부터 벽에 부딪치게 되었다.

하지만 가장 모태가 되는 어의심공으로 기라는 확실한 깨달음을 얻은 호열인지라 그런 건 문제도 아니었다. 이보다 더한 난관을 뚫고 살아난 호열이 아닌가? 호열은 자신이 알고 있는 것을 토대로 자신만의 무도를 만들고 깨달았다. 앞으로 계속 더 많은 깨달음이 있을 호열인데, 신도 무시 못할 그런 무한한 힘을 사용할 수 있는…….

호열이 밖으로 나가겠다는 의지를 일으키며 머리 속에 가고자 하는 위치를 그리자 갑자기 호열의 모습이 아무런 흔적도 없이 사라져 버렸다. 그 흔하디흔한 빛조차 없이, 아니, 미세한 소리나 파동조차 없었다. 호열은 그동안 모진 핍박과 시련을 받으며 꿋꿋하게 버틴 동굴에서 갑자기 사라진 것이다. 호열이 사라진 동굴 안엔 고요한 정적만이 흘렀다. 마치 천년만년 동안 아무도 들어오지 않았던 신비의 고동(古洞)처럼…….

세월은 무상(無常)하다. 아니, 세월은 불변(不變)하다고 해야 할까? 변하는 것 같으면서도 변하지 않는, 마치 만물의 영장이라는 인간으로 태어난 사람들을 비웃기라도 하듯, 아니면 하찮은 인간에게는 신경 쓸

것도 없다는 듯이 그렇게 세월은 끝없이 변하는 것 같으면서도 항상 제자리에 있는 것 같았다. 단지 그 어느 곳, 그 시간에 어느 누군가가 서 있었고 지금은 또 누군가가 서 있는, 또 누군가가 서 있을…….

세월은 인간만 그 흐름을 느낄 뿐 산이나 강, 바다와 같은 자연은 그런 세월의 흐름이 빗겨가는 것 같았다. 그래서 선각자(先覺者)들은 그토록 무위자연을 열망하며 외로운 삶을 살았을까? 그들은 무엇을 이루려고 그토록 험난한 고행의 길을 스스로 자초해서 걸어갔을까? 그래서 그들이 깨달았다면 무엇을 이루었을까? 아마 그것은 소리없이 흘러가는 세월만이 알 것이다. 세월만이…….

"어? 이거 정말 되네? 거참, 정말 신기하군. 이거 쓸 만한데 앞으로 자주 애용해야겠군. 편하겠어."

호열이 어려운 고난과 시련을 극복하고 세상 밖으로 나온 곳은 십오 년 전 그렇게나 비가 많이 내렸던 그때 그 모습으로 호열을 반기고 있었다. 마치 이곳은 시간이 정지했었던 듯 그 모습 그대로였다. 십오 년 전의 모습 그대로. 진정 언제 그러한 세월이 흘렀냐는 듯이…….

지옥과 같았던 동굴에서 밝은 빛이 세상을 비추는, 그렇게나 열망하던 밖의 세상으로 나온 호열은 지금 빗속에 서서 줄기차게 내리는 비를 온몸으로 맞고 있었다.

호열, 그 자신은 모르겠지만 지금 펼친 것을 세상 사람들이 보았다면 아예 믿으려 하지 않을 만한 획기적인 것이었다. 순간적인 발상으로 공간과 공간을 이동하는, 소위 말하기를 좋아하는 사람들이나 아니면 진정한 깨달음을 찾아 끝없는 고행을 하는 수행자들이나 알 법한 공간이동(空間移動). 그러한 공간이동이 호열에게서 실현된 것이다. 또다시 새로운 자신만의 무도를 찾아가는 호열이었다. 정말 '순간의 발상이 삶의 질을 높인다' 는 옛 성현(聖賢)들의 말이 실감나는 일이었다.

"아, 난 이렇게 변했는데 강산은… 아니지, 흠흠, 산은 변한 것이 없구나. 난 이렇게 세월이 흘러 이마에 주름만 가득한데……."

"큭."

"응? 누, 누구냐?"

호열이 뒤를 돌아보자 웬 청년이 서 있었다. 호열이 자세히 보니 나이는 스물셋에서 스물다섯 살 정도 되어 보이는 기골(肌骨)이 장대한 청년이었다. 얼굴은 잘생겼다는 표현보다는 같은 사내가 보아도 정말 사내대장부 같다는 표현이 어울릴 정도로 호걸풍(豪傑風)으로 생겼다. 순간적으로 호열이 보기에 자신보다 못하다고 생각했지만…….

"아, 죄송합니다. 저도 모르게 그만……. 이런 궂은 날씨에 비를 맞으면서 시를 낭송하시는지라, 정말 죄송합니다."

'원참, 저게 무슨 청승이람? 다 해어진 옷을 입고 이런 날 비를 맞으며 시 낭송이라니.'

호열은 오랜만에 비가 와서 축축했지만 시원한 바깥 공기를 마시며 감상에 젖어 있었는데 젊은이가 갑자기 튀어나와 놀라게 해서 기분이 상했다. 하지만 연신 미안하다는 말을 하며 고개를 숙여 보이는 청년의 눈을 보자 상한 기분이 조금 가시는 것을 느꼈다. 예의도 예의지만 청년의 맑은 눈빛은 처음 젊은이의 덩치를 보고 가지게 했던 선입견을 잊어버리게 하는, 그런 순수한 눈빛에 호감이 간 것이었다.

"아, 괜찮네. 그런데 이렇게 비가 내리는 밤에 자넨 여기서 무얼 하고 있는가?"

"아… 하하, 저는 보시는 바와 같이 지금 이 동굴에서 비를 피하고 있었습니다. 비가 하도 많이 와서요. 제 생각에는… 아마 약 십오 년 전, 그러니까 제가 열 살이 되던 해에 이렇게 비가 많이 온 후로 이 정도로 많은 비가 온 적이 없는데……."

청년은 어릴 적 기억을 되새기면서 오늘의 일을 설명하였다. 청년이 생각하기에도 오늘은 정말 예년에 비하여 비가 많이 내리고 있었다. 그러하기에 나무도 많이 하지도 못하고 산에서 발이 묶이게 되었지만…….

'음, 그럼 저 청년의 나이가 스물다섯이구나. 십오 년 전에 열 살이었다고 하니. 허, 십오 년 전이면 내가 삼황을 만났던 그때가 아닌가? 그때는 정말 비가 많이도 왔었지.'

"아, 그런가? 나도 오랜만에 이렇게 시원하게 내리는 비를 맞게 되어 그만 감상에 들었나 보네. 정말 오랜만이지. 음… 참, 그런데 청년의 나이가 올해로 몇인가? 그래, 십오 년 전에 열 살이었다고 했으니… 아마 스물다섯 살이겠군."

"예, 그렇습니다. 하면 공자께서는?"

청년은 오늘 처음 보는 사람이 자신의 나이를 묻자 조금은 황당한 표정을 지어 보았다. 조금 나이가 많은 사람 정도 되었으면 아무런 거리낌 없이 대답을 하였을 것이지만 청년이 보기에 호열의 나이 역시 자신과 비슷할 것으로 생각되었기 때문이다. 하지만 점잖게 물어보니 멋쩍은 표정을 지으며 대답할 수밖에 없었다.

'잉? 갑자기 웬 공자?'

"아, 나 말인가? 가만, 음… 난 올해로 서른다섯이라네. 별로 한 것도 없는데, 허, 이렇게 나이만 먹었구만."

"옛? 지금 서른다섯… 이라고 하셨나요?"

"그렇지. 방금 내 서른다섯이라고 했지. 그런데 왜 그러나?"

호열은 이상한 표정으로 자신을 보고 있는 청년에게 되물었다. 호열은 정확히 말해 주었는데 청년은 마치 호열이 무슨 거짓말을 하고 있다는 표정으로 바라보고 있기 때문이었다.

"아니, 제가 보기에 공자께선 기껏해야 스물다섯에서 스물여섯 살 정도로, 제 나이 또래로 보여서요."

"예끼, 이 사람아. 어른을 그렇게 놀리면 쓰나. 하하하, 내 말이라도 그렇게 해주니 고맙구만."

"아니, 아니에요. 제가 보기엔 굉장히 젊어 보이십니다. 정말… 로요."

청년은 두 손을 흔들어 보이며 자신의 말이 틀림없다는 것을 강조해 보였다. 호열도 자신의 모습이 나이보다 젊게 보인다는 말에 기분은 좋았지만 청년이 지금 자신을 보고 듣기 좋으라고 하는 인사치레로 받아들였다.

"정말로 그런가? 어디……."

호열은 청년의 말이 싫지 않았기에 한번 자신의 모습을 보았으면 했다. 마침 비도 많이 오고 있었기에 밖에서 계속 비를 맞기보다는 동굴 안으로 들어가는 것이 낫겠다 싶은 마음도 있었고…….

호열은 자신이 십 오 년 전 늑대들을 피하기 위해 피신하였던 동굴로 한 발짝 한 발짝씩 걸어가면서 많은 사건들이 머리 속을 스쳐 가는 것을 느꼈다. 하지만 얼른 이런 어지러운 사념들을 지워 버린 호열은 청년의 말대로 정말로 자신의 모습이 그렇게 젊어 보이는지 살펴보기 위해서 비를 피해 동굴로 들어가 주위를 둘러보았다. 마침 동굴에 비가 스며들어 작은 웅덩이를 만들고 있는 곳이 있었기에 그곳으로 가서 얼굴을 비춰 보았다. 젊은이의 말을 전부 믿지는 않았지만 그래도 호열은 자신이 그렇게 젊게 보인다는 데 순간 호기심이 일었던 것이다.

'응? 정말이네? 모르는 사람이 보면 정말 스물다섯에서 스물여섯 살 정도로 보겠군. 허참, 세월은 흘렀어도 그때나 지금이나 내 몸은 별로 변한 것이 없다는 말인가? 마치 세월이 나만 빗겨간 것 같구나.'

호열은 자신의 모습을 확인하고 나서야 청년의 말이 사실이라는 것을 인정해야만 했다. 그때하고 다른 부분은 입고 있는 옷뿐이었다.

사실 호열이 처음 동굴에 들어갔을 때도 이런 모습이었다. 다만 그 땐 허기지고 기운이 없었는지라 어찌 보면 지금보다 더 나이가 들어 보였는지 모르겠다. 그러나 지금 호열의 모습은 얼굴이 잘생긴 것은 아니지만 은근히 몸에서 배어 나오는 알 수 없는 기품 같은 것이 있었 다. 한마디로 지금이 훨씬 낫다고 할 수 있었다, 처음 그때보다는. 정 작 호열은 인정하기 싫겠지만…….

"정말 자네 말대로 내가 젊어 보이기는 하는구만. 허허, 하지만 내가 서른다섯 살인 것은 사실이네. 아, 이런, 자넨 이곳에 어떻게 들어왔 나? 이런 폭우가 내리는 산속에서 무엇을 하다가? 이런 날 집에 있지 않고. 참, 자네 이름은 뭔가? 집은 어디고? 또……."

"잠깐, 잠깐만요. 좀 천천히 물어보시면 안 됩니까?"

"하하, 이거 초면에 미안하게 됐네."

"아닙니다. 그럴 수도 있지요."

"그래? 그럼 고맙고."

청년은 호열이 자기 자신에 대해 말하다가 갑자기 듣고만 있던 자신 에게 많은 것을 한꺼번에 물어오자 정신을 차릴 수가 없었다. 그에 당 황하여 얼른 호열을 제지하지 않을 수 없었다. 가만히 내버려 두었다 가는 그 끝이 없을 것 같다는 생각이 들 정도였기 때문이다.

"예? 예, 그럼 하나하나 말씀드릴게요. 에… 우선 제 이름은 정운영 (鄭雲嶺)이라 합니다."

"정운영이라……."

"예, 산봉우리에 떠 있는 구름이란 뜻이죠. 멋있지요? 저의 아버지 께서 제 이름을 지으시고는 동네에 잔치를 벌이셨다고 합니다. 제가 삼대 독자거든요. 그리고 집은 이 장백산 기슭에 있는 조그만 마을에 살고 있고요. 또… 아, 제가 비가 오는 날 집에 있지 않고 이렇게 이곳 에 있는 이유는, 제가 이곳의 나무를 베면서 살고 있거든요. 뭐, 틈틈 이 무술 연습도 하지만… 이게 전부입니다."

자신의 이름을 정운영이라고 밝힌 청년은 호열이 자신에게 물어보 았던 것을 하나하나 조리있게 대답해 주었다. 그리고 호열을 바라보았 는데…….

"아, 그런가? 하하하, 반갑네. 난 임호열이라 한다네. 그저 이곳저곳 떠돌아다니는 나그네라고 할까? 하하하. 지금은 그저 중원으로 한번 가볼까 하고 이렇게 길을 가고 있는 중이네. 그래서 이곳 장백산에 올 라왔고."

호열은 십오 년 전 하려고 했었던 일을 지금에 와서야 하게 됐다는 착잡한 마음을 뒤로하고 자신의 대답을 기다리고 있는 운영이란 청년 에게 설명하였다.

"아, 그렇군요. 중원엔 저도 꼭 한번 가보고 싶었는데……."

'응? 가만, 지금 내가 명나라 말로 이 청년과 대화를 나누고 있단 말 인가? 이럴 수가! 그렇다면 그동안의 노력이 헛되지 않았다는 말이구 나. 삼황이 말은 제대로 가르쳐 주었네? 허, 이러면 이제 중원에 가서 도 말이 통하겠구나. 하하하.'

호열은 삼황에게서 배웠던 중원의 말이 제대로 된 것이란 것을 알수 있었다. 또한 명나라의 말을 자신이 할 수 있다는 것에 기뻤다. 동굴을 나오기 전에는 막상 명나라 사람들을 만나게 되면 어쩌나 하는 걱정을 했는데 이젠 그러한 근심이 깨끗이 사라지게 되었으니…….

"응? 뭐가 그렇게 기분 좋으세요?"

"아, 아닐세. 그만 내가 다른 생각을 하느라고. 자, 우리 불 옆으로 가서 젖은 몸이나 말리세나."

"예, 그렇게 하시지요. 자, 이리로 오세요."

'이런, 내가 왜 이러지? 이런 적은 한 번도 없었는데? 오늘 처음 만난 사람에게 내 자신의 얘기를 모두 하다니, 거참.'

운영은 지금 자신의 곁에서 불을 쬐고 있는 호열에게 자신도 모르게 관심이 가는 것을 느끼고 있었다. 지금 호열은 상거지 중에 상거지의 모습을 하고 있었다. 하지만 운영은 생긴 것과는 다르게 호열의 몸에선 보통 사람들에게서는 볼 수 없는 중후한 기품 같은 것이 느껴지는 것 같고 호열을 보는 것만으로도 우중충했던 자신의 기분이 상쾌해지는 것만 같았다. 그래서인지 운영은 오늘 처음 보는 사람이지만 경계심이 일어나지 않았다.

그렇게 호열과 운영은 동굴 안에 피어 있는 모닥불가에 앉아서 서로 각자의 생각에 빠져들고 있었다. 호열은 지금 눈앞에 펼쳐진 현실이 실감나지 않았다.

'허, 바로 조금 전만 하더라도 난 아무도 모르는 저 깊은 동굴 안에서 생활하지 않았던가? 음… 세상에 누가 있어 이런 내 말을 믿어주겠는가? 아~ 그래, 어차피 다 지나간 일. 세상에 내가 이곳에서 어떻게 어떻게 했다고 떠벌리고 다닐 필요는 없겠지. 그래, 그 일은 그냥 나 혼자만의 비밀로 죽을 때까지 간직하는 것이 좋겠다. 내가 죽는 그날까지. 아니지, 우화등선하는 날까지. 음, 그러나 십오 년 전에도 이렇게 비가 내리고 있었는데… 그땐 밖에 늑대들도 있었고, 세월이란… 허, 정말 세월이란 이렇게 허망한 것인가?

호열이 이런저런 상념으로 시간 가는 줄 모르고 있을 때 운영은 집에 계신 부모님 걱정으로 밤이 새도록 한숨도 못 자고 있었다. 둘이 각자 서로 다른 상념에 빠져 있는 동안 어느새 점점 날이 밝기 시작했다. 이렇게 날이 밝기 시작하자 운영은 옆에서 무슨 생각을 하는지 불만 바라보고 있던 호열에게 같이 자신의 집에 가기를 권해보아야겠다고 생각했다. 왠지 그냥 무작정 그래야만 한다는 생각이 들었다. 왜 그런 생각을 하는지 운영 스스로도 이해하지 못하면서…….

"저, 저기, 음… 공자님, 저와 같이 저희 집에 가지 않으시겠습니까? 이런 날 바로 산을 넘는 것보다 우선 저희 집에 가서서 배라도 채우고 떠나시는 것이 어떻겠습니까?"

'응? 그럴까? 가만, 배를 채운다. 배를 채운다… 하하, 정말 오랜만에 들어보는 말이군. 한 십오 년 만인가? 그러고 보니 나도 십오 년 동안 아무것도 먹어보지 못했군. 정말 이 말을 들으면 믿을 사람이 없는 것은 고사하고 날 미친놈으로 취급할 거야. 그래, 묻어두자. 묻어두는 것이 나에게 좋겠어. 하지만 이제는 세상을 살면서 배고픔을 모르고 살게 되었구나. 정말 내겐 다행스러운 일이지, 암.'

"그래, 그렇게 하세나. 난 오히려 좋으니……. 한데 자네에게 폐가 되지 않을지 그게 걱정이구만?"

호열은 운영의 말대로 따르기로 했다. 세상에 나온 첫날부터 굶고 다닐 수는 없는 일이니까. 호열이 왜 힘들게 중원으로 가야겠다는 생각을 하였는가? 그것은 좁은 땅에서 살아보았자 얻을 수 있는 것은 한 정되어 있다는 판단으로 힘든 결심을 하게 되었던 것이다. 한마디로 '잘 먹고 잘살아보자'라는 절대 기치(旗幟)를 내걸고……

"아닙니다, 별말씀을. 그럼 어서 가시지요. 저희 집은 여기서 얼마 안 되는 거리에 있습니다."

"그래? 그럼 자네 말대로 하세나."

운영은 산을 내려가면서 자신이 먼저 앞장서며 호열을 인도하였다. 밤새 지칠 줄 모르게 내리던 비는 아침까지도 내리고 있었다. 밤새도 록 내린 비가 아침에 그쳤다고 하여도 내린 비로 땅이 미끄럽고 척척하여 걸어다니기 불편한 상태였을 것인데 아직까지 내리고 있으니……. 그래도 호열과 운영은 언제 그칠지 모르는 비를 기다리는 것보다는 차라리 비를 맞으며 가더라도 그게 좋을 것 같았기에 망설임없이 산을 내려가고 있었다.

운영이 비가 많이 내리고 있어서 미끄러운 산길을 조심조심하며 약한 시진 정도 길을 인도하자 많은 나무들로 막혔던 앞이 확 트이면서 대로로 산을 내려올 수 있었다. 운영은 이 길이 대로라고는 했지만 호열은 그렇게 생각하지 않았다. 그러나 이런 산중에 길이라도 있으니 그게 어디겠는가? 이러한 생각이 들자 왜 자신은 십오 년 전 이 길을 찾질 못했을까? 그러면 그런 고생은 안 했을 것인데라는 생각이 들었다.

운영의 말에 따라 대로로 접어든 후 한 시진 만에 산등성 너머 멀리 집들이 듬성듬성 있는 조그만 마을이 보이기 시작했다. 많은 집들이 모여 있는 마을은 아니었지만 산에 저러한 마을이 있다는 것만으로도 놀라운 일이었다. 추운 겨울에는 완전한 고립무원(孤立無援)일 것 같지만 나름대로 좋은 경치를 보러 다니는 시인묵객(詩人墨客)들에게는 한 번 권함 직할 정도로 경치가 좋은 곳이었다.

'음, 여긴 전에 내가 올라온 길과는 반대 방향이니⋯ 그렇다면 여기서부터 중원이겠구나. 아, 감회가 새롭군. 음……'

호열의 생각대로 운영이 살고 있는 마을은 명나라에 속해 있는 곳으로 가장 동북쪽으로 자리한 마을이었다. 마을은 집이 삼십 채 정도 되는 곳으로 모두 이곳에서 나물을 캐거나 뱀이나 산짐승들을 잡고 밭농사를 지으면서 생활을 하였다.

또한 이 마을은 명나라의 수도인 금릉(金陵)과는 워낙 멀리 떨어져 있고 그 규모도 작은지라 이곳까지 중앙 관리들의 손이 닿지 않는 곳이기도 하여 나라에 바치는 세금이 전무한 곳이기도 했다. 한마디로 요약하자면 치외법권(治外法權) 지역이라는 말이었다.

그래서인지 얼마 전 이곳 주변엔 장백산 너머 동쪽에 고려라 불리고 있는 나라의 사정이 많이 어수선한지라, 그 피해를 피하고자 장백산을 넘어 명나라로 옮겨가는 사람들과 중원에서 명성이 자자한 고려 인삼(高麗人蔘)을 몰래 빼돌리려는 사람들이 많이 지나다녔다. 그러자 이러한 사정을 어떻게 알았는지 장백산 주변에 요 몇 년간 산적들이 많이 생기기도 하였다.

원래 고려 인삼은 예로부터 매우 귀한 것인지라 모든 거래는 남쪽에 있는 안전한 곳을 통해 이루어지고 있어 그 경계가 삼엄하기가 이루 말할 수 없었다. 하지만 수요자(需要者)가 있으면 공급자(供給者)가 있듯이 어떻게든 은밀한 거래를 원하는 사람들은 조금 위험하더라도 이곳 장백산을 넘어 명나라로 들어가는 일이 빈번하게 일어났다. 하지만 발 없는 말이 천리를 간다고, 중원 전역에 이러한 소문이 은밀하게 퍼

지자 녹림(綠林)의 수괴(首魁)들이 상인들이 많이 다니는 길목을 점거하여 도적질을 일삼는 일이 자주 일어나게 되었고 지금도 장백산 어딘가에서는 계속 일어나고 있을 것이었다.

그렇게 일반 양민들의 피해가 속출하자 관할 관청에서는 이러한 사정을 조정에 전했지만 워낙에 이곳이 변방이라 멀리 떨어져 있는 조정의 힘이 사실상 이곳까지 미치지 못하고 있었다. 그에 이곳 장백산에 뿌리를 두고 있는 장백검파(長白劍派)에서 사람들이 나와 상인들을 보호하는 한편 약간의 사례비를 받고 있는 상황이 전개되고 있었다. 하지만 이러한 주변의 일들도 이 마을에선 남의 일처럼 멀게만 느껴지고 있는 실정이었다. 이곳은 그만큼 세상과 멀리 동떨어져 있는 산골 마을이었다.

호열을 인도하며 마을로 들어선 운영은 마을 입구 왼쪽으로 돌아가 두 번째 보이는 조그만 대장간이 있는 곳으로 가고 있었다.

호열은 운영을 따라 들어가면서 이런 산골 마을에 작지만 대장간이 있다는 것에 놀랐다. 그만큼 마을은 작지만 대장간이 있다는 것은 마을 사람들이 모든 것을 스스로 자급자족(自給自足)하고 있다는 것을 보여주는 것이라 할 수 있기 때문이었다. 호열도 예전에 유랑을 하게 되면서 그러한 것들을 알 수 있었다.

운영의 마을도 밭농사를 주로 하면서 생활을 하는 곳이라 농장비 같은 것들이 당연히 있었고, 또한 큰 마을이 멀리 떨어져 있으니 그런 장비를 고치는 곳 역시 필요했던 것이다.

"자, 다 왔습니다. 이곳이 제가 사는 집입니다. 어서 이리로 오십시오."

"음… 그런가? 그럼 어서 들어가세."

"예, 자, 안으로……. 저, 아버님, 어머님, 소자 지금 돌아왔습니다."

호열이 멋모르고 운영의 뒤만 따라가는데 운영은 따라오는 호열을 뒤로하고 앞에 보이는 대장간으로 뛰어들어 가면서 자신이 왔다는 것을 알리기 위해 소리를 질렀다. 호열도 얼른 운영을 따라 들어가지 않을 수 없었다. 오랜만에 처음 보는 사람의 집에 들어가려니 썩 마음이 내키지 않았다. 하지만 힘들게 따라왔으니 지금에 와서 그냥 돌아간다는 것은 좀 그래서 호열은 어릴 적 기억 저편에 있는 기억을 되살려 본 후 얼굴에 철판을 깔고 들어가 보기로 했다. 반갑게는 아니더라도 맞아준다면 고마운 일이고, 아니면 다시 나오면 되는 것이니까.

대장간은 운영의 아버지가 이 마을에 들어와서 살게 된 약 삼십 년 전부터 운영하고 있었다. 처음엔 마을 사람들이 낯선 사람의 방문을 꺼려서 찾아오는 사람이 없었지만 필요에 의해 사람들이 하나둘 들르기 시작하자 차츰 마을 사람들과 친해지고, 그렇게 시간이 흘러가면서 이제 마을에선 운영이네 대장간이 없으면 그 한 해 농사를 지을 수 없는 상황이 되어 있었다. 그만큼 대장간은 마을의 중요한 밥줄이 된 것이었다.

호열은 천천히 주변을 살피면서 들어갔다. 안으로 먼저 들어간 운영이 무사히 돌아왔다는 듯 소리를 지르는데 마침 대장간 안에서 두 사람이 실랑이를 하면서 걸어나오고 있었다.

"아버지, 저 다녀왔습니다."

"그래, 너무 늦었구나. 음, 밤엔 어디서 비를 피하고 있었느냐?"

"예, 산자락에 있는 동굴에서 비를 피하다가 지금에서야 돌아왔습니다."

"그래? 음… 고생했다."

"예, 아버님. 참, 저기 이분은……."

운영의 아버지로 보이는 오십 대의 중년인은 운영의 손짓에 호열을 잠시 쳐다본 후, 같이 걸어나온 사람을 보며 아직 거래를 다 하지 못하였는지 호열에게는 시선을 주지 않고 다시 거래를 시작했다.

"아, 잠깐만 기다리거라. 음… 방가야, 너도 알겠지만 내가 어디 이 윤을 남기면서 장사하는 거 봤냐? 한 번도 없었지? 그러니 딱 세 푼만 더 내거라. 응? 더 이상은 나도 안 된다."

"아, 방씨 아저씨 오셨어요? 안녕하셨어요?"

"그래, 운영이구나. 며칠 못 본 사이에 기골이 몰라보게 장성했구나. 하지만 네가 보는 바와 같이 안녕하진 못하구나. 이렇게 너의 아비가 떼를 쓰니."

방씨로 불리는 중년인은 운영을 아는 척하면서 흘끔 운영의 아버지를 눈짓으로 가리키며 죽겠다는 표정을 지어 보였다. 조금은 익살스러운 표정을 지으면서…….

"뭐라고? 떼를 쓰긴 누가 떼를 쓴다고 그래? 지금 떼를 쓰는 사람이 누군데?"

운영의 아버지 역시 그렇게 싫지만은 않은지 방씨의 익살스러운 표정을 받아주고 있었다. 둘은 오래전부터 이러한 흥정을 많이 경험해 보았는지, 아니면 재미가 있는지 다른 사람들 같았으면 얼굴을 붉혀야 정상일 일을 아무런 문제 없이 받아넘기고 있었다.

"아아, 알았어, 알았다고. 세 푼은… 음, 두 푼은 안 될까?"

"안 돼!!"

"정말? 음……."

"그럼 내가 지금 자네에게 거짓으로 말하는가?"

"허, 알았네, 알았어. 그럼 세 푼을 더하니… 닷 푼이군. 알았네, 그럼 닷 푼에 알아서 해줘. 대신 잘해줘야 돼."

"잘해주긴, 돈이 되는 대로 해주는 거지. 알았으니 그건 여기 놓고 가라고. 진작에 그럴 것이지."

"아아, 그래도 깎는 맛이 있어야지. 안 그런가?"

방씨라 불리는 사람은 흥정이 마음에 들었든 아니든 오랜만에 운영의 아버지와 만나 기분이 좋았다. 운영의 아버지 역시 마찬가지였고. 둘 사이는 삼십 년의 우정이 말해 주듯 꽤나 깊었다. 그러하기에 아무런 거리낌 없이 대하는 사이였다.

"뭐, 깎는 맛? 허, 어서 가. 나는 그런 거 모르니."

"알았네. 그래, 그럼 내 자네만 믿고 가네. 내일 이맘때 들르면 되겠는가?"

"아닐세. 내가 다 되면 찾아가겠네. 나중에 내가 가면 시원한 곡차나 한잔 주게."

"하하, 알았네. 그럼 기다리고 있겠네."

방씨라는 사람이 거래를 마치고 나가자 그때서야 운영의 아버진 호열에게 다시 한 번 시선을 준 후 운영에게 누구냐고 눈짓으로 묻고 있었다.

"예, 아버지. 이분은 어제 제가 있던 동굴에서 만난 분으로 떠나시기 전 제가 식사라도 한 끼 대접할까 해서 모셔왔습니다."

"안녕하십니까? 저는 임호열이라고 하는 사람입니다."

호열은 최대한 예의를 갖추어 인사했다. 호열이 허리까지 숙이며 인사하자 운영의 아버지 역시 가만히 있지 못하겠던지 고개를 숙여 보였다.

"아, 그렇습니까? 어서 이리로 오십시오. 마침 우리도 아직 식전이니 같이 드십시다."

"예, 그럼 감사합니다."

호열이 처음 밖에서 보였던 허술한 외관과는 다르게 대장간 안으로 들어가니 각종 농기구들이 벽에 걸려 있었다. 거의 대부분 녹이 슬거나 날이 나가서 가져온 것들이었지만 한쪽엔 수리가 모두 됐는지 날이 꽤 잘 선 것들도 듬성듬성 눈에 띄었다.

"부인, 운영이 왔소. 이제 운영이 무사히 돌아왔으니 아침을 먹읍시다. 참, 그리고 손님도 한 분 더 오셨으니 그분 것도 같이 내오시구려."

"예? 아, 알았어요. 그래, 운영아, 밤새 추위에 고생은 없었지?"

"예, 어머니. 제가 워낙 튼튼하잖아요. 그런 걱정 마세요."

운영의 아버지가 부르는 말에 부엌 안에서 무엇을 만들고 있었는지 몸이 굉장히 여위어 보이는 중년 여인이 나와서 운영을 반겼다. 호열이 한눈에 보아도 그 중년 여인이 운영의 어머니라는 것을 알 수 있었다.

젊었을 때는 많은 동네 젊은이들의 마음을 들끓게 했을 정도로 미모가 대단하였을지 모르겠지만 호열이 자세히 보니 많은 세월을 모진 풍파를 견디며 힘들게 살았다는 흔적들이 곳곳에 드러나고 있어 보는 사람의 마음을 아프게 하고 있었다. 하지만 그것이 꼭 힘들게 살았다는 것만이 아니라 나름대로 자신의 삶을 열심히 살았다는 반증이기도 하겠지만……

확실히 어머니는 어머니인가 보다. 무엇보다 자식의 안위를 먼저 물어보니. 사실 호열이 보기에도 운영은 튼튼해 보여 호열이가 같이 옆에 서면 호열보다 한 뼘이나 차이가 날 정도로 장대했다.

"원, 녀석. 응? 그런데 저분은?"

"예, 산중에서 뵌 분으로 아침 식사를 대접해 드리려고 모셔왔어요."

"그래? 그럼 우선 젖은 옷부터 갈아입어라. 저분에게도 옷을 하나 드리고. 밤중에 많이 고생하신 것 같구나, 옷이 남루한 걸 보니……."

운영의 어머니는 운영과 호열을 보자 약간 인상을 찌푸렸다. 아무리 비를 맞고 왔다고는 하지만 행색이 남루한 것이 아침부터 썩 기분 좋게 받아들이기엔 마음이 편치 않았던 것이다.

"예, 알겠어요. 자, 안으로 드시지요."

"그래, 고맙구나. 그럼 실례하겠습니다."

"어서 안으로 들어가서 기다리시구려. 내 금방 밥상을 들여보내 줄 테니."

"예, 그럼……."

호열과 운영은 아침에 산을 내려오면서 맞은 비로 온몸이 축축하게 젖어 있었다. 아무리 건장한 장사라도 물기가 있는 옷을 계속 입어도 될 정도의 날씨는 아니었다. 그래서 방 안으로 들어온 운영은 자신이 예전에 입었던 옷을 하나 내어주었다.

"음, 이게 좋겠구나. 공자님, 어디 이것이 맞나 한번 입어보세요. 제가 어릴 때 입던 건데 맞을지 모르겠습니다."

호열은 운영이 내준 옷을 받아 들고는 먼저 온몸의 물기를 닦은 후 입어보았다. 옷을 입어보니 운영에게는 작은 옷이지만 지금 호열에게는 그럭저럭 맞아 큰 불편 없이 입을 만했다.

"아, 그래, 대충 맞는 것 같구만. 고맙네."

"아닙니다, 별말씀을. 제가 작아서 못 입는 옷인데요. 잘 맞으시니

다행입니다."

호열과 운영은 옷을 갈아입은 후 방 안에 앉아서 아침이 들어오기를 기다리고 있었다. 얼마간의 시간이 흐르자 운영의 어머니가 직접 밥상을 차려 가지고 들어왔다.

"자, 아침에 별로 먹을 게 없어 찬이 부족하더라도 많이 드세요."

"아, 아닙니다. 이렇게 아침에 불쑥 찾아온 것도 죄송한데 별말씀을 다 하십니다. 이렇게 차려주시는 것으로도 황송할 따름인데요."

"아니에요. 반찬이 없어 평소 먹던 것으로 차렸어요."

"하하하, 정말 괜찮습니다. 그럼 감사히 먹겠습니다."

"호호호, 그래요. 그럼 많이 드시구려."

"예, 감사하게 먹겠습니다. 참, 아저씨와 아주머니께서는?"

호열의 기억으로는 아직 식사를 안 했다는 것으로 들었는데 차린 밥상에는 밥이 두 공기밖에 없었다. 호열은 자신 때문에 두 사람이 굶는다면 안 되기에 걱정이 되어 물어보지 않을 수 없었다.

"아니에요. 우린 따로 먹을 거예요. 평소라면 같이 먹겠는데, 아직 운영의 아버지가 일을 해서요."

"그럼 실례지만 먼저 먹겠습니다."

"그래요. 그럼 맛있게 들도록 해요."

"예."

오랜만에 밥상을 접한 호열은 어릴 때 배고팠던 기억이 되살아나는 것을 느꼈다. 진한 감동의 물결이 온몸을 짜릿하게 지나가는 것을 느껴야만 했던 것이다. 그땐 왜 그토록 배가 고팠는지 아직도 그때만 생각하면 눈시울이 충혈되는 것 같았다. 십오 년 만의 동굴 밖 외출에 처음으로 음식을 접한 호열은 잔잔한 감동의 물결이 가슴속에 이는 것을 느꼈다.

'아, 얼마 만에 보는 음식인가? 음, 하지만 너무 오랫동안 음식을 입에 대지 않은 상태에서 이렇게 아무런 준비도 없이 먹게 되면 속이 괜찮을까? 아니지, 어차피 난 동굴에서 연못의 기를 섭취하면서 살아왔지 않은가. 그 연못은 대지의 기가 응축된 것이니… 그래, 어차피 세상의 모든 곡식이나 나물, 과일들도 그 뿌리는 대지에 접해 있어 자생(自生)하니 이것도 어찌 보면 기의 덩어리라 볼 수 있겠구나. 그래, 그렇다면 내가 어떻게 섭취하든 방법만 다를 뿐 이상은 없겠지.'

호열은 오랜만에 가족의 따뜻한 정을 느끼며 이들과 함께 정다운 식사를 할 수 있었다. 오랜만에 따뜻한 음식을 접하게 되자 입으로는 밥을 먹으면서 머리로는 배고픔과 병으로 돌아가신 아버지가 생각났다. 그땐 왜 그렇게 사는 것이 힘들었는지…….

이렇게 아침을 다 먹고 난 후 밖을 내다보니 먼저 식사를 마친 운영의 아버지가 낫의 날을 갈러 대장간으로 향하고 있었다. 운영은 호열을 보더니 비가 오니 좀 있다가 가라고 하고선 아버지를 따라 대장간으로 들어가서 열심히 화로(火爐)에 풀무질을 하였다.

뜻하지 않게 홀로 남게 된 호열은 오랜만에 느긋한 시간을 보낼 수 있었다. 처마를 타고 흐르는 빗물을 보며 열심히 망치질하는 소리를 들으며 그렇게 한가로운 시간을 보내고 있었다. 정말 오랜만에 느껴보는 따뜻한 감정이었다.

그렇게 여유로운 시간을 보내고 있을 때쯤 호열의 눈에 이상한 것이 보였다. 처음엔 그것이 무엇인지 몰라 호열은 자신의 눈이 많이 좋아져 먼지가 다 보이는구나라는 생각을 하였지만 곧 자신이 잘못 생각하고 있었다는 것을 알게 되었다. 먼지가 스스로 밝은 빛을 내지는 않으니까.

　그것은 움직임이었다. 기들의 움직임, 대기의 미세한 움직임이었던 것이다. 호열의 눈에 지금 대기 중에 흐르는 기의 흐름이 보이는 것이다. 한순간 호열은 자신이 마치 기의 바다에 들어와 있는 것 같은 착각이 드는 것을 느끼면서……

　'응? 지금 내 눈에 보이는 것은 뭐지? 뭔가 흘러가는 것 같은데… 가만, 이건… 이건 혹시? 음, 정말 이 흐름이… 진정 이곳에 있는 기들의 움직임이 내 눈에 보이는 것인가? 정말? 허!'

　대기 중의 기들은 평온하고 또한 고요히 흐르고 있었다. 비록 밖엔 비가 힘차게 내리고 있었지만 그 비 자체도 기의 흐름을 느끼게 하고 있었다. 세상의 모든 것들이 모두 기로 둘러싸인 것 같다는 생각까지 들 정도였다.

　'응? 가만, 저기 저 흐름은 뭐지? 왜 기의 흐름이 제대로 흐르지 않고 고여 있지? 아, 아주머니구나. 참나, 그렇구나. 인간의 몸에 있는 기는 대자연의 기와 서로 상통하여 같이 흐르지 않고 따로 움직이는구나. 그래, 다른 것도 그렇고, 음… 그래, 맞았어. 모든 사물은 각자 나름대로 독특한 기를 가지고 있구나. 그래서 기가 멈추어 있는 것이고. 하하, 그랬어. 이거 정말로 신기하네.'

　호열은 지금 자신의 눈앞에 펼쳐지는 상황을 보면서 기에 대한 이해의 폭을 넓혀가고 있었다. 호열의 뇌리에 이 상황을 빨리 파악해야만 할 것 같은 생각이 들었던 것이다. 무엇 때문인지는 모르겠지만 이 순간을 놓치면 어쩌면 다시는 이런 경험을 하지 못할 것 같다는 생각이 들었기 때문이다. 그만큼 자신도 모르게 정신에 집중을 하게 되자 무아지경에 들어 기의 흐름을 이해하고 느끼기 시작했다.

기(氣)라는······.

호열은 세상에 나와서도 자신도 모르게 무도에 심취해 들어가고 있었다. 동굴에선 살아남기 위해 배운 것이지만 지금은 그렇게도 세상에 나가기만을 기다리며 살았던 힘든 세월을 모두 잊고서······.

제 10 장

헌원은 의수(醫手)

호열은 의수(醫手)

호열이 무아지경에 든 시간이 얼마 지나지 않았는지 무아지경에서 깨어난 후 주위를 돌아보자 해가 겨우 중천에 떠 있었다. 한 시진도 채 지나지 않았던 것이다. 하지만 호열이 얼마 되지 않은 무아지경에서 얻은 깨달음을 보통 사람들은 상상조차 하지 못했다. 역시 깨달음이란 많은 시간이 필요치 않다는 것을 여실히 보여주는 것이다.

많은 사람들이 평생을 노력하며 얻으려고 해도 얻지 못하는 것을 어떤 운 좋은 사람은 한순간에 얻는다. 이래서 세상은 모든 만물이 평등하다고 많은 학자들이 말하지만 그렇게 목이 쉬도록 부르짖어도, 아무리 평등을 부르짖어도 불평등한 것이 세상이었다. 그렇다면 세상엔 사실상 평등이란 없는지도……

만약 이 세상이 완전하게 평등인 세상이라면? 그렇다면 부자도 없을 것이고 가난한 사람도 없을 것이다. 그 누구나 평등하니까. 단지 사람이 누가 먼저 와서 누가 먼저 가느냐의 차이만 있을 뿐. 정말로 완전한 평등이 존재하는 세상이라면 선후의 차이만 있을 뿐 누구나 똑같은 환경 속에서 자신의 삶을 즐기며 보내고, 또 보내면서 그렇게 살다가 편안하게 갈 것이다. 자신이 누렸던 것들을 아쉬움없이 후대에 물려주면서…….

그러나 이 세상은 그렇지 못하다. 완전한 평등이란 아예 존재하지도 않는, 그런 불평등한 현실이 엄연히 존재하는 것이다. 어쩌면 그러한 것이 당연한 것인지도… 사람들이 모두 똑같을 수는 없으니……. 게으른 사람이 있는가 하면 부지런한 사람도 있고, 자기만 아는 이기적인 사람이 있으면 늘 남을 배려할 줄 아는 사람도 있으니까.

이러한 개개인의 다른 성격 때문에 가진 사람과 못 가진 사람, 즉 빈부(貧富)의 격차가 있고, 또한 권력자가 있는가 하면 핍박받는 사람들도 있으니까 말이다. 또한 평생을 땀 한번 흘리지 않고 사는 사람과 매일매일을 허기와 싸우며 사는 사람도 있는 것이다. 그것이 현실이고 당연한 결과일 것이다. 그러니까 당연히 깨달은 사람과 깨닫지 못하는 사람이 있는 것일지도.

비는 아직도 계속 내리고 있었다. 정말 지치지도 않고 줄기차게 내리고 있었다. 마치 가을이 물러나고 겨울이 다가오는 것을 못내 안타까워 몸부림이라도 치듯 그렇게 비는 계속 내리고 있었다.

호열은 자신에게 찾아온 황금 같은 기회를 놓치지 않았다. 어쩌면 세상을 살아가면서 단 한 번 찾아왔을 그런 기회를 잡은 것이다. 호열이 기란 무엇인가에 대해 깨달아갈 무렵, 그렇게 시간을 보내던 중 우연히 부엌에서 일하시는 아주머니를 보니 왠지 모르게 가슴이 답답해지는 것을 느꼈다. 호열은 자신이 왜 그런 기분을 느꼈는지 이유는 모르지만, 생각할 수 있는 건 아주머니의 몸에 흐르는 기에서 어딘가 그 기의 흐름이 어색하게 보였다는 것이다. 이상했다. 보통 사람들과는 다르게 기의 흐름이 불완전하게 보였던 것이다.

'응? 왜 저 아주머니에게서 느껴지는 기가 불안정하고 이상하게 보이는 거지? 이상하구나. 어디 다시 한 번⋯ 응? 뭐야? 이런, 속병을 앓고 계시는구나. 허허, 이런 것이 다 보이다니⋯⋯.'

호열은 다른 사람의 기를 자신이 볼 수 있다는 사실에 놀라움을 감추지 못했다. 눈이 얼마나 대단하기에 이러한 현상들을 볼 수 있다는 말인가? 정말 놀랍기 그지없었다.

'음, 내가 정말 신선이라도 된 것인가? 별 이상한 것이 다 보이네? 그나저나 아주머니를 저대로 조금만 더 방치해 두면 위험할지도 모르겠구나. 어떻게 한다? 음⋯ 그래, 아침도 얻어먹었으니 나름대로 보답을 해야겠지. 그게 사람의 도리지. 그래, 나중에 운영에게 물어본 후 손을 써야겠다. 다른 일도 아니고 기를 다스리는 일이니 나도 할 수 있겠지 뭐. 어차피 모든 병도 기가 허(虛)하고 막혀서 생기는 것이니⋯⋯. 하하하, 이렇게 되면 내가 의원을 해도 되겠구나. 나중에 이걸로 밥은 굶지 않아도 되겠군. 하하하.'

호열은 자신에게 또 하나의 기술이 있다는 사실을 발견하게 되자 기쁨에 넘쳐 쓰러질 지경이었다. 호열의 마지막 꿈인 '잘 먹고 잘살자'를 실현할 수 있게 되었으니⋯⋯. 이제 어디를 가더라도 그리 크게 걱정하지 않겠다는 생각에 호열은 세상에 나와서 가지게 되었던 큰 부담을 덜 수 있었다.

운영은 대장간에서 아버지를 도와드리고 있다가 호열이 심심해할 것 같아 집 안으로 들어오다 멍하니 딴생각에 빠져 있는 호열을 보게 되었다.

"뭘 그렇게 생각하시기에 기분이 좋아 보이세요?"

"아, 아무것도 아닐세. 하하. 그나저나 참 잘 왔네. 자네한테 뭐 하나 물어볼 게 있는데……."

"옛? 아, 예, 물어보십시오."

"그래, 저기 아주머니… 그러니까 자네 어머님께서 혹시 무슨 병 같은 것이 있지 않으신가?"

"옛? 아니, 그걸 어떻게?"

운영은 호열의 엉뚱한 말에 놀라움을 감추지 못했다. 호열이 자신의 어머니를 본 것은 오늘이 처음일 것인데 병이 있다는 것을 알아보다니. 어머니의 병은 외관으론 잘 알 수 없는 것인지라 운영도 얼마 전에야 알았을 정도였다.

"뭐, 우연히……."

"아, 예. 얼마 전에 어머니께서 심하게 병을 앓으신 적이 계십니다. 하지만 그때 다 나으신 것으로 알고 있었는데 요즘에 다시 재발하셨나 봐요. 그런데 왜 그러시지요?"

"음, 자네의 말이 맞네. 다름이 아니라… 아주머니 병은 내가 보기에도 다 나으신 것이 아니라 계속 번져 가고 있는 것 같네. 저대로 계속 방치하다간 더욱 위험할 수도 있어서 물어보는 것이네."

"옛? 그게 무슨 말씀이세요?"

"한마디로 지금 당장 고치지 않으시면 크게 낭패를 당할 것이라는 말이네."

"예? 그, 그게… 정말 그렇게나 심하신 건가요? 이럴 수가, 그럼 어떻게 하면 되겠습니까?"

운영은 어머니의 병이 생각보다 깊다는 것을 알자 어떻게 해야 좋을
지 생각이 나질 않았다. 머리가 어지러운 것이 지금 무엇을 해야 하는
지 생각이 나지 않았던 것이다.

"어떻게 하긴, 빨리 병을 고쳐야지."

"아, 그렇지요. 하지만……."

"왜 그런가? 무슨 문제라도 있나?"

"그게 아닙니다. 그럼 제가 한번 어머님께 여쭈어보겠습니다."

"그렇게 하게. 지금도 많이 아프신가 한번 여쭈어보게."

"예."

운영은 호열에게서 자신의 어머니가 위급하다는 얘기를 듣고 바로
부엌으로 달려가서 호열이 한 말을 설명하기 시작했다. 호열의 얘기를
다 믿는 것은 아니지만 어머님의 안전이 달린 일인지라 자신이 직접
확인하고 싶어서였다. 그렇게 부엌에서 한참을 이야기한 후 운영은 어
머니와 함께 부엌을 나와 호열에게로 걸어왔다.

시간이 많이 지났는데도 벌써 돌아와서 풀무질을 해야 할 운영이 돌
아오지 않자 대장간에서 일하시던 아저씨는 무슨 일인가 궁금하기도
하고 점심때가 다 되기도 해서 겸사겸사 안으로 들어오다가 운영이 어
머니를 부축하며 걸어나오는 것을 보고 깜짝 놀랐다.

"운영아, 무슨 일이냐?"

"예, 아버지. 저기 저분이 어머님의 병이 깊으신 것 같다고 하기에
제가 어머님께 확인하고 오는 길입니다."

"병? 무, 무슨 병?"

"그건 저도 잘 모르겠습니다. 어머니께 여쭤보니 확실히 요즘 몸이
많이 좋지 않은 것 같다고 하셔서요. 그래서 자세히 들어보려고 어머

님을 모셔오는 길입니다."

"헉! 이, 이보게, 젊은이. 지금 운영이 한 말이 사실인가?"

"예, 그렇습니다."

"그, 그럼 자네는 저 사람이 지금 무슨 병을 앓고 있는지 안단 말인가?"

운영의 아버지는 운영의 얘기를 다 들은 후 이상한 표정을 지으며 호열을 쳐다보았다. 약간 얼굴을 찡그린 것 같으면서도 얼굴에 홍조를 띤 것이, 평소에 볼 수 없었던 상기된 표정을 짓고 있었다. 마치 호열에게 무엇인가를 기대하는 것처럼……

"음, 병명을 아는 것은 아니지만……"

"아, 그렇게 뜸 들이지 말고 어디 속 시원히 얘기해 보시게."

"어쩌면 제가 치료할 수 있을 것 같아서 한번 운영에게 물어본 것입니다."

호열은 아까 부엌에서 열심히 일하시던 운영의 어머니를 보고 있다가 느낀 것이 있었기에 조금은 자신있는 어투로 대답했다.

"그게, 그게 정말인가? 정말 자네가 치료할 수 있단 말인가?"

"예, 그렇습니다."

"이, 이럴 수가… 이럴 수가……. 여보, 이 젊은이가 한 말이 사실이라면 당신은… 당신은 이제 살 수 있겠구려."

운영의 아버지는 호열의 말을 듣고서는 믿을 수가 없다는 표정을 지어 보이면서도 한편으론 자신있게 대답하는 호열과 부인을 보면서 눈물을 흘리고 있었다.

"옛? 아버지, 그게 무슨 말씀이세요?"

"그래, 이제 너도 알아야겠지. 너도 다 컸는데 언제까지 숨길 수는 없는 일이니……."

"도대체 무슨 말씀이세요?"

운영은 자신의 아버지가 갑자기 눈물을 흘리자 어찌 된 일인지 감을 잡을 수 없었다. 한 번도 눈물 흘리는 모습을 보여주지 않으시던 아버지가 지금은 하염없이 눈물을 흘리고 계시니 얼떨떨하기만 했다.

"그래, 다 얘기하마. 그래, 너의 어미가 저번에 크게 앓은 건 옛날부터 앓아온 지병(持病)이 있기 때문이었다."

"지병이요?"

"그래, 옛날애기지."

"아……."

운영은 아버지의 입에서 지병이란 말이 나오자 까무러치게 놀랐다. 언제나 웃는 얼굴이셨던 어머니가 지병으로 시름시름 앓고 계셨다니……. 어머니께서 몸이 많이 약하다는 것은 알고 있었지만 그것이 그 정도로 심한 줄은 모르고 있었던 것이다.

운영은 지금까지 살아오면서 자신이 이렇게 못나 보일 수가 없었다. 가장 사랑하는 어머니께서 지병을 앓고 계신데 운영은 아무것도 모르고 있었다는 것에 회의를 느끼며 자신이 지금까지 불효를 하고 있었다는 생각이 든 것이다.

"음, 옛날에 너의 어미의 병을 고치려고 젊은 시절 많은 의원들을 찾아가 보았지만 모두 고개를 흔들면서 오래 살지 못하겠다고 했다. 그래서 난 차라리 일이 이렇게 된 거 어떻게든 내가 고치겠다는 생각으로 영험한 약초가 있다는 산을 찾게 된 것이다. 그래서 우린 이곳 산속에 들어와 살게 된 것이고……. 나는 이곳에서 어느 정도 자리를 잡았다는 생각이 들자 온 산을 다 뒤지며 귀한 약초를 찾아다니기 시작했다. 다행히 이곳에 정착한 지 오 년, 그러니까 너를 갖게 된 해에 아비는 산에서 몇 년을 산 건지는 알 수 없지만 꽤 오래된 산삼 한 뿌리를 얻을 수 있었다. 아마 그 산삼을 얻지 못했으면 너나 너의 어미는 그때 죽었을 것이다."

"아, 어찌 그런 일이……."

"하지만 그 영험하다는 산삼도 저 사람의, 그러니까 너의 어미의 지병을 다 낫게 하지는 못했다. 그러나 그 후 지금까지 그럭저럭 잘 살아왔는데, 음… 저번에 크게 앓은 후로 병이 다시 도져서 이제는 죽음만 기다리고 있었던 것이다. 다만 이 아비는 네 엄마가 편안한 죽음을 맞이하기를 바라는 심정이었다."

"아… 어찌……."

"그래, 그런데 지금 저 젊은이가 그 병을 고칠 수 있다고 하니 어찌 기쁘지 않겠느냐? 중원의 많고 많은 유명한 의원들도 모두 고개를 흔들던 그 병을. 허허허, 세상에 이렇게 기쁠 때가 또 있을까."

운영의 아버지는 부인의 손을 꼭 잡으면서 하염없이 눈물을 흘렸다. 그런 남편을 사랑스러운 눈으로 바라보는 운영의 어머니 역시 두 눈에서 눈물이 흘러내리기 시작했다.

"아, 그래서 아버지께서 그렇게 놀라셨던 것이군요? 그리고 요즘 어머니께서 자주 누워 계셨던 것이고요."

"그래, 그렇지."

"공자님, 정말 어머니 병을 치료할 수 있으신 거죠? 그렇죠? 꼭 치료해 주십시오, 제발. 이렇게 부탁드리겠습니다."

운영이 호열의 앞에 무릎을 꿇으면서 말하자 호열은 얼른 자세를 바로잡고 운영을 일으켜 세우면서 알았다고 몇 번을 얘기해야만 했다.

처음 호열을 대했을 때 운영의 부모는 별로 기꺼워하지 않았었다. 하지만 처음으로 사랑하는 아들이 데리고 온 손님이니 행색이 남루해도 반갑게 맞이했던 것이다. 거기에 눈빛이 선하게 보이고 은근한 상쾌함마저 느끼게 하는 기분이 들자 반갑게 아침 식사를 전해주면서 서로 간단한 이야기를 주고받는 사이로 발전하였다. 그러던 차에 평생을 가슴속에 묻고 살아야만 했던 그 고질병을 고쳐 준다고 하니 부모님 눈에 비치는 호열의 모습은 점점 새롭게 다가서고 있었다.

호열과 점심을 하는 운영이네 세 식구는 모처럼 들뜬 마음으로 식사를 하였다. 아니, 운영의 아버지는 거의 씹지도 않고 삼키고 있었다.

"여보, 좀 천천히 드시구려. 그러다 체하겠어요."

"아아, 알았어. 이보게, 젊은이. 많이 드시게."

"예."

"음, 그런데 올해 나이가 얼마나 되는가?"

"아, 예, 올해 서른다섯이 됩니다."

"응? 서른다섯? 참말인가?"

"예, 제가 좀 젊어 보이지요?"

호열은 재차 물어보는 운영의 아버지나 놀라는 표정을 지어 보이는 운영의 어머니를 보며 머리를 긁적이지 않을 수 없었다. 어찌 된 일인지 나이 얘기만 나오면 상황이 이렇게 되니, 호열은 자신이 생각보다 젊게 보이는 것은 좋지만 그 정도가 너무나 심하다는 생각이 들 정도였다. 십오 년 전만 하더라도 듬성듬성 수염은 있었지만 지금은 아예 없었다. 또한 더욱 기가 막히는 일은 머리털이다. 언제부터인지 머리털이 자라지 않고 있었다. 호열이 그 사실을 알게 된 것은 바로 어제였다. 자신의 미래를 생각하다가 호열은 자신의 머리털이 팔 년 전부터 더 이상 자라지 않았다는 것을 알 수 있었다. 십오 년 동안 한 번도 자르지 않았으면 그 길이만도 만만치 않을 것인데 지금은 머리털을 내리면 간신히 얼굴을 가리는 정도여서 호열은 내심 이런 자신의 상황에 불만이 가득했다. 당연히 호열은 자신의 나이 애기가 나오면 신경이 그쪽으로 쓰였다.

"하하하, 자네가 정말이라고 하니 그런가 보지만 정말 그렇게 보이지 않는구먼. 모르는 사람한텐 스물다섯이라고 해도 믿겠네."

"하하, 감사합니다."

호열은 운영의 아버지가 하는 농담에 그저 웃음을 보일 수밖에 없었다. 호열이 생각하기에도 그랬으니까.

아침과는 다르게 지금은 서로 정겹게 이야기를 나누며 식사하는 호열의 모습에 운영은 호열을 형님으로 모시고 싶다는 생각이 들었다. 하지만 외모로만 보면 같은 또래로 보이지만 실제론 자기와 열 살이나 차이가 나니, 운영은 그런 말도 쉽게 꺼내지 못하고 밥만 먹고 있었다.

그렇게 점심을 다 먹고 난 후 호열은 아주머니께 한 시진 후 치료를 시작하겠으니 준비하시라고 말하고는 운영의 방에 들어가 어떻게 할 것인가 나름대로 준비하기 시작했다.

'음… 이거 내가 생각하는 것이 맞나 모르겠네? 아저씨 말로는 중원의 난다 긴다 하는 의원들도 두 손을 들었다고 하던데. 하지만 아까 보기엔 그렇게 어려워 보이지 않았는데? 그래, 그냥 아주머니 몸에 화기(火氣)를 순환시켜 몸에 탁기(濁氣)를 모두 태워 버린 후 다시 깨끗한 기를 넣어주면 될 것 같던데? 음… 뭐, 한번 해보면 알겠지.'

호열은 자신이 생각하는 것이 과연 맞는지 알 수가 없었다. 하지만 그대로 밀어붙이기로 했다. 어차피 자신의 몸도 아니고, 또한 잘못되었다는 느낌이 들면 운영이네 식구들에게는 미안한 일이지만 바로 튀면 된다는 생각이 들었던 것이다. 이러한 생각이 들자 호열은 안 돼도 한번 해보자는 자신이 생겼다.

"호열 공자, 우리 들어가도 되는가?"

"예, 들어오셔도 됩니다."

호열을 부르는 호칭이 젊은이에서 공자로 바뀐 건 점심을 먹은 후 아버지의 권유에 의해서였다. 호열은 자신이 공자란 호칭을 들어야 한다는 것에 많이 어색했지만 기분은 좋았다. 처음으로 다른 사람에게서 공자란 호칭을 들으며 대접을 받았으니.

명상에 잠겨 있다가 세 식구가 모두 들어오자 호열은 자리에서 일어나 주변을 정리한 후 아주머니께 편안히 누우시라고 했다.

"아주머니, 편안하게 이리로 누우세요. 그리고 몸에 이상한 기분이 든다고 해도 함부로 움직이시면 안 됩니다. 잘못 움직이시면 위험해질 수도 있으니까요."

호열은 만약에 있을지 모를 사태를 미연에 방지하기 위해 운영의 어머니에게 움직이지 말라는 당부를 했다. 솔직히 움직여도 무방하지만 혹시라도 잘못되는 사태가 발생했을 때 호열의 잘못이 아니었다는 구실을 만들어야 좋겠다는 생각이 들었던 것이다. 호열이 명상에 잠기면서 생각해 낸 일이 바로 이것이었다. 예상하지 못한 일이 발생했을 시 빠져나갈 구멍을 만들어야 한다는…….

"알았어요. 그럼 이렇게 누우면 되는 것인가요?"

"예, 그러시면 됩니다. 자, 그럼 이제 치료를 시작하겠습니다. 다시 한 번 말씀드리지만 절대 움직이시면 안 됩니다."

"알았어요."

호열은 누워서 눈을 멀뚱멀뚱 뜨고서 바라보고 있는 아주머니의 손을 자신의 손으로 가만히 모아 쥐면서 대기 중에 있는 주변의 화기를 조금씩 조절하기 시작했다. 그리고 그 화기를 모아 조심스럽게 아주머니의 몸으로 움직이기 시작했다.

'우선 어떻게 될지 모르니까 조심해서 하자. 조심해서 나쁠 건 없으니까. 이것도 조절하면서 하려니 꽤 신경이 쓰이는구만. 하긴 세상에 만만한 것이 뭐가 있겠는가? 다 이렇게 힘들게 살면서 배우고, 또 그렇게 사는 것이지. 하, 힘들다, 힘들어.'

호열은 방에 들어와서 생각했던 대로 하나하나 운영의 어머니에게 시술하기 시작했다. 모든 이목이 호열에게 쏠려 있는 이때, 그들을 위하여 호열은 한 손으론 이마에 흐르지도 않는 땀을 닦으면서 최대한 진지한 표정을 지어 보였다.

'음, 이 공자가 지금 뭐 하는 거지? 침(鍼)이나 다른 약으로 치료하는 것이 아닌가? 응? 몸이… 몸이 왜 이렇게 갑자기 뜨거워지지? 혹시 이게 아까 공자가 말한 이상한 기분인가? 음… 너무 뜨겁구나. 아으…….'

처음엔 호열이 뭐 하는지 모르겠다는 표정이던 운영과 아버지는 아주머니가 갑자기 참기 힘든 표정으로 바뀌자 기다리던 치료가 시작됐다는 것을 알 수 있었다. 그러면서 어떻게 아무것도 하지 않고 손만 잡았는데 병을 고치나 하는 신기한 생각이 들기도 했다.

그렇게 숨을 죽이며 보낸 시간이 한 시진 정도 흐르자 호열은 아주머니의 손을 가볍게 놓은 후 자리에서 일어나 조용히 밖으로 나갔다.

"휴… 자, 치료가 다 됐습니다. 이제 아주머니께서 더는 이 병으로 고생하시는 일은 없을 겁니다. 또한 더 이상 병마가 웬만해선 들지 않을 것이고요."

"엇? 정말인가? 정말 다 고친 것인가? 어떻게……?"

"하하하, 정말입니다. 그러니 걱정하지 마세요."

"허, 그렇게도 우리를 괴롭히던 병이, 그 병이 이렇게 허무하게 사라지다니… 난 정말 쉽게 믿을 수가 없구면."

운영의 아버지는 믿어지지 않는다는 얼굴로 호열을 바라보고 있었다. 반평생 이상을 그 병을 고치기 위해 살아왔다고 해도 과언이 아닌데 그런 그것을 호열은 손 한 번 잡고서는 한순간에 고쳤다고 하니… 혹시 호열의 손이 의수(醫手)라는 말인가? 운영의 아버지는 호열을 보면서 고개를 저을 수밖에 없었다. 어떤 결과가 나올지는 모르지만 환자가 깨어나길 기다리는 방법밖에……

"하하하, 정 의심이 가시면 나중에 아주머니께서 일어나시거든 물어보십시오. 몸이 예전보다 훨씬 가볍게 느껴지실 것이니……."

"음, 아니네. 난 자네를 믿네."

"고맙습니다, 공자님."

"고마우이, 고마워. 정말 고맙네."

운영과 운영의 아버지는 방 밖으로 나가는 호열의 뒷모습을 보며 연신 고맙다는 말을 되풀이하고 있었다. 호열이 나간 후 얼마 지나지 않아 운영의 어머니가 정신을 차리기 시작했다.

"음……."

"아버지, 어머니께서……."

"응? 이보시오, 부인. 부인, 몸은 좀 어떠한가? 괜찮은가?"

"음… 예, 좀 천천히 좀 물어봐요. 나도 어떻게 된 것인지 모르겠으니."

"그래, 알았소."

아무리 한 시진이라고 해도 옆에서 가만히 지켜보기만 하던 두 사람에겐 마치 하루 이상이 지난 것처럼 기나긴 시간이었다. 그러면서 온갖 옛 생각이 주마등처럼 지나갔다. 즐거웠던 일, 힘겨웠던 많은 일들이…….

"예, 몸은 괜찮은 것 같아요. 아니, 오히려 전보다 훨씬 좋아진 것 같은데요. 온몸이 굉장히 시원해진 것 같은 느낌도 들고요. 이런 시원한 기분… 정말 오랜만에 느껴보는 것 같네요."

운영은 어머니가 걱정했던 것과는 달리 아주 건강한 모습으로 일어나자 기쁨에 넘쳐 밖으로 나가 호열을 찾았다. 지금 호열을 찾아 감사하다는 자신의 심정을 얘기하고 싶었기 때문이다. 어머니의 병도 모르고 있던 불효를 막아주었으니…….

"공자님, 정말 고맙습니다, 고맙습니다. 이 은혜를 다 어떻게 보답해야 할지……."

"하하, 괜찮네. 자네 덕에 나도 이렇게 옷까지 얻어 입고 밥도 먹었지 않은가? 그러니 너무 맘 쓰지 말게."

호열은 운영이 달려나와 자신에게 고개를 숙여 보이며 감사하다는 말을 하자 그제야 안도의 한숨을 쉬며 자신의 예상이 맞았다는 것을 알 수 있었다. 혹시나 일이 잘못되면 바로 튈 요량으로 밖으로 나와 있었는데 이제 그러한 일은 없을 것이란 생각이 들자 절로 웃음이 나왔다. 창피한 일이지만 처음 사람의 병을 고치는 일이었으니 가슴이 방망이질 치듯 떨려왔었다.

"그래도……."

"하하, 괜찮다는데도. 정 그러면 이따가 맛있는 밥이나 차려오게.

오랜만에 기력을 썼더니 좀 출출하구만."

"예, 알겠습니다. 그렇게 하겠습니다."

호열은 운영의 말을 뒤로하고 다시 돌아서서 오랜만에 따사로운 햇살을 보았다. 밤새도록 내렸던 비는 호열이 방으로 들어가서 운영의 어머니를 고치기 시작할 때 이미 멎어 있었다. 호열의 앞날에 밝은 서광이 비치는 것인지 겨울이 다가오는 때라 비가 온 뒤 날씨가 추워져야 정상인데 밖의 날씨는 오랜만에 가을의 정취를 느낄 수 있을 정도로 따스하면서도 시원한 바람이 불고 있었다. 호열의 마을에서 시월이면 이미 겨울의 문턱을 한발 넘었어도 훨씬 전이었을 것인데……

'괜히 걱정했네. 이거 해보니 별로 어렵지 않은데? 음, 아예 이 길로 중원에 가서 의원이나 하면서 돈을 벌어볼까? 히히히, 여하튼 잘됐으니 다행이다.'

호열은 앞으로 자신이 무엇을 하며 살아야 하는지 생각해 보았다. 구름에 가려져 있는 태양을 보면서…….

운영의 어머니를 고치던 그날 밤, 호열이 동굴을 빠져나와 처음으로 아침을 맞이했던 그 역사적인 밤, 호열은 아침에 오면서 생각했던 계획과는 다르게 운영의 집에서 하루를 더 머물게 되었다. 낮에 밤새도록 내리던 비가 멈추어 따스한 햇살을 내비치던 것도 한순간이었다. 무슨 날씨가 그렇게 변덕스러운지 장백산의 날씨는 아낙네의 속마음보다 더욱 변화무쌍(變化無雙)했다.

호열이 점심을 먹고 떠날 결심으로 운영이네 식구들한테 얘기를 하려고 하는데 갑자기 비가 내리기 시작했다. 호열의 발목을 잡고 싶었는지, 아니면 운영의 안타까운 마음을 하늘이 알았는지 호열이 떠나려는 때를 맞추어 정확히 내리기 시작했다.

호열은 자신의 계획을 뒤로 미루지 않을 수 없었다. 어차피 특별하게 할 일도 없기에 하루 더 머물며 비가 그치기를 기다리기로 했다. 그러한 배경에는 계속 내리고 있는 비의 영향보다는 운영과 아저씨, 그리고 아주머니, 이 세 사람의 권유가 가장 컸다.

호열이 세상에 나와 처음으로 인연을 맺은 사람들이었으므로 그들의 바람을 차마 뿌리칠 수 없었던 것이다. 또한 아침이면 모르겠지만 오후가 지나고 밤이 되니 호열도 사실은 움직이기 싫었다. 그래서 비가 그치면 떠나기로 하고 운영이네 집에서 하루 더 머물게 되었다.

호열이 온갖 상념과 함께 운영이네 식구들의 웃음소리를 들으면서 밤을 지샌 다음날 아침이 되자 호열은 사람들이 떠드는 시끄러운 소리에 부스스 눈을 비비며 무슨 일인가 하는 심정으로 방 밖을 내다보기 위해 방문을 열었다.

'아, 잘 잤다. 정말 오랜만에 이불을 덮고 자보았구나. 얼마 만에 편안히 누워서 잠다운 잠을 자보는 것인가? 음, 잉? 그런데 아침부터 뭐가 이렇게 시끄러워? 또 어제처럼 대장간에서 실랑이라도 하나?

이른 아침인지 방문을 열자 문을 통해 들어오는 햇살에 눈을 뜰 수가 없었다. 정말 아침 햇살에 눈이 부셨다. 새벽에 이미 비는 그쳐 있었다. 그렇게나 많이 오던 비가.

'헉, 뭐야? 아침부터 무슨 사람들이 이렇게 많이 모여 있어?

호열이 아침 햇살에 눈을 비빈 후 다시 소리가 나는 곳으로 고개를 돌리자 어찌 된 일인지 운영이네 집 정문 앞에 많은 사람들이 모여 있었다. 그곳에는 운영의 아버지가 막 뭐라고 하는 것이 보였고,

"아, 이제 일어나셨군요. 밖이 좀 시끄러웠지요?"

"아, 잘 잤는가? 음… 그런데 아침부터 여기에 사람들이 무슨 일로 모여 있는 것인가?"

운영은 집 안에 있다가 호열이 자고 있던 방문이 열리자 얼른 인사를 했다.

"예, 실은……."

"운영아, 그건 이 아비가 공자께 직접 말하마."

호열이 방문을 열고 밖을 내다보며 운영과 얘기 나누는 것을 언제 보았는지 운영의 아버지는 막 뭐라 말하려는 운영을 제지하며 호열이 있는 곳으로 왔다.

"밤새 안녕히 주무셨는지요?"

"허허, 공자도 잘 자셨는가?"

운영의 아버지 역시 운영과 마찬가지로 호열에게 공자란 호칭을 쓰고 있었다. 공자라는 말만으로도 호열은 족하다고 생각하였는데 거기다 호열의 나이도 적지 않았으니 운영의 아버지와 어머니도 호열에게 반존대를 하고 있었다.

"예, 그런데 무슨 일이 있으신지?"

"아, 저 사람들 말이오? 허허, 그게 다름이 아니라, 음… 이보시오, 공자."

"예, 말씀하시지요."

"우선 미안하게 되었네. 이게 모두 다 이 사람의 잘못이네."

운영의 아버지는 자신을 주시하는 호열을 보며 난처한 표정을 지어 보였다. 어찌 되었든 자신의 잘못으로 일어난 일이기에 운영의 아버지는 처음 호열에게 뭐라고 입을 열어야 할지 막막했다.

"옛? 그게 무슨 말씀이… 신지? 그리고 제게 미안하다니요?"

호열은 갑자기 난처한 표정을 지어 보이며 자신에게 말하는 아저씨의 표정에서 무슨 일이 있다는 것을 알 수 있었다. 그것이 호열, 자신과 연관된 일이라는 것도…….

하지만 호열이 아무리 생각해도 자신과 연관된 일은 없었다.

'어제도 하루 종일 운영이네 집에서 한 발자국도 나가지 않고 있었는데, 그런데 어떻게 나와 연관된 일이 있겠어?

호열은 의구심이 들었다. 도대체 무슨 일인지 사뭇 궁금한 생각이 들어 운영의 아버지 입에서 무슨 말이 나올지 입만을 주시하게 되었다.

"그건, 음… 실은 어제 집사람의 병이 다 나아서 너무도 기분이 좋은 나머지 밖에 나가서 동네 사람들하고 술을 먹게 되었소이다. 그런데 그냥 술만 먹었으면 아무런 문제가 없었을 텐데 그만… 그만 술을 먹다가 공자의 얘기가 나왔지 뭐겠소? 그냥 술만 먹고 오는 것이었는데……."

"옛? 제 얘기라니요?"

호열은 아저씨의 얘기에서 의구심이 들지 않을 수 없었다. 얘기를 어떻게 하였기에 지금 문밖에 사람들이 문전성시(門前成市)를 이루고 있다는 말인가? 호열은 진지하게 다음 말을 기다렸다.

"음, 그게… 그러니까 마을 사람들이 이른 아침부터 여기에 모여 있는 건, 음……."

"아저씨, 그냥 편하게 말씀해 보십시오, 전 괜찮으니까."

호열은 아저씨가 자꾸만 말을 돌리자 답답함을 느꼈다. 호열은 자신이 무슨 잘못을 하였다면 모르겠지만 얘기를 들어보니 그것도 아닌 것 같았기에 더욱 궁금증을 가질 수밖에 없었다.

"그것이… 허, 내 모두 말하겠네. 이렇게 모인 것은 다름이 아니라 내 마누라의 지병을 고친 공자의 얼굴도 보고, 음… 그러니까 공자에게 치료를 부탁하러 온 사람들이라네. 이거 미안하게 되었소이다. 오늘 떠난다는 공자를 혹 귀찮게 한 건 아닌지 모르겠구려."

"옛? 그게 무슨?"

호열은 처음 얘기를 듣고선 이해할 수 없었다. 처음의 얘기는 정확히 들었는데 뒤의 얘기, 그러니까 자신에게 치료를 부탁하러 왔다는 얘기는 운영의 아버지가 조그마한 소리로 얘기하는 바람에 잘 듣지를 못하였던 것이다. 아니, 듣긴 들었다. 호열이 아무리 무도에 뜻을 두고 있지는 않았지만 벌써 익혀 몸에 지니고 있는 실력을 생각하면 아무리 천 리가 떨어져 들리지 않은 소리라도 어찌 듣지 못하겠는가? 하지만 호열은 자신이 잘못 들었을 것이라는 판단 하에 다시 물어보는 것이었다.

"다름이 아니라… 그래, 여기 모인 이 사람들은 모두 우리 마을 사람들이라오. 공자도 우리 마을을 들어올 때 보았겠지만 여긴 한 번 병이 들면 여간해선 고칠 수 없는 것이 현실이지. 형편도 형편이지만 우선 고치려면 큰 마을로 가야 하는데 그게 여간해선… 그런데 공자가 운영이 어미를 고쳤다는 말을 들은 사람들이……."

"아, 그렇게 된 것이군요."

호열은 더 이상 듣지 않아도 상황을 알 수 있었다. 처음 들었던 것이 잘못된 것이 아니라는 것을……

호열은 난처함을 감출 수 없었다. 호열은 오늘 아침을 먹은 후 바로 떠날 생각이었다. 그런데 저 많은 사람들을 모두 보아준다면? 호열은 머리를 흔들 수밖에 없었다.

"그렇게 됐다네. 음… 공자, 어떻게 안 되겠는가?"

"글쎄요, 제가 의원이 아닌 관계……."

"이보게, 공자. 내가 이렇게 부탁을 하겠네. 나도 이 마을 토박이는 아니지만 이 마을 사람들은 너무나 착하기만 해서 자기들이 어떻게 해야 되는지도 모르는 사람들이 허다하다오. 그러니 공자가 이 불쌍한 사람들을 위해서 조금만 시간을 내주시면 안 되겠소?"

호열의 모습과 표정이 꼭 거절할 것 같기에 운영의 아버지는 호열이 막 뭐라 말하려는 것을 기다리지 않고 갑자기 무릎을 꿇으며 호열에게 마을 사람들을 치료해 달라고 사정을 하였다. 누구보다 마을 사람들의 상태를 잘 알기에 그들의 딱한 사정을 호열에게 말해서 조금이라도 도움을 청할 수밖에 없었던 것이다. 마을 사람 개개인은 운영의 아버지에겐 이미 남이 아니라 자신의 가족이었던 것이다.

호열은 자신의 체면도 생각하지 않고 갑자기 자신의 앞에서 무릎을 꿇으며 사정하는 운영의 아버지를 보면서 고심하지 않을 수 없었다. 자신의 일이 아닌 다른 사람을 위해 희생을 감수하는 운영의 아버지를 보며 다시금 자신을 돌아볼 수 있는 계기가 되었기 때문이다.

"아, 이렇게까지 하지 않으셔도 되는 것을. 어서 일어나십시오. 아저씨께서 그렇게까지 말씀하시니 그럼 잠시만 여기 머물다 가겠습니다."

"정말인가? 정말 고맙네, 정말 고마워."

운영의 아버지 말대로 어제저녁 동네 사람들과 술을 먹으면서 호열의 자랑을 하게 되었다. 숲에서 귀인을 만나 부인의 병을 고쳤다고. 그때부터 술을 먹던 주위 사람들이 모여들면서 이야기꽃을 피우게 되었다. 동네 사람들은 처음 운영의 아버지가 부인의 병 때문에 괴로워하며 산으로 약초를 캐러 다닐 때부터 계속 보아왔던 사람들이라 부인의 병이 보통 의원은 손도 못 댄다는 것을 잘 알고 있었다. 그런데 그런 사람의 병을 손 한 번 잡은 것으로 다 고쳤다니, 사람들이 자기도 한번 치료를 받을 수 없을까 하는 기대의 심정으로 찾아온 것이다.

　사실 운영의 마을 의료 사정은 최악이었다. 가장 가까운 의원이 있는 마을까지 가려면 말을 타고 꼬박 삼 일을 가야만 하는 먼 거리에 있었던 것이다. 사정이 이러니 사람들은 작은 병이라도 있으면 그냥 누워 있어야만 하는 사람들이 대부분이었고, 또 병을 치료하기 위해 움직이려고 해도 이런 궁핍한 마을에 누가 돈이 있겠는가? 모두 하루하루를 열심히 일해야 간신히 먹고 사는 것을…… 이러니 모두 기대 반 불안 반으로 호열이 있는 운영이네 집으로 오게 된 것이다.

　"아, 아닙니다. 그러나 제가 이렇게 많은 분들을 다 치료하려면 시간이 많이 걸리는데……."

　"그건, 음… 그렇군. 공자의 말대로 이 많은 사람들을 치료하려면 시간이 많이 걸리겠구먼."

　"예, 그러니 모두 다는……."

　"아, 공자. 내 공자께는 염치가 없는 줄 알지만 이 사람들을 시간이 걸리더라도 치료해 주면 안 되겠는가? 모두 다 말일세. 그렇게만 된다면 내 이 사람들을 대신해서 사례를 하겠네."

　운영의 아버지는 호열이 난처한 표정을 지으며 일부의 사람들만 치료할 수 있다는 말을 하려고 하자 얼른 다시 부탁을 했다. 자신이 대표해서 호열에게 일정한 사례를 한다는 말과 함께.

　"사례라니요. 전 다만……."

　'이거 큰일이군. 골치 아프게 됐어. 그냥 하루 정도만 머무르려고 했는데… 음, 그냥 모르는 척 떠날 걸 그랬나? 아니지, 그럴 수는 없지.

이거 어떻게 한다? 이렇게 된 거 모른 척할 수도 없고, 음… 그래, 어차피 이렇게 된 거 여기서 겨울을 보내고 내년 삼월 봄에 출발하기로 하자. 그래, 그게 좋겠다. 좋지 뭐, 지금 내가 중원으로 가봐야 특별히 할 일도 없으니. 음… 이렇게 되면 올해 겨울은 여기서 지내야 하겠군. 하하. 뭐, 할 수 없지. 이건 나도 어쩔 수 없는 거야, 암.'

호열은 얼른 상황을 정리해 보았다. 꾀를 부리지 않고 시간만 제대로 쓴다면 며칠 걸리지 않아서 모든 사람들을 치료할 수 있을 것 같았다. 하지만 이왕 이 마을에 머물게 되었으니 생색 좀 내면서 눈치 보지 않고 있고 싶었다.

"다만? 뭐 다른 문제라도 있는 것이오?"

"아, 아닙니다. 그게 아니라… 제가 치료를 할 수 있는 건, 그러니까……"

"공자, 속 시원히 말해 보시게. 뭐가 문제인가?"

"예, 그럼 말씀드리지요. 음… 전 하루에 한 사람밖에 치료를 할 수 없거든요."

'음, 이렇게 해야 올 겨울을 이곳에서 편안히 날 수 있지. 좀 가슴은 찔리지만……'

"아니, 그게 무슨 말인가?"

운영의 아버지는 호열의 말에 반신반의하지 않을 수 없었다. 어느 누가 사람을 치료하면서 하루에 한 사람밖에 치료할 수 없다는 말인가? 그런 말은 태어나서 처음 들어보는 말이었기에 선뜻 믿음이 가지 않았다.

"아저씨께서도 보셨지만 제가 치료하는 방법이 일반 의원들과 좀 달라서……"

"그렇지, 그랬어……."

운영의 아버지는 호열의 말을 듣고서야 왜 자신에게 그러한 말을 했는지 이해가 갔다. 어떠한 의원도 병든 사람의 손만을 잡고서 병을 고친다는 것은 들어보지 못하였으니 호열의 치료 방법은 다른 의원들과는 확연히 구분이 되는 치료 방법이었다.

"예, 그게… 좀 힘이 드는 작업이거든요."

"아, 그러한가? 하긴 공자가 치료하는 방법이 많이 다르긴 하지. 나도 평생을 살면서 공자처럼 치료하는 사람은 처음 보았으니까."

"예, 그래서 여기서 머무르려면, 그러니까 이렇게 되면 제가 기거할 곳이 있어야 하는데… 여기에서 마냥 머무를 수는 없으니까요."

"그건 걱정하지 마시게. 난 공자가 저 사람들만 박대하지 않는다면 계속 내 집에 머물러도 괜찮소이다. 아니, 오히려 내가 부탁하고자 하는데. 어떠시오, 해줄 수 있겠소?"

호열은 이 마을에서 겨울을 보내는 동안 편안한 마음으로 있다가 중원으로 떠났으면 했다. 어쩌면 올 겨울이 삶의 전쟁을 치르기 전에 가지는 마지막 휴식이 될지 모른다는 생각을 하게 되었기에 되도록 다른 사람들의 시선을 피해 편안한 생활을 했으면 하는 바람이었다. 하지만 운영의 아버지는 호열의 이런 마음을 헤아리지 못하고 오히려 자신의 집에서 기거할 것을 권하고 있었다. 이에 호열도 어쩔 수 없이 어제처럼 운영과 한 방을 사용할 수밖에 없었다.

"음… 예, 아저씨께서 그렇게까지 말씀하시는데 제가 어찌 거절하겠습니까. 그럼 그렇게 하도록 하겠습니다."

"허허, 정말 고맙네, 정말 고마워."

"고맙습니다. 정말 고맙습니다, 공자님."

호열과 운영의 아버지의 얘기가 오가는 것을 모두 들은 마을 사람들은 연신 호열에게 감사하다는 말을 하고 있었다. 또한 자신들을 위해 체면도 생각하지 않고 무릎을 꿇었던 운영의 아버지에 대한 감사도 잊지 않았다.

운영은 그런 아버지의 모습을 보며 가슴 한구석에 뿌듯한 감정이 솟구쳤다. 그토록 아버지가 자랑스러울 수 없었다, 저런 분이 자신의 아버지란 사실이.

"아, 이거… 그럼 하루에 한 번, 순번은 동네 분들께서 급하신 분을 먼저 정해 치료받게 하시도록 하고, 음… 그럼 치료는 여기서 했으면 하는데, 괜찮을까요?"

"괜찮다마다. 어찌 다른 말이 있겠소이까. 공자의 생각대로 하시게나. 이제 지금부터 내 집에 머무르는 동안 편안하게 지내다 가시게. 그게 내 마음도 편하니."

"하하하, 예, 그럼 그렇게 하겠습니다. 그럼 아저씨께서 한 분을 먼저 선정하여 주시면 조금 있다가 제가 그분을 치료하도록 하겠습니다."

호열은 아침 식사는 고사하고 아직 씻지도 않은 상태라 모든 것을 운영의 아버지께 일임하고 방 안으로 들어갔다. 그래야 나름대로 준비를 할 수 있을 것이니까.

"허허허, 그렇게 하세. 자, 여러분, 저 공자 분의 말씀 들었지요? 그러니 어서 아침들 먹고 일들하십시다. 그럼 모두 다 치료를 받을 수 있으니. 그리고 어이, 송(宋)가야, 너의 어머님 병세가 심하니 너부터 먼저 어머님을 모시고 오도록 해라. 알았지? 자자, 모두 일들하러 가요."

운영의 아버지는 호열에게서 모든 것을 일임받자 뭐가 그리 좋은지 웃음을 지어 보이면서 송가라는 사람을 지목하면서 낮에 오라는 말을 했다. 송가의 어머니는 일 년 전부터 몸이 좋지 않아서 누워만 있었기에 마을에서도 그 사정을 가장 딱하게 여기고 있었다. 사실 살 날이 오늘내일하고 있기 때문이었다.

"아아, 알았네, 알았어. 정말 고마우이. 그럼 그렇게 하도록 합시다."

"정(鄭)가야, 정말 고맙다. 내 이 은혜 죽어도 잊지 않겠다."

"허허, 뭘 그런 걸 가지고. 뭐, 내가 고치는 것도 아니고 다 저 공자 분께서 수고하시는 건데, 그러니 아무 걱정 말고 어서 아침 식사하고 어머님이나 조심해서 모셔와. 뭐, 나중에 술이나 한잔 사든가."

운영의 아버지는 이 마을에서 정가라는 호칭으로 불리어지고 있었다. 호열이 보기에 운영의 아버지, 정씨 아저씨는 마을 사람들과 스스럼없이 지내는 것 같았다. 그도 그러한 것이, 아무리 타지 사람이라도 한 마을에서 삼십 년이란 긴 세월을 같이 동거동락(同居同樂)하며 살았으니…….

"알았네, 그럼 이따 보세나. 공자님, 그럼 이따가 뵙겠습니다. 정가야, 나 간다."

"예, 그럼 이따가 뵙겠습니다."

'허, 이거 내가 잘하는 일인지 모르겠네. 하지만 이젠 물릴 수도 없게 되었으니…….'

호열은 마지막까지 남아서 자신에게 감사하다는 말을 전하는 송씨라는 사람을 보고 웃음 짓지 않을 수 없었다. 호열은 자신의 힘이 이렇게까지 대단한 것인가란 생각이 들 정도로 마을 사람들의 대우는 극진했다.

이렇게 마을 사람들이 다 돌아가자 운영이네 식구 세 사람은 호열의 방으로 따라 들어왔다.

"응? 왜 일들을 보지 않으시고?"

"공자, 생각지 못하게 갑자기 번거롭게 해드린 것 같아 죄송합니다. 모두 제가 술을 먹는 바람에 그만. 그리고 아까 사람들에게 제 기를 살려주셔서 감사합니다."

"정말 감사합니다. 저도 공자께 어제 치료를 받은 후로는 정말 몸이 가벼워졌어요. 그때는 경황이 너무 없어서 고맙다는 인사도 제대로 못한 것 같아서……."

호열을 아침에 너무 일찍 일어났다는 생각에 방으로 들어온 후 조금 쉬려고 생각하고 있었다. 그런데 갑자기 모든 식구가 자신의 방으로 들어와서는 고맙다는 인사를 하고 있으니… 거기다 갑자기 운영의 아버지나 어머니가 자신에게 존대하는 것을 들을 수 있었다. 이에 깜짝 놀란 호열은 얼른 제지를 하지 않으면 안 되겠다는 생각이 들었다.

"아닙니다. 그리고 아저씨, 아주머니, 제게 말씀 낮추십시오. 그러시면 제가 어찌 고개를 들고 다니겠습니까."

"아닙니다. 공자께 제가 존대를 한다고 다른 사람들이 뭐라고 할 사람은 없습니다. 또한 존대를 받으실 만하시고요."

"예, 우리 영감의 말이 맞아요. 그러니 그렇게 하세요."

"음……."

호열은 아주머니의 말과 아저씨의 태도를 봐서 거절한다는 것은 생각지도 못했다. 하지만 차마 호열은 자신의 입에서 허락한다는 말을 할 수는 없었다. 아무리 철면피라고는 하지만 그런 말을 아무런 거리낌 없이 할 정도는 아니었던 것이다. 그래서 그냥 은근슬쩍 넘어가기로 했다. 호열 역시 존대를 하면 되는 것이니까.

"하하하, 이제 얼마간 여기서 폐를 끼치게 될 것인데 잘 좀 부탁드리겠습니다, 아주머니."

호열이 화제를 다른 방향으로 돌리자 아주머니와 아저씨는 어쩔 수 없이 그에 호응할 수밖에 없었다. 그래서 호열에게 뭐라고 할 수도 없는 아저씨는 자신의 입장을 내세울 수 없는지라 그저 수염만 만지며 웃음 지을 수밖에 없었다.

"허허허."

"아주머니, 건강은 저번보다 좋으시죠?"

"예, 이 나이에 동네를 다 뛰었다니까요. 호호호. 아이구, 내 정신 좀 보게. 아직 식전이라 배가 고프실 텐데. 그럼 전 이만 부엌으로 들어가서 아침 준비를 할 테니 시장하시더라도 조금만 기다리세요."

운영의 어머니는 호열의 대답도 듣지 않고 얼른 부엌으로 달려갔다. 그 모습이 얼마나 날렵하던지 보고 있던 운영이 다 놀랄 정도였다.

"하하하. 아주머니, 그렇게 서두르시지 않아도 됩니다. 전 괜찮습니다."

'아침밥보다는 조금 더 자고 싶은데…….'

호열은 아침에 일어나는 것이 정말로 싫었다. 아무리 일찍 일어나는 사람이 잘 먹고 잘산다는 말이 있다고는 하지만 호열의 생각은 달랐다. 조금 늦게 일어나더라도 할 일이 있으면 무슨 일이 있더라도 그 시일 안에 끝내면 된다는 생각을 가지고 있었던 것이다. 어려웠던 어린 시절에도 마찬가지였다. 아무리 배가 고파도 아침에는 일부러 일어나지 않았다. 그런데 어떻게 된 것이 동굴에서 나온 후 이틀 동안 아침에 일찍 일어나야만 했으니…….

"공자님, 정말 고맙습니다, 고맙습니다."

"아아, 너무 그렇게 하지 말게나. 그리고 우리 이렇게 된 거 정식으로 한번 사귀어보세. 어떤가? 내가 자네를 동생으로 부르고 싶은데, 괜찮겠는가? 뭐, 나이 많은 형 두고 싶지 않다면 어쩔 수 없겠지만……."

호열은 외모와는 다르게 효성이 지극하고 착한 운영을 자신의 동생으로 삼고 싶었다. 심성이 바른 것 같아 마음에 들었던 것이다. 하지만 이런 것으로 호열이 무작정 운영을 동생으로 삼고 싶었던 것은 아니었다. 호열은 운영을 통해서 자신이 이 마을에 기거하는 동안 좀 더 편안한 생활을 할 수 있을 것 같다는 생각이 크게 작용했던 것이다.

"아, 아닙니다, 아닙니다. 어찌 제가……."

"뭐, 싫으면 말고."

"아, 아닙니다. 제 말은 그런 뜻이 아니라……."

운영은 호열이 자신을 동생으로 받아들이겠다는 말에 한편으론 기쁨을 감출 수 없었지만 또 다른 한편으론 마음이 편치 않았다. 운영은 자신같이 별 볼일 없는 촌사람을 동생으로 받아준다는 것이 기쁘기 그지없었지만, 그렇게 되면 호열은 자신과 같은 항렬이 될 것이기에 걱정하는 마음이 들었던 것이다.

"그럼 내 말대로 그렇게 하겠는가?"

"공자님, 정말… 정말 그래도 괜찮겠습니까? 오히려 제가 누를 끼치게 되진 않을지……."

"아니네. 어떠한가? 그렇게 할까?"

"예, 공자께서 그렇게 말씀해 주시니 고맙습니다. 이 미천한 저를…… 저도 어제부터 계속 말씀드리고 싶었지만 차마 말이 안 나오더라고요."

"하하하, 그랬는가? 그럼 우리 지금부터 형님, 아우 하면서 지내보세나."

"예, 혀, 형님……."

운영은 호열과 형제지연(兄弟之緣)을 맺게 되었다는 현실이 실감나지 않았다. 알게 된 날짜는 얼마 되지 않았지만 운영이 바라보기엔 호열은 너무나 거대하게 운영의 가슴속에 자리하고 있었던 것이다. 그냥 바라만 보아도 좋을 정도로…….

비록 첫 만남에서 호열의 행색이 남루했지만 그 품행과 예의 하며 자신의 어머니를 살릴 정도로 고명한 의술, 어느 것 하나 예사로 보이지 않았던 것이다. 그런 호열을 형님으로 모시게 되었으니, 운영은 호열을 따라다니며 끝까지 보필하겠다는 다짐을 하였다. 호열은 어차피 이 마을에선 살지 않는다는 것을 잘 알기에 중원까지 따라가서라도 보필할 수 있을 정도로 열심히 무예를 연마해야겠다는 생각을 하게 되었던 것이다.

"아… 이런, 그럼 제가 지금부터 아저씨께 아버님이라고 불러야겠군요."

"아닐세, 아니올시다. 그렇게 부르지 않아도 됩니다. 아니, 그렇게 부르지 마십시오. 외모는 모르겠지만 공자와 난 별로 나이 차이가 나지 않으니 어떻게 그런 칭호를 받겠습니까? 내가 이렇게 늙어 보여도 아직 젊습니다."

"그렇긴 합니다만……."

"허허, 음… 저 아이를 내 나이 스무 살에 가졌으니… 그러니 지금 내 나이가 마흔다섯 살밖에 안 되었지요. 공자의 나이가 서른다섯 살이라고 하니 나하고는 겨우 열 살밖에 차이가 안 나는데 어찌 나한테 아버지라고 부르겠습니까? 말도 안 되지요. 그러니 그냥 정씨, 아니면 아저씨라고 부르시는 것이 좋을 듯합니다. 난 오히려 그게 좋으니……."

"하하하, 예, 그럼 그렇게 하도록 하지요, 정 아저씨. 이렇게 말이지요?"

"그렇습니다. 허허허, 그럼 아침 먹을 때 다시 보겠습니다."

호열과 운영의 아버지는 서로 마주 보며 크게 웃곤 한동안 방 안에서 정답게 얘기를 나누며 시간을 보냈다.

호열도 운영을 좋게 보았듯이 운영의 아버지 역시 호열을 좋게 보고 있었다. 그런데 아무런 사심 없이 미천한 자신의 자식을 의동생으로 받아주었으니 어찌 아니 고맙겠는가? 그런데 호열은 운영의 아버지에게까지 고개를 숙이려고 하니 운영의 아버지는 그런 호열의 마음만으로도 충분하여 호열의 제의를 거절하였다. 운영의 아버지는 형제 하나 없는 자신의 아들을 받아주었다는 것만으로도 감격해했던 것이다.

"예, 그럼 저는 옷부터 입겠습니다."

"그렇게 하십시오. 운영아, 너도 호열 공자와 있다가 어미가 부르거든 모시고 와서 아침을 먹도록 하거라."

"예, 알겠습니다, 아버지."

호열은 자의 반 타의 반으로 운영이네 집에 당분간 머물면서 생각지도 못했던 의료 봉사를 하게 되었다. 일이 처음 생각했던 것처럼 안 되고 복잡하게 되어버리자 기왕 이렇게 된 거 내년 춘삼월(春三月)이 아니면 떠나지 않겠다는 생각을 하는 호열이었다.

'조금만 더 있으면 겨울인데, 아~ 겨울은 너무 추워.'

시린 바람이 몰아치는 겨울. 호열은 겨울이 너무나 싫었다. 그래서 나중에 중원으로 들어가더라도 항상 날씨가 따뜻하다는 항주(抗州)에 가서 자리를 잡을 생각이었다. 밤도 대낮처럼 불야성시(不夜城市)를 이룬다는 항주에서 말이다.

제11장

이견쓸계못되는군

◆제11장 이건 쓸 게 못 되는군

호열이 하루에 한 사람씩 운영의 집에서 동네 사람들을 치료하기 시작한 지 벌써 한 달 하고도 보름이 지났다. 그동안 호열의 치료에 반신반의(半信半疑)하던 마을 사람들도 지금은 호열을 전적으로 믿게 되었다. 정말로 호열이 환자의 손을 잡는 것만으로 모든 치료가 되었고 치료받은 당사자와 그 옆을 지킨 가족들이 모두 보고 있는 상태였으니, 아마 누구라도 이런 상황을 보고 직접 겪었던 사람이라면 누군가에게 이런 사실을 말하고 싶어할 것이다. 그것이 누가 됐든.

호열의 기행(奇行)으로 이 조그만 마을, 아니, 총 가구 수가 서른네 가구, 백사십여 명이나 되는 동네에서 호열은 의수(醫手)라는 또 다른 이름으로 불려지게 되었다. 모든 병이 손만 갖다 대면 다 치료가 되었으니……

운영은 호열과 형제지연을 맺은 후로는 더욱 공경하는 마음으로 호열을 대하였다. 그만큼 호열은 운영이 보기에 스스로를 낮추어서 어른으로 모시고 싶은 사람이었다. 가끔 가다 약간 증세가 이상한 것 같았지만…….

하지만 운영이 요즘 호열에게 관심을 가지는 일은 이런 막연한 친근감이나 형님으로서가 아닌 바로 자신의 문제 때문이었다. 자신만의 문제. 운영은 그렇게 혼자서 고심에 고심을 하다가 도저히 안 되겠는지 지금 아버지에게 그 해답을 구하고자 가고 있었다.

"아버지, 여기 계셨군요? 아저씨, 안녕하세요."

"응? 아니, 운영이 아니냐? 그래, 아버지를 찾아왔냐?"

"어? 운영아, 네가 여긴 무슨 일이냐?"

"예, 아버지. 저… 긴히 드릴 말씀이 있는데요."

운영의 아버진 요즘 굉장히 신바람이 나 있었다. 그 이유는 첫째로 호열에 의해서 그토록 사랑하던 아내가 건강을 찾게 된 것이고, 둘째는 요즘 자신의 입지가 동네에서 제일 높은 촌장보다 우위에 있다는 것 때문이다.

운영의 아버진 마을에 들어와 살면서 삼십 년 넘게 대장간 일을 하였다. 그렇다 보니 누구보다 동네 사정에 해박하여 하루에 한 명씩, 그날 마을에서 가장 병세가 급하다고 생각되는 사람을 선발해서 호열의 치료를 받게 하고 있었다. 처음엔 그동안의 친분이나 어른임을 내세워 먼저 치료받기를 청했으나 그 말을 무시하고 너무도 당당히 자신의 소신대로 일을 처리해 나가자 마찰도 있었다. 하지만 지금에 와서는 오히려 이런 운영의 아버지를 마을 사람들은 높이 평가하고 있었다. 운영의 아버진 이곳에 정착해 살면서 요즘처럼 동네 사람들에게 인정을 받아본 적이 없었다. 한마디로 동네에서 지금 입을 제일 많이 벌리고 다니는 사람이었다. 큰 소리로 웃으며 오늘도 동네를 활보하고 다니는 것이다.

지금도 기분이 좋아서 가까운 친우(親友)의 집에 들러 간단히 곡차를 한잔하고 있었다. 말이 곡차지 지금 입에 대고 있는 건 작년에 빚은 독한 술이었지만……. 이렇게 웃으며 서로의 우의를 다지고 있는 두 사람 앞에 힘들게 찾아온 운영은 아버지를 바라보며 입을 열었다.

"응? 내게?"

"예, 아버지. 제 문제, 아니, 우리 집안일로 아버지께 상의할 것이 있어서 왔습니다."

"그래? 무슨 일이 있기에? 그럼 어디 무슨 일인지 얘기나 들어보자. 무슨 일이냐?"

운영의 아버지는 갑자기 자신을 찾아와서 뜬금없이 집안일로 할 말이 있다는 운영을 보고 의구심이 들었다.

"아버지, 지금 여기서 말씀드리기보단 저와 잠시 집으로 가서서 상의를 했으면 하는데요. 죄송합니다."

"허, 무슨 일이 있기에… 혹시……?"

"아, 아니에요."

운영은 아버지가 자신을 보며 혹시나 하는 표정으로 보자 두 손을 결사적으로 흔들어 보이며 부정을 하였다. 그것이 무엇인지 물어보지도 않았는데…….

"그래? 허허허, 그럼 그렇게 하자. 무슨 일인지 모르겠지만……. 이보게, 나 이제 가봐야겠네. 자식 놈이 내게 긴요하게 할 말이 있다는구먼. 제수씨, 저 그만 가보겠습니다."

운영의 아버지는 요즘 집안에서 화젯거리가 되고 있는 일이 무엇인

지 잘 알고 있었다. 그 문제로 지금 집안이 편안하지만은 않은 상황이
었다. 그래서 운영의 아버지도 이런저런 핑계를 대며 낮에 집에서 일
하지 않고 친우의 집으로 놀러온 것이지만.

"가시려고요? 좀 더 있다 가시지 않고요."

언제 나오나 기다리던 안줏거리를 한아름 손에 안고서 막 부엌에서
중년의 여인이 나오고 있었다.

"하하하, 내 제수씨 때문에 더 있으려고 했는데 이렇게 운영이 녀석
이 중요하게 할 말이 있다고 찾아왔습니다. 그러니……."

"아, 운영이가 왔구나?"

"예, 그간 안녕하셨는지요?"

"그래, 어머니도 건강하시지?"

"예, 너무나 잘 계십니다. 지금은 절 못 잡아서 안달이 나셨습니
다."

"응? 그게 무슨 말이냐?"

운영은 어머니에 대한 얘기가 나오자 난처한 듯 멋쩍은 표정을 지어
보였다. 지금 운영의 혼사 문제로 집안이 엄청 시끄러운 상황이었다.
운영의 나이 스물다섯, 이제는 그만 장가를 가야 한다는 어머니의 성화
에 허구한 날 집 밖으로 떠돌아 다녀야 할 판이었다. 한 달 전만 하더
라도 그런 소리는 없었는데…….

"그게… 아주머니, 그건 다음에 기회를 봐서 말씀드릴게요. 아버지,
가실 거지요?"

"그래, 가자. 다음에 보세나."

운영은 난처한 질문을 받게 되자 얼른 화제를 다른 방향으로 돌렸
다. 요즘 그 문제로 어머니와 신경전을 벌이고 있었기에 다른 사람에

게 떠벌리고 다니기도 싫었다. 가뜩이나 신경 쓰기도 싫었던 얘기인지라 그 문제로 더 이상 시간을 보낼 수는 없단 생각이 들었기 때문이다.

"그래, 잘 가게. 무슨 일인지 모르지만 끝나면 다시 오고. 내 곡차는 항상 준비하고 있을 테니까. 운영이도 잘 가고."

"하하하, 알겠네. 내 무슨 일인지 빨리 끝내고 얼른 다시 오겠네."

"그렇게 하게."

"예, 아저씨, 아주머니. 그럼 안녕히 계십시오."

운영은 집 밖까지 나와 배웅을 하는 아저씨와 아주머니께 인사를 한 후 아버지를 모시고 빠른 걸음으로 집으로 향했다.

"허, 벌써 운영이의 나이가 스물다섯인가? 장가갈 나이가 지났구먼."

"그러게요. 요즘 그것 때문에 집에서 말이 많은 것 같더라고요."

"그렇겠지. 하지만 지금 우리 마을에 혼기가 찬 아이가 있나, 걱정이 될 거야. 암."

"그러게 말이에요."

중년 부부는 운영이 아버지를 모시고 가는 일이 혹 혼사 문제 때문이 아닌가 생각하고 있었다. 아버지를 모시고 가는 운영의 뒷모습에서 무엇인지는 모르지만 다급한 낌새를 느낄 수 있었기에 마치 자신의 아들처럼 생각하고 있는 운영의 일을 남처럼 생각할 수 없는 중년 부부였다. 중년 부부에게도 딸이 하나 있었지만 그것이 워낙 늦게 얻은 자식인지라 지금 열두 살밖에 되지 않았다. 하지만 이 마을에서 운영이만한 신랑감이 없다는 것을 잘 알기에 자신의 딸이 어느 정도 나이가 있다면 당장이라도 혼사를 치르고 싶은 마음이 굴뚝같았다.

무슨 일인지 영문도 모른 채 운영을 따라 집에 돌아온 운영의 아버지는 운영의 권유로 방으로 들어가게 되었다. 집에 아무도 없는지 운영은 재차 확인을 하기 위해서 밖으로 나가 이곳저곳을 살펴보았다. 운영의 아버지는 방으로 들어가 앉으면서도 그런 운영을 보며 이상하다는 표정을 지어 보였다.

지금 호열은 동네에 다리를 다친 사람을 치료하러 직접 그 집으로 간 상태였다. 집에 아무도 없다는 것을 확인하자 운영은 다시 아버지가 있는 방으로 들어갔다.

"그래, 이제 자리에 앉았으니 어서 무슨 일인지 말해 보거라."

"예, 아버지. 음… 이건 제 생각인데요, 아버지가 보시기엔 호열 형님을 어떻게 생각하십니까?"

"호열 공자 말이냐? 그건 왜?"

운영의 아버지는 갑자기 운영이 엉뚱한 질문을 하자 고개를 갸웃거렸다. '집안의 일로 자신에게 한다는 말이 겨우 이거였다는 말인가? 이런 일이라면 나중에 자신이 기분 좋게 술자리를 가진 다음에 해도 늦기 않거늘…' 이란 생각에 조금 기분이 상했다.

"아버지께서 호열 형님을 어떻게 생각하시는지 궁금해서요."

"겨우 그것 때문에 오랜만에 입에 대는 술을 못 먹게 하면서까지 날 끌고 온 것이냐? 에라, 이놈아!"

"아버지, 제게는 중요해요!"

운영이 너무나 정색을 하며 말하자 운영의 아버지는 무슨 일인지는 몰라도 심각한 일일지 모르겠다고 생각했다. 지금까지 자신의 아들이 이렇게까지 정색을 하며 물어보는 일은 거의 없었기 때문이다.

"음… 좋다, 지금 네가 무슨 생각을 하고 있기에 그런 말을 하는지는 모르겠지만 내 생각은 이렇다. 아비는 호열 공자를 처음 봤을 때는 별로 신통치 않게 보였다. 하지만 지금은 왠지 오래 알고 지냈던 사람처럼 믿음이 생기는구나. 이 정도면 대답이 되었느냐?"

"예, 잘 알았습니다."

운영은 아버지에게서 기대하고 있던 대답이 나오자 안심하는 표정을 지어 보였다. 만약 아버지가 그런 생각을 가지고 있지 않다면 지금 벌이려는 일에 막대한 차질을 가지고 올 것이 분명하기에 운영은 욕먹을 각오를 하고 어쩔 수 없이 물어보게 되었던 것이다.

"그래, 그럼 이제 네가 대답을 할 차례다. 도대체 무슨 일이냐?"

"예, 음… 제가 생각하는 것이 허무맹랑(虛無孟浪)하다면 말씀해 주십시오."

"그래, 무슨 일인지 말이나 해봐라."

운영이가 자꾸만 뜸을 들이며 분위기를 가라앉히려고 하자 운영의 아버지는 더욱 궁금증이 일어나 참을 수가 없었다. 무슨 생각을 하고 있기에 장가를 가라는 어머니의 말도 한사코 마다하고 있는지 궁금했기 때문이다. 오랜 세월을 살다 보니 눈치라는 것이 저절로 느는 것 같았다. 운영이 지금까지 장가를 가지 않겠다고 한 것이 어쩌면 지금 하려는 말과 관련이 있을 것 같다는 느낌을 받았기 때문이다.

"예, 아버지. 다름이 아니라… 전 호열 형님을 통해 우리 가문의, 아니, 아버지와 할아버지의 숙원을 풀었으면 합니다."

"응? 그게 무슨 말이냐?"

"예, 전 호열 형님께 우리 가문의 보물인 유운(流雲)을 보여주고 풀이를 부탁드릴까 하고요. 어떻게 생각하세요, 아버지는?"

"뭐야? 그, 그게 지금 무슨 말이냐? 유운을 보여준다니?"

운영의 아버지는 깜짝 놀랐다. 유운, 유운에 대한 얘기는 집에서도 가장 중요하게 생각하는 부분이었다. 집안의 가보였기에……. 자신의 아버지가 운명하시기 전까지 간직하고 있다가 유언을 남기면서 넘겨주신 것이다. 그때 자신의 두 손을 꼭 잡으면서 자신이 못다 이룬 꿈을 꼭 이루어보라던 간절한 마음이 담긴 것이었다.

"아버지, 아버지도 어쩌면 짐작하시는지 모르겠지만 제가 생각하기에 지금 호열 형님께서 동네 사람들을 치료하시는 방법이… 어쩌면 내 공심법에 의한 치료가 아닌가 생각됩니다."

"뭐라고? 음… 그럴 수도……."

"예, 이런 제 생각이 제가 생각하기에도 너무 허무맹랑하다고 생각하지만 말입니다. 하지만 그처럼 매일 사람들을… 그저 손만 대고 치료하는 사람이 누가 있겠습니까? 그건 아마 자신의 본신내력(本身內力)으로 치료하는 것이 아닐까 하는 게 제 생각입니다."

"음… 그럴 수도 있겠지."

운영의 아버진 운영의 말에도 일리가 있다는 것을 어느 정도 시인하지 않을 수 없었다. 운영의 아버지 역시 얼마 전부터 그럴지도 모르겠다는 생각을 하였으니……. 마을 사람들이야 그러한 것을 아예 모르니 그저 신통한 재주 정도로 여기겠지만 운영과 운영의 아버지는 아니었다. 역시 그 정도는 아니더라도 무공이란 것을 알고 있는 사람들이었다. 선대로부터 물려받은 무공기서가 있기에.

"예, 제 생각이 정확하다고 해도 누가 모르는 사람들을 위해 귀중한 자신의 내력을 사용해 가면서 치료하겠으며, 또한 그 정도의 나이에 그런 막대한 공력(功力)을 지닌 사람이 얼마나 되겠습니까?"

"그렇지. 그런 나이에……."

"예, 그래서 소자가 생각하기에 그런 정도의 인격과 공력을 가진 사람이라면 심법에 정통할 것이고, 그러면 우리의 유운심법(流雲心法)도 충분히 풀이해 낼 수 있을 거라고 생각합니다. 어떻게 생각하십니까? 아버님, 이런 제 생각이……."

"글쎄다. 나도 요즘 너의 말처럼 그런 생각을 안 한 건 아니지만 그래도 가문의 보물을 남에게 보여준다는 것 때문에 약간 꺼려졌단다. 하지만 너도 그렇게 생각했다니… 그래, 우리 한번 그 문제를 가지고 의논해 보자꾸나, 어떻게 할지."

"예, 알겠습니다."

운영은 이미 자신의 계획대로 일이 진행되고 있다는 것을 느낄 수 있었다. 아버지가 생각해 보자는 말은 이미 자신이 생각하고 있는 것을 알아서 하라고 허락한 것이나 진배없는 것이었으니까.

운영의 아버진 하남(河南)의 정씨 문중 칠대 손(孫)으로 본명은 유검(流劍)이었다. 정유검(鄭流劍), 이것이 운영의 아버지 이름이었다. 지금은 그저 정가로 통하지만…….

어린 시절 아버지는 하남에서 꽤 유명한 대장간의 아들로 태어났다. 할아버지가 유명한 대장간을 운영했다고 하니 운영은 그저 그런가 보다라고 생각하였지만.

하지만 아버지의 아버지, 그러니까 할아버지 되시는 분께서 젊은 시절 근처에 있던 산으로 대장간에 불을 지필 땔감을 구하러 가셨다가 갑자기 쏟아지는 소나기를 피하러 근처에 있던 동굴에 들어가시게 되었는데 우연히 들어가게 된 그 동굴에서 한 권의 책을 보게 되었다. 그 동굴에는 시신이 하나 있었는데 하나 그 시신 옆에 책이 놓여 있었던 것이다. 한마디로 기연을 만났다는 얘기다.

그렇게 할아버지가 우연히 발견한 책의 겉 표지에는 유운이라고 적혀 있었으며 그 책의 내용에는 유운검법(流雲劍法)이라는 검법(劍法)뿐만 아니라 하나의 심공과 신법(身法)이 기재되어 있었다. 그때 책을 발견했던 할아버진 굉장히 좋아했다고 들었다.

대장간은 할아버지의 할아버지, 그 이전의 할아버지 때부터 대대로 대물림하여 내려온 생활 터전이었다. 그래서 그 당시 할아버지는 다른 것은 일절 신경 쓰지 않고 죽도록 대장간 일에만 몰두했었는지라 그 흔한 천자문 정도도 알지 못하던 처지였다. 그러하니 책의 내용은 물론 제목조차 알 길이 요원하였지만, 다른 것은 몰라도 우연히 얻었던 그 책이 그냥 평범한 책이 아니란 걸 알아보고 소중히 간직하며 보관했다.

당시 할아버지가 보기에 책의 내용이 무슨 검법 같은 것을 연마하는 자세의 그림이 그려져 있었고, 이것이 무림(武林)이라는 곳에서 흔히 말하는 검법서(劍法書)라는 것을 알았기 때문이다. 지금도 비록 대장간 일을 하지만, 대장간을 하다 보니 강호(江湖)에 대해 듣게 됐고, 그래서 평소 강호에 대한 막연한 꿈을 갖고 있었다. 언젠간, 정말 언젠가는 할아버지도 무공이란 것을 익혀 강호에 한번 나가보고 싶다는, 그렇게 참새가 봉황이 되는 막연한 꿈을 꾸면서……

그 후 할아버진 항상 책을 자신의 몸에 지니고 다녔다고 한다. 아무리 우연히 얻은 책이라고는 하지만 그 책이 사람들에게 알려지면 자신은 물론 가족까지 위험할지 모른다는 것을 본능적으로 알 수 있기 때문이었다. 흔히 '사람은 죄가 없어도 보물은 죄가 있다' 라는 말을 많이 들어왔기 때문이다. 그래서 밤에만 혼자 보면서 꿈을 꾸었던 것이다.

며칠을 낮에는 일하고 밤에는 책을 끌어안고 꿈을 꾸면서 지내던 어느날.

할아버지는 대대로 내려오는 자신의 인생을 바꿀 결심을 하기에 이르렀다. 이렇게 꿈만 꾸면서 세월을 허비할 것이 아니라 늦었지만 이제라도 배우겠다는 굳은 결심을 하게 되었던 것이다.

그렇게 열심히 노력하기를 몇 년, 글자를 모르니 그림이라도 보고 배우겠다는 생각으로 할아버진 열심히 노력했지만 그것이 생각대로 잘 되지 않았다. 그렇게 시간이 지나면서 할아버지가 생각해 낸 것이 있는데, 그것은 차라리 지금 자신이 안 되면 후손에게라도 기대를 걸어보는 것이었다.

그렇게 해서 조금씩 동네 서당에 있는 훈장에게 찾아가 한 글자 한 글자씩 조심해서 물어보고 물으면서 책의 해석에 심혈을 기울였다. 그렇게 하나하나 글자를 배우면서 책의 겉면에 적힌 글자가 유운이란 것을 알게 되었고, 또한 아들에게 유검이란 이름을 지어주게 되었던 것이다.

원래 처음엔 아버지의 이름을 유운으로 하려고 하셨으나 왠지 검(劍)이란 글자가 들어가면 좋겠다는 할아버지의 깊은 생각에 유검이라 부르게 된 것이었다. 그렇게 자그마치 사십 년을 고생고생해서 조금이나마 책에 주석(註釋)을 붙일 수 있었다.

할아버지가 이십사 년, 책을 스물두 살에 얻어 오 년을 그림을 따라 배우겠다고 허비한 후 이십사 년, 그러니까 운영의 할아버지께서 쉰한 살의 나이에 돌아가시기 전까지 모든 것을 걸고 매달렸던 것이다. 그 자신의 꿈을 위해……

할아버진 결혼을 늦게 했다. 자그마치 할아버지 나이 서른다섯에 했으니까……. 호열도 서른다섯이었지만.

그 후 이 년이 흐른 서른일곱에 할아버진 아버지 유검을 낳고 얼마나 기뻐했는지……. 하지만 할아버진 너무 조심하면서 책에 주석을 달았는지라 아버지가 열네 살이 될 때까지도 책의 삼 분의 이 정도밖에 주석을 붙일 수가 없었다. 그래서 할아버진 돌아가시기 전에 아버지의 손을 꼭 잡으시면서 이것을 완성하라고 간절히, 정말 간절히 말하고서 허망하게 눈을 감으셨다고 한다.

할아버지의 간곡한 유언에 아버지 유검은 그날로 대장간 일은 그만두고 동네 서당에서 글공부를 하게 되었다. 대장공인 아버지는 글공부를 왜 해야만 하나 하는 생각에 그동안 글공부를 등한시했지만 할아버지의 유언으로 큰마음을 먹고 대장간을 모두 처분한 뒤 아예 글공부에만 매달렸다.

그러면서 어머니를 만났고 또한 사랑을 하게 되었지만, 열심히 공부하고 또한 어머니를 만나 즐겁게 연애를 하시던 아버지께 하늘의 시기(猜忌)가 있었는지 그 당시 어머닌 자신도 모르는 지병을 가지고 계셨던 것이다. 그것을 알고 혼비백산한 아버지는 부랴부랴 아버지 나이 열다섯에 어머니와 결혼을 한 후 백방으로 소문난 의원이나 용한 의원을 모두 찾아가 보았지만 모두 고개를 흔들며 고칠 수 없다는 말만 되풀이하였다.

그에 아버지는 하늘이 무너지는 절망감과 낙심을 하였지만 어떻게든 사랑하는 연인 어머니를 살려야 한다는 생각에 모든 것을 정리하고 신비한 영약이나 신단(神丹) 같은 것을 찾아 세상에 소문난 심산(深山)이란 곳을 두루 돌아다니며 이곳저곳을 떠돌다가 마지막으로 이곳 변방의 장백산 산중 마을로 들어오게 된 것이다.

예로부터 장백산은 신선이 산다는 곳으로 산세가 험한 곳인지라 어쩌면 귀한 약초를 구할 수 있지 않을까 하는 심정으로 들어와서 자리를 잡게 된 것이었다. 그렇게 여러 힘든 날들을 보내면서 아버지는 이곳에서 어릴 때 할아버지에게서 눈동냥으로 배운 대장간 일을 하며 밥은 먹고 살 수 있었다.

그 후 아버지는 오 년이 지나 운영을 갖게 됐지만 산모인 어머니가 지병이 있어 어미와 아이가 모두 위험하다는 의원의 말을 듣고 실의에 빠져 아무런 생각 없이 산에 오르다 그만 돌부리에 걸려 넘어지게 되었다. 하지만 조상의 은덕인지, 아니면 하늘의 보살핌인지 넘어진 그곳에 산삼 한 뿌리가 자라고 있었다. 아버진 감격에 겨운 나머지 운영과 어머니를 살리기 위해 한달음에 마을로 달려왔다. 조상님들께 감사하다는 말을 계속하면서.

아버지가 가지고 온 산삼으로 산모였던 어머니와 운영이 모두 무사하자 동네 사람들은 아버지의 정성에 하늘이 보살폈다고 자신들의 일 마냥 모두 다 같이 기뻐했었다. 하루하루를 마치 십 년처럼 숨 가쁘게 살아온 아버지 유검은 그렇게 한숨을 돌린 후 어릴 때 배웠던 글공부를 최대한 활용해서 지금까지, 그러니까 나이 마흔다섯인 지금까지 무려 이십오 년을, 그러니까 할아버지의 이십사 년에 아버지 이십오 년, 자그마치 사십구 년의 세월 동안을 책에 매달렸다. 아니, 이제 얼마 후면 새해가 되니 오십 년이라는 기나긴 세월을 책 연구에 매달린 것이다. 거의 반백 년을 이대가……. 그래서 아버지 유검이 자신의 아들 이름에 유운의 뒷글자를 따서 운영이라 지은 것이다.

하지만 워낙 어릴 때 배운 글공부라 그리 많은 것을 알지는 못했다. 다만 이곳에 들어와서 많은 노력 하에 조금의 진전은 있었지만 그래도 아직까지 완전하게 해석하기란 요원(遙遠)하기만 했다. 그래서 지금은 운영이 맡아서 관리하고 있는 형편이었지만 사정이 그리 좋지 않아서 앞날의 걱정이 태산(泰山) 같았다. 그러니 지금 이렇게 아버지 유검에게 유운의 일로 간절히 상의를 드린다는 명목으로 허락을 구하고 있었던 것이다.

운영의 집에서 지금 운영과 운영의 아버지가 자신의 문제로 뜨거운 토론을 벌이는 그 시각, 호열은 막 마을 밖 외진 곳에 살고 있는 사람의 치료를 끝내고 집으로 가고 있던 중이었다. 한 달 만의 외출이었다. 그동안 한 번도 밖에 나오지 않고 방 안에서만 지내면서 환자들을 치료하고 있었다. 겨울이라 밖의 날씨가 추운 것도 있지만 모두 처음 보는 사람들인데 얼굴을 마주치기가 거북했던 것이다. 하지만 이제 처음과는 달리 마을 사람들과 많이 친해져 있었다. 걸어가다 혹 마주치는 사람이 있으면 같이 인사를 나눌 정도였다.

'음… 이제 곧 새해가 시작되겠구나. 이곳은 정말 눈이 많이 내리네? 추운 북쪽 지방이라서 그런가? 음… 지금 내가 추위를 타는 것은 아니지만 역시 겨울은 싫어.'

호열이 운영의 집에 머물게 된 지 보름째 되는 날 마을에 첫눈이 내렸다. 그 후 호열은 밥 먹을 때를 제외하고는 방에서 한 발자국도 나오지 않았다. 왠지 눈이 내리고 바람이 불자 이제부터 겨울이라는 생각에 어릴 때 춥고 배고팠던 그때가 떠오른 것이었다.

'휴, 겨울은 왜 추울까? 음… 하지만 이렇게 나왔으니 오랜만에 산책이나 해야겠다. 그동안 생각했던 것도 한번 해보고.'

호열은 방에만 있는 한 달 동안 어의심공과 어의심기에 대해서 많은 생각을 하게 되었고 스스로 만족해하며 남모르게 웃을 수 있었다. 그와 더불어 나중에 한번 어의공령을 펼쳐 보기로 마음먹고 있었다.

'어디가 좋을까? 그래, 여긴 자리가 안 좋으니 거기로 가서 해보자. 음.'

호열이 처음 동굴을 나올 때처럼 한 장소를 생각하자 한순간 서 있던 자리에서 사라졌다가 나타난 곳은 운영을 처음 보았던 그 동굴 밖 큰 나무 앞이었다.

"허, 정말 이거 꽤 쓸 만한데? 내가 생각한 대로 한순간에 움직이니. 그나저나 이제 아무도 보는 사람이 없는 것 같으니 한번 해볼까? 어디……"

호열은 미리 생각해 둔 것이 있었던지라 구결을 떠올린 후 자신과 조금 떨어져 있는 나무를 향해 의지가 담긴 의념을 발하기 시작했다.

"음… 구결이? 그래, 우주 간에는 기라는 것이 존재하며 기는 우주라는 거대한 공간을 채우고 있으니… 기는 어디에도 있고 존재한다. 따라서 기를 깨달은 이는 기를 보고 느끼며 다스릴 수 있으니 기는 마음 가는 곳에 있고 따라 움직이며 어느 곳에나 보낼 수 있으니… 기에 의념을 부여하면 기가 통하지 않는 곳 없고, 없는 곳 또한 있으니 이는 깨달은 자의 의지가 가는 곳, 그곳의 기에 생명과 힘이 부여되니… 기가 곧 깨달은 자의 의지고 의념이다였지, 아마?"

호열은 어의공령을 떠올리며 빙황이 자신에게 가르쳐 주었던 구결의 핵심을 기억해 보았다. 호열이 구결을 암기하느라 얼마나 많은 시간을 허비해야만 했던가? 하지만 지금은 그런 걸 생각하지 않기로 했다. 어차피 다 지나간 일이고, 또한 스스로도 잊으려고 노력하는 일이었으니.

"음, 내용은 이미 다 깨달았는데… 이걸 어떻게 사용하라는 거야? 분명 칼 쓰는 방법이라고 빙황이 말했었는데. 그래도 혹시… 그때의 일을 생각하면? 그래도 이것만은 제대로 가르쳐 주었겠지, 그때는 그들도 그런 상황이 아니었으니……."

호열은 삼황이 왜 자신을 속이면서까지 마기를 억지로 싫다는 자신에게 떠넘기고 우화등선하였는지 그 이유를 잘 알고 있었다. 호열 스스로도 만약 그런 상황이었으면 그들과 같은 행동을 하였을지도 모른다고 생각할 정도였다. 하지만 현실은 그렇지 않았으니……. 삼황은 편안하게 우화등선하였고 호열은 마기와 힘들게 사투를 벌여 끝내 이겨내고 살아왔으니 호열도 내심으론 삼황을 이해하면서도 끝내 용서하지 못하는 것도 다 이유가 있었다. 서로 말은 하지 않았지만 그만큼 정도 많이 들었던 것이다. 그래서 더욱 배신감이 큰 것인지도…….

"음… 이럴 줄 알았다면 나오기 전에 주방에 들러서 부엌칼이라도 가지고 나오는 건데 좀 아쉽군. 어떻게 한다? 에이, 이가 없으면 잇몸이라 했으니 칼 대신 손으로 하지 뭐. 그래, 그러면 되겠다. 역시. 그럼 우선 가까운 나무부터… 그래, 저기 있구나. 좋았어, 간다!"

호열이 삼황에 대한 상념을 지우고 새로운 각오로 어의공령을 생각하며 나무에 의념을 가하자 생각지도 못한 이상한 일이 벌어졌다.

"윽! 뭐, 뭐야? 이, 이럴 수가! 난 분명, 그냥 나무에 의념만 주었을 뿐인데 어떻게, 어떻게 저렇게 된 거지?"

호열의 의념으로 나무는 그 자리에 있지 않고 아무런 흔적조차 남기지 않고 사라져 버렸다. 아니, 아예 가루가 되어서 바람에 흩어져 버렸던 것이다. 그 자리에 자신이 있었다는 흔적조차 남기지 못하고…….

그 후 호열은 몇 번이나 다른 나무를 향해 자신의 의념을 실어서 날렸다. 처음 호열은 그저 칼 대신 손을 사용한다고 손을 이리저리 휘둘렀지만 언제부터인가 손은 사용도 하지 않고 어의공령을 발휘할 수 있게 되었다. 호열이 손을 사용하지 않은 것은 그렇게 하는 것이 훨씬 편하기 때문이었다. 추운 바람이 몰아치는 산골짜기에 서 있으려니 손을 내놓기 싫었던 것이다. 추위를 타지는 않지만 바람의 기운을 보고 또한 느낄 수 있었으니…….

그렇게 계속 나무만 상대로 하다가 이번엔 아예 다른 곳으로 자리를 옮겨보기로 했다. 그 이유는 호열이 나중에 산에 오르게 되었을 때 혼자나 아니면 둘, 셋은 몰라도 삼십에서 사십 명이 넘는 산적들을 만나면 어떻게 될까 하는 생각으로 사방 삼십 장 정도에 있는 나무들을 산적이라 가정하고 어의공령을 사용해 보겠다는 생각을 하게 되었던 것이다. 그래서 호열은 자신의 주위 삼십 장 정도에 있는 나무를 생각하고 의념을 발휘하자 주위 삼십 장 근처에 있었던 나무와 눈이며 하다 못해 눈 속에 있던 풀들까지 모두 가루로 변해 바람을 타고 하늘로, 하늘로 그렇게 날아가 버렸다.

"허, 이거 참……"

지금 호열의 눈앞에 펼쳐진 결과, 그 결과는 오히려 호열을 기쁘게 한 것이 아니라 한순간 호열의 모든 생각과 몸을 굳어버리게 만들었다. 처음엔 생각지도 않았던 일이었는데 일이 이렇게 되자 호열은 멍하니 하늘을 바라보며 서 있기만 했다. 가루가 되어 이미 바람에 하늘로 날아가 버린 것들을 보면서…….

"이, 이런 정도라니! 이럴 수가! 이런 결과가 나올 줄이야! 음, 정말 엄청나다. 이건 말도 다 안 나오는군. 허, 도저히 생각에 생각을 해도 이건… 이건 쓸 게 못 되는군. 역시… 이런 걸 함부로 사용하다간 아마

난, 음… 생각하기도 싫어지는구나. 역시 이건 쓸 게 못 돼.'

호열은 계속 같은 말만 반복하며 고개를 좌우로 흔들었다. 그도 그럴 것이 지금 호열이 사용한 어의공령은 자신의 어의심기를 사용하지 않은 그냥 순수한 어의공령이었다. 지금 호열은 어의심공의 깨달음이 있은 후로는 굳이 따로 어의심공을 떠올려 사용하지 않아도 항상 어의심공이 발휘되고 있는 상태였다. 지금도 끊임없이 어의심기가 스스로 만들어지고 있었으며 더욱 거대해지고 있었으므로 단지 의지가 일면 발휘되는 상황이었던 것이다. 그런데 거기에 파괴력으로 치자면 무적(無敵)인 어의공령을 떠올리자 호열은 자신의 어의심기를 사용하지 않았는데도 이런 어처구니없는 상황이 연출된 것이다. 그러니 호열의 입에서 이런 말이 나오는 건 어쩌면 당연한 것인지도 몰랐다. 자신이 만든 자연 훼손(自然毀損)에 아직 구체적으로 어떻게 하겠다는 의지도 없이 의념만을 사용했으므로……

어의공령은 호열의 뜻에 정확히 따라주지 않는 부담감만 주는 거추장스러운 힘이었으니… 이것이 바로 필부(匹夫)의 손에 보물이 주어진 꼴이 아니겠는가!

『호열지도』 2권으로…